U.G.E. 10|18
12, avenue d'Italie - Paris XIIIe

Du même auteur
dans la collection 10/18

L'HOMME DES DEUX TRIBUS, n° 2226
LA MORT D'UN LAC, n° 2227
LA LOI DE LA TRIBU, n° 2315

L'EMPREINTE DU DIABLE

PAR

ARTHUR UPFIELD

Traduit de l'anglais
par Michèle VALENCIA

10|18

« Grands Détectives »
dirigé par Jean-Claude Zylberstein

Titre original :
The Devil's Steps

ISBN 2-264-01653-7

Au Chalet du Panorama

A cinq heures et demie, le réveil posé à côté du lit rappela Bisker à ses tâches quotidiennes. L'engin semblait être blindé et parfaitement résister aux chocs, car à chaque fois que sa sonnerie se déclenchait, une main calleuse s'abattait sur lui avec une telle force qu'une mécanique moins robuste en aurait été rigoureusement pulvérisée.

A cinq heures et demie, en ce premier matin de septembre, il faisait très sombre. La pièce, d'un noir d'encre, était plongée dans un parfait silence, jusqu'à ce que Bisker profère sa première récrimination de la journée. Sa voix était forte et bien sentie.

— J'voudrais m'trouver à un million de kilomètres au-dessous du puits le plus profond de la terre ! dit-il, tandis que dans son cœur, le sens du devoir luttait avec son envie de tout casser. Oh, quel idiot je fais, voilà qu'j'sens plus ni bras ni jambes ! Maudite boisson ! Saloperie... c'est toi qui m'empêches d'économiser assez d'argent pour pouvoir ficher l'camp d'ce trou pourri, glacé, inondé, et aller où c'qu'y a des milliers de tonnes de bon bois sec à l'hectare et où c'qu'un bonhomme peut rester couché toute la journée si ça lui chante ! Mince, alors ! Si la vieille bique m'fait une réflexion c'matin, j'me lève et j'lui flanque une beigne !

Il frotta une allumette et alluma la lampe-tempête posée sur la caisse qui contenait la réserve de pétrole, à côté du lit. Puis il prit l'une de ses deux pipes, dans le fourneau de laquelle il avait, la veille, tassé le culot de l'autre. Bisker s'y connaissait dans l'art de s'empoisonner à la nicotine et il était partisan de s'octroyer une dose extra-forte le matin, avant de se lever, pour continuer avec des doses ordinaires pendant la journée. Pour éviter de perdre du temps, la première pipe était préparée la veille. Il fuma pendant cinq minutes. Seul son visage dépassait des couvertures, et encore était-il partiellement protégé par une moustache grise tachée et hirsute.

— Non mais, dire que j'en suis arrivé là ! s'exclama-t-il d'une voix forte. Quand j'pense que j'ai été bouvier presque toute ma vie et que j'renâclais pas à la besogne ! Voilà à quoi ça mène, la gnôle ! Enfin !

Il s'extirpa de son lit, laissant voir des jambes arquées qui dépassaient du bas d'une chemise de coton enfilée sur un gilet de flanelle. Il se glissa dans un pantalon entièrement déboutonné pour faire passer les jambes et une petite bedaine bien ronde, enfila une paire de vieilles chaussettes puis de lourds brodequins qu'il ne prit pas la peine de lacer. Un manteau épais et un feutre usé complétèrent l'ensemble, à quoi vinrent finalement s'ajouter ses instruments de travail comprenant une pipe, une carotte de tabac d'un noir de jais, un canif, une boîte en métal renfermant des allumettes de cire et un tire-bouchon.

Attrapant la lampe, il sortit.

Il ne faisait pas si froid, après tout, même si son souffle s'échappait de sa bouche sous forme d'une vapeur mêlée de fumée de tabac. A l'aide de la lampe, il suivit un chemin cendré étroit jusqu'à une large zone goudronnée qui s'étendait devant une rangée de garages. Il traversa cette zone, titubant sur un chemin lui aussi goudronné qui contournait une grosse réserve de bois, et parvint finalement à une petite porte qui donnait sur l'arrière du *Chalet du Panorama*. Il ouvrit la porte avec une clé qu'il ramassa sous une brique et entra dans l'arrière-cuisine. C'était là qu'il passait une partie de sa journée.

Il pénétra ensuite dans la cuisine, alluma la lumière électrique, souffla sa lampe et emplit d'eau une bouilloire en fer-blanc qu'il posa sur un petit réchaud électrique. Puis, en faisant le moins de bruit possible, il entreprit de nettoyer les quatre grilles des fourneaux placés au centre de la pièce et alluma un feu sous chacun.

Le temps d'accomplir cette tâche, l'eau bouillait. Bisker prépara du thé et pendant qu'il infusait, il retourna dans l'arrière-cuisine et ralluma la chaudière qui procurait de l'eau chaude dans les salles de bains et dans toutes les chambres. Il était en train de verser du lait dans deux tasses quand la cuisinière entra.

— Bonjour ! dit-elle avec une sorte de zézaiement car elle n'avait pas son dentier.

— 'jour ! lâcha Bisker. Une tasse de thé ?

— Et comment ! J'suis incapable de travailler avant.

Bisker versa du thé dans les deux tasses. La cuisinière accepta la sienne sans un mot, la posa près d'un fourneau et s'assit sur une chaise qu'elle approcha des feux qui rugissaient maintenant. Sa tasse dans une main et sa pipe dans l'autre, Bisker alla se camper devant l'un des feux et regarda la cuisinière d'un air furieux.

— Un homme devrait... commença-t-il en agitant sa pipe à la hauteur de sa moustache.

— Oh, taisez-vous donc ! supplia-t-elle. Tenez, soyez un gentleman et donnez-moi du feu.

Bisker n'en continua pas moins à maugréer. Il posa sa tasse sur un fourneau et retira du foyer un morceau de petit bois qu'il présenta à la cuisinière. Elle le lui arracha des mains et alluma la cigarette qu'elle avait sortie de la poche de son tablier.

Mme Parkes n'avait pas encore quarante ans. Elle était grosse, très grosse. Ses cheveux châtains étaient plaqués sur sa tête par un tas de pinces à friser. Son large visage était d'une pâleur mortelle et son petit nez rouge, par contraste, faisait penser à une sébile de jeu de puce. Bisker avala son thé d'un trait.

— Un autre ? demanda-t-il.

— 'videmment. Remplissez donc à ras bords. Trente-sept personnes pour qui il faut qu'je cuisine, plus la patronne, trois femmes de chambre, un sommelier et vous. Quelle vie !

Bisker emporta les tasses sur le plan de travail, les remplit et les rapporta sur les fourneaux qui étaient maintenant bien chauds.

— Z'avez bien dormi ? s'enquit-il, d'une humeur un peu meilleure.

— Mieux que si j'vous avais eu à côté d'moi, répliqua la cuisinière. Et tâchez de vous raser bientôt, sinon la patronne va encore vous attraper. Vous déshonorez la pension. Grâce à Dieu, l'hiver n'va plus durer bien longtemps. M'est avis qu'y a dû avoir d'la gelée.

— Ça oui, ça a gelé, mais dehors il fait pas si froid, qu'on pourrait s'y attendre, déclara Bisker. L'vent a dû tourner à l'ouest juste avant qu'je m'lève. Bon, j'suppose que j'devrais me mettre à ces fichues godasses.

— Oui, mais en silence, exigea Mme Parkes en écrasant sa cigarette. Faudrait pas que la vieille soit en rogne trois jours de suite.

Bisker resta campé devant la cuisinière, se frottant les mains, une lueur malicieuse dans les yeux.

— Un de ces jours, dit-il lentement, vous allez la tenir pendant que je lui trancherai la gorge... sans me presser. La vieille...

Mme Parkes feignit l'indignation. Elle attrapa brusquement sa tasse, fusilla Bisker du regard et dit d'une voix quelque peu stridente :

— Arrêtez donc un peu avec vos idées sanguinaires

et mettez-vous au travail. Un peu plus et vous m'prendriez pour confidente ! Et que dirait mon mari en rentrant à la maison ?

— Allez donc mettre vot'dentier, répliqua Bisker.

Il se retira prestement dans l'arrière-cuisine, à reculons, comme s'il prenait congé d'un personnage royal.

Ayant sorti un bâton de craie d'une boîte posée sur une étagère il retourna dans la cuisine, la traversa et emprunta un couloir qui menait au salon. Il y alluma les lumières et rejoignit un couloir qui conduisait aux chambres. Là, il alluma d'autres lampes et ramassa les chaussures des clients, inscrivant sur les semelles le numéro de la chambre devant laquelle ils les avait trouvées. Il y avait dix paires de souliers d'homme, seize paires de souliers de femme et trois paires de chaussures d'enfant. Il emporta le tout dans l'arrière-cuisine, puis il fit un autre voyage pour aller récupérer une paire qui se trouvait devant la porte de la chambre occupée par Mlle Eleanor Jade, la propriétaire du *Chalet du Panorama*.

Debout devant une table, Bisker se mit au travail. Toutes les chaussures étaient de bonne qualité et convenaient à la marche. Ce matin-là, Bisker s'attendait à les trouver sèches, car il faisait beau depuis quatre jours. Il fut par conséquent enclin à proférer des jurons quand il s'attaqua à une paire de chaussures d'homme, de pointure quarante et un, qui avait le chiffre cinq inscrit sur la semelle.

— Il a dû aller marcher tard hier soir, ce fichu étranger d'Allemand ! récrimina-t-il. Ça me fait du travail supplémentaire, ça... comme si j'en avais pas assez. Il a fallu qu'il les mouille, et drôlement, encore !

Il mit trois fois plus de temps à nettoyer ces souliers-là. Une fois cette tâche accomplie, il commença à siffloter et continua jusqu'à ce qu'il en arrive à la dernière paire. C'étaient des chaussures de femme, de pointure trente-sept, ramassées devant la porte de Mlle

Eleanor Jade. Comme les chaussures du numéro cinq, elles étaient humides.

— Ha, ha ! gloussa-t-il. La vieille chouette ! La vieille chipie ! La vieille… la vieille…

Cessant de glousser, il se mit à brosser les chaussures qu'il avait trouvées à la porte derrière laquelle dormait Mlle Eleanor Jade.

— Voyons voir. Le numéro cinq va se promener tard hier soir. Il revient, boit un verre ou deux — il va falloir que je pose la question à George — et puis il s'en retourne dans sa chambre, retire ses souliers et les met devant sa porte pour que je les nettoie. Oui, c'est comme ça qu'ça s'est passé. Mais le même scénario peut pas s'appliquer à la vieille chipie. Elle n'irait pas sortir tard le soir et pourtant, ses chaussures sont aussi mouillées que celles du numéro cinq. La vieille… Ah… mais si, elle a très bien pu faire ça. Il y a une petite histoire d'amour là-dessous, hein ! Ha ! ha ! Quel Sherlock Holmes je fais !

Une fois son travail terminé, Bisker plaça les chaussures sur un grand plateau de bois et retourna vers les chambres. Lorsqu'il eut déposé tous les souliers là où il les avait trouvés, il faisait presque complètement jour.

Il quitta le bâtiment pour retourner chez lui. Il habitait une cabane construite dans un coin reculé du grand jardin. En chemin, une magnifique vue panoramique de la vallée et des montagnes lointaines s'offrit à son regard indifférent. Depuis la large véranda à balustrade de pierre qui courait sur toute la longueur de la façade, une pelouse bien entretenue descendait en pente douce jusqu'à une lointaine clôture en fil de fer qui longeait une route principale. L'herbe et les petits arbustes plantés ici et là étaient blancs de gel, un blanc luisant qui réfléchissait la lumière du soleil maintenant parvenu au-dessus des montagnes les plus éloignées, situées à une cinquantaine de kilomètres, de l'autre côté de la vallée.

Une fois rasé et lavé à l'eau glacée, Bisker retourna

dans la cuisine où une odeur de nourriture en train de cuire et de café en train de passer lui fit momentanément oublier l'agonie des cinq premières minutes de sa journée, juste après la sonnerie du réveil. Dehors, l'air était plus doux. Le broussard qui sommeillait en Bisker remarqua immédiatement que la température s'était élevée avec le lever du soleil.

Une femme de chambre en uniforme entra dans la cuisine avec un plateau vide sur lequel elle avait apporté le thé matinal aux clients de Mlle Jade. George, qui faisait office de sommelier et de serveur, était déjà en train de prendre son petit déjeuner à une table installée sur le côté. Bisker s'y dirigea. Une autre femme de chambre déposa devant lui des œufs au bacon, des toasts et du café. Mlle Jade nourrissait bien son personnel.

— Bonjour, George !

— Bonjour, Bisker, répondit George. (C'était un homme à l'amabilité onctueuse, âgé d'une trentaine d'années, au teint pâle, aux yeux et aux cheveux foncés.) Voilà une belle journée qui s'annonce.

— Oui. Il va faire chaud après la gelée. Le vent a tourné à l'ouest. Le givre va vite fondre. On aura peut-être de la pluie ce soir. Vous vous êtes mis au lit à quelle heure ?

— Vers onze heures, répondit George. Les hommes étaient fatigués et ils sont allés se coucher tôt.

— Vous les avez tous bien bordés ? demanda Bisker, la bouche pleine.

George sourit d'un air supérieur.

— Tous sauf le marié, reconnut-il. J'en ai laissé le soin à la mariée.

Bisker cligna de l'œil et gloussa. Il jeta un regard furtif par-dessus son épaule et remarqua une femme de chambre à côté de la cuisinière. Il cligna à nouveau de l'œil à l'adresse de George et fut sur le point d'émettre un propos désobligeant. Il n'en eut pas le temps car une fois son petit déjeuner terminé, George se rendit dans la salle à manger.

Bisker se leva alors et sortit de la cuisine en traînant les pieds. Il quitta le bâtiment en passant par la porte de l'arrière-cuisine et traversa la cour pour rejoindre la pile de bois où, assis sur une bûche fendue, avec le soleil pour le réchauffer, il se mit à couper des morceaux de sa carotte de tabac. Le petit problème des chaussures humides avait disparu de son esprit.

Après avoir fumé pendant dix minutes, il rangea sa pipe et saisit une hache avec laquelle il entreprit de fendre des bûches dans le sens de la longueur de façon à alimenter les fourneaux en petit bois. En plus des feux de la cuisine et de la chaudière, il y avait le salon et la salle à manger qui avaient besoin de bois, car les grands feux de cheminée étaient plus appréciés que les mornes chauffages à gaz et électriques qu'on trouvait dans les chambres des pensionnaires.

Bisker coupa du bois pendant une demi-heure, puis il attrapa un balai et commença son balayage quotidien des aires goudronnées et des chemins. Une fois arrivé devant la longue façade du bâtiment, il entendit la voix de Mlle Jade.

— Bisker ! Avez-vous aperçu M. Grumman ce matin ?

Bisker se retourna et leva les yeux pour voir sa patronne appuyée à la balustrade de la véranda. Ses mains ornées de bijoux miroitaient au soleil doré.

— Non, m'dame, répondit-il.

Il resta quelque temps à fixer « la vieille chipie », en s'émerveillant, comme à chaque fois qu'il la regardait, que quelqu'un pût être aussi gâté. Agée d'une quarantaine d'années, Mlle Jade avait des cheveux aussi noirs que la nuit, de grands yeux sombres, et même maintenant, alors qu'elle se tenait face au soleil, son maquillage était parfait. Sa voix avait une justesse de ton et d'accent qui n'avait pu être acquise qu'au prix d'une longue pratique.

— Très bien, continuez votre travail, Bisker, ordonna-t-elle.

Bisker obéit, mais ses pensées n'étaient pas très courtoises. Il balayait le chemin qui longeait la façade. Partant du milieu de ce chemin, l'allée traversait la pelouse et menait au portillon de la grille, en bordure de la route. Bisker était presque arrivé à l'extrémité du chemin quand, à son grand étonnement, il vit un homme en vêtements de travail franchir le portillon et remonter l'allée. Bisker chercha machinalement Mlle Jade des yeux, car seuls les pensionnaires avaient le droit de pénétrer dans l'enceinte du *Chalet du Panorama* par cette entrée.

Mlle Jade n'était plus sur la véranda. Bisker lâcha son balai et descendit à la rencontre du paria. Il le connaissait.

— Dis donc, Fred ! cria-t-il quand il se trouva à une vingtaine de mètres de l'intrus. Tu sais donc pas que les esclaves n'ont pas le droit de passer par ce portillon ?

L'intrus était grand et maigre. Ses yeux bleus larmoyaient. Il avait la goutte au nez. Il dit avec le calme imperturbable de celui qui ne veut pas être bousculé :

— Amène-toi. J'ai quèque chose à t'montrer.

Il fit demi-tour et repartit vers le portillon. Bisker s'arrêta, regarda derrière lui pour vérifier que Mlle Jade ne les observait pas, puis lui emboîta le pas. Une fois sur les talons de Fred, il dit, plein d'espoir :

— T'as une bouteille ?

— Mieux qu'ça, répondit Fred sans se retourner. Une p'tite surprise pour toi. On va être célèbres, toi et moi.

— J'ai pas envie d'être célèbre, affirma Bisker. Si tu m'as fait faire tout c'chemin sans qu'y ait d'bouteille à vider, t'es plus mon copain. Et par un matin aussi froid, encore ! Avec cette vieille chipie qui doit être en train de m'épier de ses yeux noirs et qui va vouloir savoir ceci, cela, qui tu peux bien être et tout le tremblement.

Depuis le portillon, on apercevait une pente ménagée dans la levée de terre rouge qui bordait la route. Fred et Bisker franchirent le portillon, descendirent la pente et atteignirent la route goudronnée. Là, ils étaient hors de vue de quiconque se tenait sur la véranda. Fred s'arrêta, se retourna et pointa un doigt accusateur sur Bisker.

— Où que t'étais, cette nuit ? demanda-t-il.

— Dans mon lit. Où tu croyais qu'j'étais ?

— Où que t'étais avant d'aller au lit ?

— Où... ben j'buvais du whisky avec toi dans ma cabane, tu l'sais parfaitement, répliqua Bisker avec indignation.

— T'as d'la chance, lui fut-il annoncé. T'as déjà vu un mort ?

— Des centaines. Pourquoi ?

— J'en ai trouvé un.

— Toi ? Où ça ?

— T'es tellement près qu'tu brûles.

— Sans blague ?

— J'blague pas. Viens, j'vais t'montrer.

Fred conduisit Bisker sur la route qui longeait le fossé d'écoulement des eaux de pluie, creusé juste au pied de la pente. Il l'entraîna un peu plus loin en empruntant le petit pont qui enjambait le fossé presque dissimulé par les ronces et les mauvaises herbes. Là, il s'arrêta et dit :

— J'viens seulement d'l'apercevoir tantôt, alors que j'marchais le long d'la route pour m'en aller travailler. Regarde !

Il montrait du doigt le fossé. Bisker resta immobile et baissa des yeux exceptionnellement écarquillés. Tout d'abord, il vit, sous des herbes vert vif, une tache écarlate. Puis, il aperçut, toujours sous des herbes vert vif, une partie de visage. Il se pencha en avant, les mains posées sur ses genoux pliés et scruta encore plus intensément.

— C'est l'un de nos pensionnaires, dit-il lentement.

Un type qui s'appelle Grumman. On dirait qu'il est mort.

— Et comment ! ajouta Fred. Vas-y, admire le paysage.

Bisker se redressa et considéra Fred du même air que s'il lui avait demandé de sauter du haut d'une falaise de trente mètres. Puis il s'agenouilla au bord du caniveau et descendit au fond. Des deux bras, il écarta l'enchevêtrement de ronces et de mauvaises herbes et découvrit le corps d'un homme vêtu d'une robe de chambre grise, avec des chaussons de cuir rouge aux pieds. Bisker savait reconnaître un mort, il en avait déjà vu. Il remit la végétation en place au-dessus du corps, puis il regagna le bord de la route.

Fred examina Bisker, une lueur d'austérité dans ses yeux larmoyants. Bisker releva la tête et il allait prendre la parole quand une voix dit au-dessus d'eux :

— Qu'est-ce qui se passe, là, en bas ?

L'air coupable, les deux hommes levèrent les yeux pour apercevoir une silhouette mince et bien habillée qui se tenait à l'extrémité de la pente.

— Bonjour, monsieur Bonaparte. Venez donc admirer un cadavre qu'on a trouvé.

— Vous avez bien dit un cadavre ? demanda M. Bonaparte.

— Exactement, affirma Fred.

— Dans ce cas, je vais vous rejoindre.

En moins de dix secondes, ce pensionnaire du *Chalet du Panorama* se retrouva aux côtés de Bisker et de Fred, au bord de la route, juste au-dessus du corps.

— Est-ce que l'un de vous est descendu dans le fossé ? demanda M. Bonaparte.

— On y est descendus tous les deux, répondit Bisker. C'est Fred qui l'a trouvé, et il est venu me chercher à mon travail.

— Ah... dommage. Vous êtes bien sûrs qu'il est mort ?

— Pour ça oui !

— Et vous savez qui c'est ?

— M. Grumman, répondit Bisker.

— Oh, M. Grumman ! Eh bien ! Apportez-moi un bâton d'environ un mètre cinquante de long.

Fred trouva une branche sur le bas-côté de la route et en fit un bâton de la longueur voulue. Avec l'extrémité, M. Bonaparte écarta les ronces de façon à pouvoir bien voir le visage du mort et les vêtements qu'il portait. Puis il remit la végétation en place pour dissimuler le corps.

Une matinée exceptionnelle pour Bisker

Mlle Jade était en train de prendre son petit déjeuner dans un coin de la salle à manger.

La salle à manger du *Chalet du Panorama* était la fierté de Mlle Jade car elle l'avait conçue dans le but de tirer le plus grand parti possible de la vue magnifique. De grandes baies vitrées couraient sur toute la façade pour que tout en mangeant, les clients puissent admirer le plus beau paysage de l'Etat du Victoria.

La femme de chambre qui apporta ses œufs au bacon à Mlle Jade dit :

— Bisker veut vous voir, madame.

— Bisker veut me voir ? s'exclama Mlle Jade. Vous avez bien dit que Bisker voulait me voir ?

— Oui, madame, répondit la femme de chambre en ajoutant effrontément : C'est bien ce que j'ai dit, madame.

— Dites à Bisker que je suis en train de prendre mon petit déjeuner.

La jeune fille s'éloigna en silence sur l'épais tapis. Sur le front de sa patronne, les sourcils soulignés d'un fin trait de crayon se rapprochèrent pendant une fraction de seconde. Puis deux courtes rides verticales apparurent entre eux, des rides qui causaient beaucoup de souci à Mlle Jade, et auxquelles elle ne pouvait remédier qu'en haussant les sourcils. Elle entendit la voix de la femme de chambre derrière les portes battantes aux gonds bien graissés, et elle faillit s'étrangler en voyant Bisker en personne s'avancer vers sa table.

— Bisker ! s'exclama-t-elle presque en criant.

Bisker continua à avancer, à avancer en défiant les yeux terribles de Mlle Jade, qui, d'ordinaire, l'auraient figé sur place. Il souriait faiblement, un sourire légèrement ironique, et quand il arriva à la table, il dit en triturant son vieux feutre avec ses mains sales :

— Vous demandiez après M. Grumman, m'dame.

— Comment osez-vous venir ici, Bisker ? s'écria Mlle Jade.

— Je suis venu vous donner des nouvelles de M. Grumman, m'dame, persista Bisker, son sourire ironique s'attardant dans ses yeux. C'est pas l'genre de nouvelles qu'à mon avis, vous aurez envie qu'les clients entendent pour l'moment.

Bisker prit son temps. Il avait une nouvelle d'importance à annoncer et il ne voulait pas rater son effet. Mlle Jade lui jeta un regard glacial. Pour elle, c'était là un nouveau Bisker.

— Eh bien, qu'est-ce que vous avez à dire au sujet de M. Grumman ? demanda-t-elle.

— Il est comme qui dirait endormi, m'dame, voilà.

— Endormi ! Mais il n'est pas dans sa chambre. Il n'est pas rentré.

— Oui, m'dame... ça, il rentrera jamais... il est là-bas, dans l'fossé, de l'autre côté du portillon. Il est mort.

— Il est m... commença Mlle Jade d'une voix forte.

Puis elle se reprit. Repoussant sa chaise, elle se leva et abaissa les yeux sur la silhouette courtaude. D'une voix douce, elle demanda :

— Vous avez bien dit que M. Grumman était mort, Bisker ?

Bisker fit un signe de tête affirmatif.

Il faut dire que Mlle Jade était une femme de caractère. Elle avait débuté dans une petite pension de famille de banlieue et elle avait travaillé dans une succession de pensions plus grandes, puis de petites auberges, jusqu'au moment où elle était devenue propriétaire du *Chalet du Panorama*, sur le mont Chalmers. Elle n'était pas du genre à céder à la panique. Les portes battantes n'étaient pas éloignées au point que la femme de chambre, de l'autre côté, ne pût entendre la conversation.

— Venez dans mon bureau, Bisker.

Bisker la suivit tranquillement. Une fois dans le bureau, Mlle Jade demanda à une jeune fille à l'air compétent d'aller prendre son petit déjeuner, puis elle attendit dix secondes avant de fermer la porte et d'ordonner :

— Allez-y, Bisker.

Bisker lui raconta qu'il avait vu un ouvrier franchir le portillon, qu'il s'était « précipité » pour l'arrêter et lui dire de sortir et que l'homme l'avait emmené voir le corps de M. Grumman.

— Vous êtes bien sûr qu'il est mort ? demanda Mlle Jade.

— Pendant la dernière guerre, j'ai vu des tas de morts, dit Bisker. M. Grumman est bel et bien mort. Son corps est tout raide, et aussi froid que le bout de mon nez.

— Vous croyez qu'il est tombé du talus ?

— On ne dirait pas, à voir la manière dont il est étendu, répliqua Bisker qui ajouta gaiement : Evidemment, il a pu tomber. J'dis pas qu'il aurait pas pu basculer d'la pente, à moitié endormi, comme qui dirait. En tout cas, il est mort et on peut pas s'contenter d'le fourrer dans un coin du jardin.

Les sourcils de Mlle Jade se haussèrent bien plus qu'il n'était nécessaire pour effacer les rides verticales qu'elle avait au-dessus du nez. Quand elle reprit la parole, son ton était glacial.

— Ne soyez pas stupide, Bisker. Tranquillisez-vous, je vais appeler la police.

— C'est c'que M. Bonaparte a dit qu'il fallait faire, m'dame, répondit Bisker.

— M. Bonaparte !

— Oui, m'dame. M. Bonaparte est arrivé au bas de la pente juste au moment où j'venais d'examiner le corps. Il est en train d'jeter un coup d'œil, comme qui dirait. C'est lui qui m'a envoyé vous dire d'appeler la police et un médecin.

— Un médecin ! Mais vous venez de dire que M. Grumman était mort.

Bisker eut la satisfaction de voir que Mlle Jade était déconcertée et que pour une fois, elle se laissait aller à ses émotions. Il l'observa calmement tandis qu'elle saisissait le combiné d'une main tremblante et demandait à l'opératrice de lui passer la police. Pendant qu'elle patientait, il eut la surprise de voir dans ses yeux un appel à l'aide. Il ne se déroba pas.

— Vous feriez mieux de me laisser leur parler, suggéra-t-il.

— Volontiers, Bisker.

Mlle Jade lui passa le téléphone avec plaisir et s'assit sur la chaise de la secrétaire. Bisker prit alors la parole.

— Ici le *Chalet du Panorama*, monsieur Rice, dit-il. Bisker à l'appareil. L'un de nos clients, un monsieur qui s'appelle Grumman, se trouve dans le fossé, au fond du jardin. Il n'a que sa robe de chambre et ses chaussons et on dirait qu'il est mort. J'ai pensé que vous voudriez venir jeter un coup d'œil.

Mlle Jade sentit soudain qu'elle était au bord de la crise de nerfs. Bisker poursuivit :

— Non, nous n'avons pas encore appelé le toubib, monsieur Rice... Oui... d'accord !... Vous allez venir tout de suite ?... Très bien ! Nous attendrons que vous soyez là.

Bisker raccrocha, examina Mlle Jade pendant une fraction de seconde puis s'assit dans le fauteuil de la propriétaire, s'affaissant avec le soulagement manifeste qu'elle avait elle-même trahi en s'asseyant. Il dit d'un ton plaintif :

— Désolé, mademoiselle Jade, mais j'suis comme qui dirait bouleversé. Le fait d'avoir trouvé ce pauvre M. Grumman comme ça et tout... Une petite goutte de brandy peut-être...

La suspicion se glissa dans les yeux sombres de Mlle Jade mais l'évocation du brandy fit naître un besoin en elle. Elle appuya sur une sonnette. Bisker se leva et s'avança vers le bureau. Il décrocha le téléphone et demanda qu'on lui passe le Dr Markham. Il vit George apparaître sur le seuil et entendit avec bonheur Mlle Jade commander deux brandy soda. Puis il entendit une autre voix féminine.

— Je suis bien chez le Dr Markham ? demanda-t-il avec un tremblement délibéré de la voix. Ici le *Chalet*. Un monsieur est gravement malade... Quoi ?... Le docteur est parti ?... Ça tombe mal... Il va revenir bientôt ?... Oh, très bien ! Dites-lui de venir dès qu'il pourra... Oui, c'est grave.

Il avait à peine raccroché que George arrivait avec les boissons. Mlle Jade lui demanda de poser les verres sur le bureau. Bisker attendit le départ de George. Grâce à sa grande expérience professionnelle, ce dernier ne manifesta pas le moindre étonnement et son visage resta impassible. Une fois la porte refermée sur lui, Mlle Jade dit :

— Prenez un verre, Bisker.

Elle avala trois gorgées elle-même. Bisker leva son verre en direction de la lumière qui entrait par la fenêtre, en renifla le contenu, puis le but d'un trait et essuya sa moustache grise hirsute d'un revers de manche. Il reposait à regret le verre vide quand Mlle Jade reprit :

— S'il s'avérait que M. Grumman n'était pas mort accidentellement mais avait été tué, tout serait complètement désorganisé au *Chalet*. J'espère, Bisker, que vous me resterez fidèle. Tous les pensionnaires partiraient probablement, et cette pension aurait mauvaise réputation. Espérons donc que M. Grumman a bien eu un accident.

Les petits yeux gris de Bisker se fixèrent sur elle.

— Qu'est-ce qui vous fait croire que M. Grumman aurait pu être assassiné ? demanda-t-il.

— Ne soyez pas stupide, Bisker, lâcha Mlle Jade. Vous venez de me dire que cet homme est mort et qu'il se trouve au fond d'un fossé en robe de chambre et en chaussons. Vous pouvez sûrement entrevoir vous-même cette hypothèse ?

— Oh, oui, m'dame, je l'entrevois, admit Bisker.

— Bien entendu. Combien de temps va-t-il falloir à M. Rice pour venir ici ?

— A peu près cinq minutes en voiture. Une demi-heure s'il vient à pied. C'est peut-être lui qui arrive. (Ils tendirent l'oreille, puis Bisker ajouta :) Non, c'est une voiture qui vient de la route du bas et remonte l'allée.

Le poste de police disposait d'un seul officier et se trouvait dans un petit hameau, à environ huit cents mètres au-dessus du *Chalet*. C'est pourquoi, après avoir tourné à gauche, Rice entrerait au *Chalet* par l'entrée principale, en haut, là où il y avait les garages. Les voitures qui venaient de la ville, en revanche, passaient par un large portail, à une centaine de mètres du portillon et de la pente qui menait à la route. Mlle Jade et Bisker savaient donc que Rice s'arrêterait à la pension avant de voir Bonaparte et Fred, qui devaient certainement être restés auprès du corps de M. Grumman.

Ils entendirent la voiture tourner sur l'espace dégagé, devant les garages et l'entrée de la réception. Tous deux pensèrent que c'était le Dr Markham et Mlle Jade sortit du bureau pour aller à la réception, suivie par Bisker qui entendait maintenant une autre voiture emprunter l'entrée principale du *Chalet*.

Un homme vêtu d'un complet gris d'excellente coupe et de bonne qualité pénétra dans le hall de la réception. En apercevant Mlle Jade, il ôta son chapeau et s'avança. Il était rasé de près et son teint frappait par sa pâleur exceptionnelle. Ses yeux sombres ressortaient dans son visage blanc. Il prononça un « bonjour » poli avec un léger accent étranger. Puis il dit :

— Je suis venu voir mon ami, M. Grumman.

Mlle Jade avait maintenant retrouvé un peu plus d'aplomb.

— Oh, je vois. M. Grumman est légèrement souffrant ce matin. En fait, nous pensons qu'il a dû avoir un accident. Nous étions justement en train... Ah !

Rice venait d'entrer dans le hall. Il n'était pas particulièrement grand mais il avait l'air compétent. Il ne portait pas d'uniforme. Mlle Jade vit l'ami de M. Grumman se retourner pour faire face au policier. Ce dernier parut étonné.

— Eh bien ! dit-il. Il me semble que c'est là notre vieil ami Marcus ! Marcus sans sa petite moustache noire, hein ? Non, Marcus, pas de ça !

Rice prit son élan et bondit en avant. Il était encore au-dessus du sol quand les autres entendirent nettement un son étouffé. Mlle Jade aperçut l'arme dans la main droite du visiteur, une arme munie d'un tuyau long et affreux... un silencieux. Le corps du policier se déplaçait tellement vite qu'il atterrit à l'endroit où se tenait le visiteur. Celui-ci sauta de côté et Rice s'écroula à terre, masse inerte.

Il resta étendu sans bouger. Le visiteur se tourna alors pour faire face à Bisker et à Mlle Jade. On aurait dit que ses yeux étaient deux braises, avec une lueur écarlate terne au milieu du noir. Mlle Jade ouvrit la bouche pour hurler mais le son qui s'échappa de ses lèvres ne fut qu'un sanglot trop longtemps retenu. Bisker avait les poings sur les hanches et ses yeux n'étaient que deux petits points gris livides. Le visiteur recula lentement vers la porte d'entrée, resta sur le seuil pendant un moment qui parut s'éterniser, puis disparut en claquant la porte derrière lui. Ni Bisker ni Mlle Jade ne firent le moindre mouvement. Ils entendirent le bruit d'une voiture qui descendait rapidement l'allée pour aller rejoindre la route. Puis Mlle Jade s'écroula sur la moquette.

Bisker eut l'impression que sa propre voix lui parvenait d'une distance d'au moins trente mètres. Il était à genoux quand il s'entendit dire :

— Allons, monsieur Rice ! Vous êtes salement touché ?

Il retourna le corps du policier puis s'immobilisa lorsqu'il vit un petit trou rond au milieu de son front et un mince filet de sang qui s'en échappait.

— Le salaud ! dit-il lentement.

Puis il se releva et se rua vers la porte d'entrée. Il l'ouvrit brusquement et se précipita dehors, parcourut quelques mètres sur la zone goudronnée, puis il s'arrêta et s'exclama à nouveau :

— Le salaud !

En revenant à la réception, il découvrit Mlle Jade à quatre pattes et parce que ses cheveux étaient en désordre, il eut envie de se moquer d'elle. Mais il se retint, se pencha pour la relever et la traîna presque jusqu'au bureau. Là, il l'installa dans son fauteuil le plus confortable.

— Laissez-moi me charger de tout, dit-il, et il fut surpris par le ton de sa voix.

Il se dirigea vers la porte du bureau dans l'intention de fermer à clé la porte de communication entre la réception et le court passage menant au salon. Puis il eut sa seconde brillante inspiration de la matinée. Il retourna dans la pièce et appuya sur la sonnette électrique pour appeler George.

Bisker se tenait sur le seuil, entre le hall et le passage, quand George apparut.

— Apportez une bouteille de whisky, deux verres et un siphon d'eau gazeuse, ordonna-t-il.

George était sur le point de discuter cet ordre mais Bisker s'écarta légèrement pour lui permettre de voir le policier mort.

— Magnez-vous avec le whisky, grogna Bisker.

George partit presque en courant. Quand il revint, Bisker le fit entrer dans le hall et verrouilla la porte. Il prit le plateau des mains de George.

— Allez fermer la porte d'entrée à clé... et vite !

Une fois revenu dans le bureau, il trouva Mlle Jade encore affaissée dans son fauteuil. Elle le regarda, ses yeux noirs grands ouverts, et ouvrit la bouche pour hurler, mais Bisker lui dit :

— Fermez-la, m'dame.

Il versa du whisky dans un verre, ajouta un trait d'eau gazeuse et le lui tendit. Elle continua à le dévisager fixement.

— Remettez-vous, m'dame. Allons... buvez-moi ça.

— Bisker ! s'écria-t-elle. Est-ce que M. Rice est mort ?

— Tout c'qu'y a de plus mort, m'dame, répliqua Bisker.

Mlle Jade nota la remarquable métamorphose qui s'était opérée en Bisker, lui qu'elle voyait toujours prendre congé avec un air d'excuse et en traînant les pieds. Et le plus étonnant, c'était qu'elle se disait qu'elle éprouvait de l'affection pour lui et se sentait réconfortée... c'était pourtant une impression qu'elle ne s'attendait nullement à ressentir en ce moment. Ses bras glissèrent sur le bureau et se tête vint s'y blottir tandis qu'elle éclatait en sanglots.

Tout en pleurant, elle entendit le gargouillis du liquide versé dans un verre. Elle ne regarda pas Bisker lorsqu'il emplit le verre à ras bords et l'engloutit d'un trait. Elle perçut le bruit du siphon lorsqu'il se versa ensuite un demi-verre d'eau pour faire passer le whisky. Puis elle l'entendit demander la police judiciaire de Melbourne au téléphone.

Elle cessa de pleurer aussi brusquement qu'elle avait commencé et se redressa. Bisker s'était étalé sur le bureau et parlait dans le combiné, décrivant ce qui s'était passé. Elle se sentait incroyablement fatiguée. Presque machinalement, elle saisit le verre que Bisker lui avait préparé et se mit à avaler de petites gorgées rapides. Derrière Bisker, il y avait George, et elle trouva extraordinaire de voir le serveur aussi calme et maître de lui.

Bisker raccrocha.

— Une voiture qui patrouille dans une commune proche d'ici sera là dans vingt minutes, lui annonça-t-il. Je dois empêcher les gens d'approcher jusqu'à son arrivée. Vous feriez mieux de veiller à ce que les clients ne s'aperçoivent pas de ce qui s'est passé.

— Je... je... commença Mlle Jade.

Bisker l'interrompit. Pour mettre en œuvre un petit plan qui lui était venu à l'esprit, il fallait qu'il se débarrasse de Mlle Jade et de George.

— George ! fit-il. Aidez-moi à faire sortir Mlle Jade d'ici.

Ils durent presque la porter pour l'aider à traverser le hall de la réception et la faire passer devant la forme étendue à terre. A l'entrée du couloir, Bisker regarda George droit dans les yeux et lui dit d'un ton sec :

— Emmenez Mlle Jade dans sa chambre... n'importe où. Et motus, compris ?

George acquiesça. Bisker ouvrit la porte et George aida sa patronne à avancer dans le court passage. Ensuite, Bisker referma la porte à clé. Il retourna tranquillement dans le bureau, plaça le siphon derrière un fauteuil, les verres dans un tiroir du bureau et la bouteille de whisky aux trois quarts pleine dans sa poche. Puis il sortit de la pièce, se dirigea vers la porte principale qu'il ouvrit, puis referma à clé derrière lui. Une fois sur la grille de fer qui se trouvait devant les marches du perron, il hésita.

Avait-il le temps d'emporter cette bouteille de

whisky dans sa cabane et de la cacher sous son matelas ? Pas vraiment. Et puis il y avait le risque de se faire remarquer. La police pourrait l'apprendre et elle lui poserait des questions.

La porte d'entrée était flanquée de deux arbustes ornementaux plantés dans de larges bacs.Bisker choisit le bac qui se trouvait à gauche de la porte. La terre était friable. Il creusa un trou profond de façon que la bouteille pût y tenir debout et que son précieux contenu ne s'échappât pas du bouchon de verre. La bouteille disparut dans le trou. Bisker la recouvrit, déposant à peine cinq centimètres de terre sur le bouchon. Ensuite, il s'assit sur le rebord du bac et sortit sa carotte, son canif, sa pipe et ses allumettes, et il entreprit de découper des rondelles de tabac.

La seconde rondelle était découpée quand Napoléon Bonaparte surgit de derrière la maison.

— Ah, Bisker ! Avez-vous appelé la police locale ? demanda Bony.

— Oui, monsieurBonaparte, c'est fait. Il est... à l'intérieur.

— Ah bon ! Qu'est-ce qui le retient là-dedans ?

Les yeux bleus de Bonaparte transpercèrent Bisker.

— Vous n'auriez pas vu, par hasard, la voiture qui a remonté l'allée et qui est repartie y a quelques minutes ? lui demanda Bisker.

— Si. Pourquoi ?

— Je suppose que vous n'avez pas relevé son numéro d'immatriculation, monsieur Bonaparte ?

— Non, je ne me trouvais pas près de l'allée. Pourquoi ?

— Ben le type qu'était dans cette voiture est venu à la réception pendant que Mlle Jade et moi on attendait l'arrivée de Rice, l'officier de police. Le type est entré et a demandé M. Grumman. Mlle Jade était en train de le dissuader, plus ou moins, quand Rice est arrivé. Le type a vu Rice, qui l'a reconnu et qui s'est jeté sur lui. Alors il a tiré sur Rice avec un pistolet qui avait un silencieux.

— Bon sang ! Est-ce que le policier est grièvement blessé ?

— Il est carrément mort, affirma Bisker.

Il fut déçu de ne pas remarquer de changement d'expression sur le visage foncé de Bony. Celui-ci continuait à le regarder d'un air moyennement intéressé. En fait, ce fut chez lui que la réaction se produisit, une fois que ses nerfs soumis à rude épreuve commencèrent à se détendre. Après avoir annoncé sa nouvelle, Bisker s'assit en tremblant au bord du bac. La brève période d'autorité qu'il venait de s'octroyer s'était évanouie.

— Nous ne pouvons rien faire d'autre qu'attendre la police, Bisker, dit Bony.

Chaussures de pointure 46

Quand la première voiture de police arriva, l'inspecteur Napoléon Bonaparte était assis dans un fauteuil canné, sur la grande véranda qui surplombait la vallée et les montagnes. Au-dessus de la vallée, des fragments de brume dispersés ressemblaient à des petits nuages de coton semés sur un tapis fripé à carreaux rouges et verts. Il n'y avait pas de vent. L'air était tiède et si pur qu'il pouvait distinguer le gris des arbres calcinés par un incendie sur les pentes qui se trouvaient à une cinquantaine de kilomètres.

Il était assis seul, à l'extrémité de la véranda, et fumait ses cigarettes mal roulées, l'oreille dressée en direction des bavardages des autres pensionnaires qui commençaient maintenant à se dire qu'il y avait quelque chose qui ne tournait pas rond. Certains voulaient prendre le prochain autocar pour se rendre en ville, mais Mlle Jade était souffrante et la secrétaire s'était évanouie dans la nature. Il entendit la voiture de police arriver plusieurs minutes avant qu'elle ne quittât la route et ne remontât en ronronnant l'allée bordée d'arbres.

Trois minutes plus tard, il vit Bisker sur le chemin qui longeait la véranda, accompagné par un homme de haute taille en civil. Ils arrivèrent jusqu'au perron, puis ils empruntèrent l'allée qui se trouvait au milieu de la pelouse et conduisait au portillon... et au corps de Grumman.

Un second intervalle de dix minutes s'écoula avant que Bony n'entende le bruit d'autres voitures, lancées sur la route à toute vitesse. Elles remontèrent également l'allée et vinrent s'arrêter à l'extrémité du bâtiment. Aussitôt, plusieurs hommes en civil descendirent le chemin qu'avaient pris Bisker et le premier policier. Deux d'entre eux portaient des appareils photo et un troisième une imposante valise de cuir. Ce dernier ne marchait pas avec la vivacité militaire de ses compagnons, et Bony devina qu'il s'agissait du médecin légiste.

Une fois qu'ils eurent disparu derrière le portillon et descendu la pente, Bony se roula une autre cigarette, l'alluma, puis se renfonça dans son fauteuil confortable. Le coussin qu'il avait derrière la tête était doux, la forme du fauteuil épousait bien son corps mince, et le soleil qui déversait ses rayons sur lui était délicieusement chaud.

Il se demandait ce que le colonel Blythe allait dire en apprenant la mort de M. Grumman. Et il se demandait ce que la police penserait en entrant dans la chambre de M. Grumman. Ils allaient sûrement se préoccuper davantage d'épingler l'assassin de Rice, l'officier de police, que de trouver le meurtrier de M. Grumman, qu'ils allaient tout de même rechercher, bien entendu. Rice était l'un des leurs et apparemment, Marcus ne leur était pas inconnu. Ce qui intéressait tout particulièrement Bony, c'était de savoir ce que Marcus avait à voir avec Grumman.

Un certain temps passa, puis Bisker remonta du portillon avec trois policiers. De là où il était, Bony ne les voyait qu'au-dessus de la balustrade de pierre. Ils prirent à leur droite en arrivant au bout du chemin et se dirigèrent vers l'extrémité du bâtiment qui abritait l'entrée principale et la réception. Le hall de la réception et le bureau seraient certainement occupés un certain temps par la police. Très probablement, ils se serviraient du salon pour interroger les pensionnaires.

Bonaparte éprouva un sentiment de satisfaction intellectuelle. Il était fondé. Premièrement, l'affaire qu'il traitait depuis deux jours avait pris un tour inattendu et intéressant, et deuxièmement, il allait continuer à travailler parallèlement à la police, comme il avait commencé.

Ce n'était nullement la première fois qu'il travaillait pour le colonel Blythe. La première occasion lui en avait été fournie en avril 1942, quand il avait réussi à débusquer les chefs d'un réseau d'espionnage à la solde du Japon.

Cette affaire Grumman était une sorte de conséquence de la reddition allemande et l'avait conduit, lui, Bonaparte, de Brisbane à Melbourne, puis de Melbourne à une maison située dans la partie résidentielle de Toorak Road. Là, le colonel Blythe lui avait offert un verre et des cigarettes, et il avait pris la parole.

Si le colonel Blythe n'avait pas épousé la fille du colonel Spendor, Bony n'aurait probablement jamais vu M. Grumman. Blythe avait légèrement dépassé la quarantaine, il avait les cheveux blonds et les yeux bleus, il était cultivé et charmant. Il avait été plus ou moins employé par le ministère de la Guerre britannique pendant quelques années, avant d'être détaché en Australie et de travailler pour les services secrets. La seule fois où il sembla déconcerté, ce fut quand on évoqua les agents des services secrets australiens qui se trouvaient au quartier général des armées pendant la guerre.

Quatre jours avant ce beau matin du 1er septembre, le colonel Spendor, le préfet de police de Brisbane, avait demandé à voir l'inspecteur Napoléon Bonaparte et lui avait annoncé d'un ton bourru :

— Mon gendre a du boulot pour vous, le diable l'emporte ! Je ne lui aurais pas permis de vous avoir si vous n'aviez pas été libre en ce moment. Je vous ai obtenu une place prioritaire sur un avion qui décolle à quatorze heures quinze. Avant de partir pour l'aéroport, passez prendre des lettres que je vous demanderai de remettre à ma fille, d'accord ? Je ne crois pas que ces fichus censeurs se privent d'ouvrir le courrier que je poste. N'oubliez pas de lui transmettre mes pensées affectueuses et dites à son mari qu'il ne pourra pas vous garder plus de sept jours.

Dans la maison paisiblement meublée de South Yarra, Bony avait alors remis les lettres à Mme Blythe, l'assurant que le colonel Spendor se portait à merveille, tout comme son épouse qu'il avait vue la semaine précédente. Une fois que Mme Blythe s'était retirée, le colonel en était venu au travail.

— Vous croyez que le personnel civil vous a vu descendre de l'avion ? demanda-t-il.

Bony répondit qu'il ne pensait pas avoir particulièrement attiré l'attention.

— Bien ! Voilà, mon vieux, il y a un type qui séjourne dans une pension, à une cinquantaine de kilomètres, dans la campagne, et qui se fait appeler Grumman. Si je demande aux services secrets des armées de se renseigner sur ce Grumman, ils enverront probablement un sous-fifre lui poser tout une série de questions écrites sur une feuille de papier. Ils l'ont déjà fait, ces demeurés. Ils voudront que je leur donne des informations et ils ne se mettront pas au travail avant que je leur aie écrit sur un formulaire stupide tout ce que je sais, ce qui ne va pas très loin.

« Ecoutez, nous en viendrons aux détails plus tard, mais voici l'essentiel de l'histoire : M. Grumman est en réalité le général Wilhelm Lode, qui, d'après les Allemands, aurait été tué au combat trois mois avant leur capitulation. Il était, et il est toujours, membre de l'OKW, une organisation d'experts militaires qui a survécu à la paix, à la guerre et à la défaite. L'OKW n'est autre que l'état-major général allemand.

« Quand l'état-major allemand a su que la partie

touchait à sa fin, il a annoncé que le général Lode avait été tué. On a également fait passer d'autres officiers supérieurs pour morts. Le boulot de Lode, et celui d'autres militaires, était de conserver les plans et formules des armes les plus avancées, ainsi que les résultats scientifiques acquis lors de la conduite de la guerre, y compris l'utilisation de l'énergie nucléaire, jusqu'au moment où l'état-major pourrait commencer à organiser une nouvelle armée allemande, en vue de la Troisième Guerre mondiale.

« Comment Lode est-il venu en Australie, ça, je l'ignore. J'avais fait sa connaissance en 1932 et je l'ai croisé il y a cinq jours dans Collins Street. Vous êtes le seul en qui je puisse avoir confiance, Bony. Je veux que vous le fouilliez, que vous trouviez ce qu'il cache dans ses bagages, que vous découvriez qui sont ses complices et où il a planqué ce qu'il a certainement sorti d'Allemagne. Ces plans et ces formules sont plus précieux pour nous que sa carcasse.

Voilà en quels termes M. Grumman avait été présenté à Bony. Ce dernier était donc venu au *Chalet du Panorama* pour une quinzaine de jours. Il y avait rencontré M. Grumman, qui parlait un anglais parfait, et ce n'était que ce matin, lorsque M. Grumman avait été retrouvé mort dans le fossé, qu'il avait eu la possibilité d'aller jeter un coup d'œil dans sa chambre, où une grande surprise l'attendait.

Et maintenant, Grumman était mort, un de ses amis, un dénommé Marcus, était venu le voir et il avait pris congé en toute hâte après avoir tué le chef de la police locale. Par-dessus le marché, il y avait cette découverte faite dans la chambre de M. Grumman et qui attendait les enquêteurs. Bonaparte était perdu dans ses pensées quand une voix agréable dit non loin de lui :

— Serait-ce bien l'inspecteur Napoléon Bonaparte ?

Bony ouvrit les yeux, affecta de bâiller et vit planté

devant lui un homme vêtu d'un complet à la coupe élégante.

— Et vous, qui êtes-vous donc ?

L'autre sourit.

— Mason, officier de police adjoint, répondit-il. Nous ne nous sommes jamais rencontrés, me semble-t-il. Mais le commissaire Bolt dit qu'il vous connaît très bien et il a fort envie de renouer avec vous. Il se trouve dans le bureau, là-bas. Vous voulez bien m'accompagner ?

Bony sourit et se leva avec beaucoup de grâce.

— Conduisez-moi au Grand Inquisiteur, demanda-t-il humblement. De quelle humeur est-il ?

— Pas mauvaise, répliqua Mason tandis qu'ils avançaient sur la véranda. Vous avez eu à souffrir de son humeur ?

— Oh, non. J'ai seulement eu l'occasion de l'observer.

En traversant le salon, Bony remarqua l'un des pensionnaires assis à une petite table. Deux hommes en civil, des policiers, visiblement, étaient installés en face de lui. Plusieurs petits groupes de clients parlaient à voix basse, certains manifestement irrités, d'autres simplement surexcités. Le corps de Rice avait été enlevé du hall de la réception. Dans le bureau, le commissaire Bolt et deux officiers de police étaient assis derrière la table de Mlle Jade.

Bolt était un homme massif qui pesait cent huit kilos mais n'avait pas tellement de chair superflue sur son énorme carcasse. Le sommet de sa tête ressemblait nettement à un dôme, un roc jaune s'élevait au-dessus d'une couronne de cheveux gris descendant sur ses oreilles. Ses petits yeux marron s'illuminèrent quand Bony et Mason entrèrent dans la pièce et il se leva de son fauteuil, la main tendue. Il se déplaçait avec une grâce féline malgré ses cinquante ans.

— C'est donc bien vous ! dit-il en ronronnant de plaisir. Comment allez-vous, Bony ?

— Très bien, commissaire, répondit Bony en serrant la main tendue et en faisant attention à ne pas laisser écraser la sienne au cours de l'opération. L'endroit est joli, la cuisine est bonne et le service attentionné.

— Et vous n'avez rien à faire, c'est ça ?

— Rien d'important. Je suis content de vous voir en si bonne forme.

— Merci. Venez donc par ici pour que nous puissions bavarder.

— Si... si toutefois vous en avez le temps.

— Oh, oui, j'ai toujours le temps de bavarder avec vous, admit Bolt en gloussant. Je vous présente le Dr Black, notre médecin. Et l'inspecteur Snook. Messieurs, voici l'inspecteur Napoléon Bonaparte, du Queensland.

Bony leur serra la main, remarquant le long visage cadavérique du médecin légiste et la mâchoire carrée de l'inspecteur. Il accepta le fauteuil qu'on lui offrait, et Mason vint se joindre au groupe.

— Vous êtes ici depuis longtemps ? demanda Bolt.

— Non, deux jours à peine, répondit Bony absorbé par la confection d'une cigarette. Je suis venu passer une semaine de tranquillité dans un environnement propre à la méditation.

— Ah ! souffla le commissaire. La méditation.

— La méditation n'est pas toujours un luxe, c'est parfois une nécessité, affirma Bony en levant les yeux de sa tâche pour dévisager les autres tour à tour. Le Dr Black ne me contredira certainement pas si je dis que la relaxation physique et mentale apporte un secours immense à ceux qui utilisent leur cerveau.

— Tout à fait d'accord, intervint Bolt sans laisser parler le médecin. C'est sûrement exact, mais allez raconter ça à d'autres, pas à moi.

— A d'autres ?

— Ouais ! Et maintenant, mon cher ami, inutile de perdre votre temps à vous demander de quoi il peut bien retourner, et concentrez-vous. Est-ce que vous acceptez de coopérer avec nous ?

Bony soupira. Il alluma la cigarette qu'il avait roulée et qui, visiblement, scandalisait le Dr Black. Les officiers de police ne le quittaient pas des yeux. Il demanda :

— Dites-moi... qui est Marcus ?

Bolt se pencha en avant et le fusilla du regard.

— Bony, répondez-nous d'abord... vous marchez avec nous, oui ou non ?

— Mais bien sûr.

— Parfait !

— Avec toutefois une réserve, murmura Bony. Je peux coopérer avec vous jusqu'à un certain point et je vais vous expliquer jusqu'où je peux aller pour que vous ne perdiez pas inutilement votre temps. J'ai été, et je suis encore intéressé par le dénommé Grumman qui a été retrouvé mort dans le fossé, au bord de la route. Je suis venu à Melbourne pour remplir une mission spéciale, ayant eu l'accord de mon supérieur pour travailler avec l'armée. Je m'intéresse aux activités passées de Grumman et à l'individu, ou aux individus, qui l'ont tué. Vous allez vous aussi vous intéresser à ceux qui l'ont tué, mais pas tout à fait pour les mêmes raisons que moi. Je m'intéresse à Marcus parce qu'il était en relation avec Grumman. Vous, vous vous intéresserez à lui parce qu'il a tué un policier. Nos domaines d'intérêt, par conséquent, ne vont pas se chevaucher, ou ne devraient pas le faire, et je suis tout prêt à vous aider. En échange, je souhaite obtenir votre collaboration.

— Parfait ! s'exclama à nouveau Bolt, cette fois en se frottant les mains. Commençons tout de suite. Vous vous trouviez près du corps peu de temps après sa découverte, c'est bien ça ?

— Oui. J'ai vu Bisker et un autre homme au bord du fossé. Bisker venait de descendre au fond pour examiner le corps que l'autre homme avait découvert. J'ai jeté un coup d'œil sur les lieux, j'ai examiné les alentours, la route, des deux côtés, la pente, et finalement le terrain, de part et d'autre de la clôture de fil de fer et au-delà du portillon.

— Et vous avez trouvé quelque chose ? demanda le commissaire tandis que quatre paires d'yeux scrutaient le visage impassible de Bony.

— Très peu de chose, reconnut-il. Malheureusement, il a fortement gelé la nuit dernière, et, encore malheureusement, tout a fondu très tôt ce matin à cause d'un vent humide qui soufflait du sud-ouest. J'aimerais maintenant vous poser une question.

— Allez-y, l'encouragea Bolt.

— Docteur... je sais que ça va être difficile de répondre à cette question. A votre avis, Grumman était mort depuis combien de temps quand vous avez examiné le corps ?

Le médecin légiste fronça les sourcils.

— Sûrement depuis moins de douze heures et plus de cinq... à compter de neuf heures cinquante-quatre du matin, heure à laquelle j'ai examiné le corps.

— Cinq heures ! répéta Bony. Ce qui nous donnerait cinq heures du matin. Bisker, qui s'est levé à six heures moins vingt, a remarqué, en quittant sa cabane, que le vent d'ouest, ou plutôt un vent tiède venant de l'ouest, s'était levé. S'était levé, notez bien. Et non pas venait de se lever quand il a quitté sa cabane.

« Nous pouvons admettre que Grumman a quitté sa chambre, ou a été emmené hors de sa chambre avant cinq heures du matin et avant que ce vent d'ouest tiède n'arrive rapidement ici pour faire fondre le gel. Il portait des chaussons de pointure quarante et un. Il devait peser dans les soixante-dix kilos, je dirais. Je n'ai trouvé nulle part d'empreinte de ces chaussons, ni sur la pente qui mène du portillon à la route, ni le long de la route.

« Je suis convaincu qu'il n'a pas basculé du bord et je suis certain que son corps n'a pas été jeté du haut de la pente. Je suis également sûr que le corps n'a pas été jeté du bord de la route. Il a été descendu dans le fossé, il y a été soigneusement étendu et on a arrangé les herbes et les ronces pour le dissimuler aux yeux d'un passant éventuel.

— Mais ce Fred était pourtant un passant éventuel, intervint l'inspecteur Snook.

— Certes, acquiesça Bony. Et il a vu des parties, ou une partie du corps, mais nous ne devons pas oublier que ce corps a été placé là dans l'obscurité par un ou plusieurs individus qui ne pouvaient pas être absolument sûrs d'avoir réussi à le dissimuler, même si on peut en conclure d'après la position des ronces et des herbes qu'ils se sont efforcés d'y parvenir.

« Ces points peuvent vous paraître insignifiants. Ma tâche a été rendue extrêmement difficile par le gel qui avait durci le sol au moment où le corps de Grumman a été placé dans le fossé et qui a complètement fondu avant qu'on ne le découvre. Toutefois, sur la pente, j'ai remarqué des empreintes de chaussures de pointure quarante-six. Cet homme est monté après moi hier soir, peu après vingt heures, car une trace de sa chaussure droite recouvre partiellement l'une des miennes. Et il l'a descendue quand le sol était bien plus gelé. Ce qui est bizarre là-dedans, c'est que depuis deux jours et une nuit que je suis là, je n'ai encore vu personne porter de souliers de cette pointure, et je n'ai pas vu non plus d'autres empreintes d'une telle chaussure. Personne, parmi les pensionnaires, ne chausse du quarante-six, et pas davantage Bisker ou l'homme qui a découvert le corps. Il s'agit pour l'instant d'un individu qui n'a pas sa place ici, et par conséquent, qui peut nous intéresser. Un homme qui a de telles chaussures doit être assez robuste pour porter le poids de Grumman jusque dans le fossé. De quoi est mort Grumman ?

— Poison, répondit le médecin.

— Du cyanure ?

— J'en suis presque sûr. Vous l'aviez deviné ?

Bony hésita.

— Oui, répondit-il, et il ajouta à l'adresse de tout le groupe : Retrouvez l'homme qui chausse du quarante-six. Ce n'est pas un employé. Les talons et les semelles sont en crêpe, la marque est en forme de losange et les chaussures sont irrégulièrement usées, très usées à l'intérieur, au niveau des orteils, ce qui tendrait à prouver que celui qui les porte monte à cheval.

— Merci, Bony, déclara chaleureusement le commissaire Bolt. Mason, interrogez Mlle Jade et son personnel et vérifiez l'identité de celui qui est venu hier soir après vingt heures... vous savez bien... celui qui chausse du quarante-six.

Après le départ de Mason, Bolt dit à Bony :

— Autre chose qui pourrait nous intéresser ?

— Oui. On a demandé à une femme de chambre d'aller voir chez Grumman lorsqu'il ne s'est pas présenté à l'heure du petit déjeuner, contrairement à son habitude. Elle a tout d'abord frappé, et ne recevant pas de réponse, elle a tourné le loquet de la porte qui n'était pas fermée à clé. Elle a entrebâillé la porte et a appelé Grumman. Comme il ne répondait toujours pas, elle a ouvert la porte en grand et elle a jeté un coup d'œil à l'intérieur. Les rideaux des portes-fenêtres étaient tirés mais il y avait suffisamment de lumière pour lui permettre de voir que Grumman n'était ni dans son lit ni dans sa chambre. Ensuite, lorsque je suis entré, je me suis aperçu que tous ses bagages avaient été emportés.

— Vous ne pouvez pas nous dire comment et par qui ils ont été emportés ? demanda le commissaire.

— Non. Je ne possède aucun élément sur lequel je pourrais me fonder pour soupçonner quelqu'un en particulier. Personnellement, je trouve ça extrêmement ennuyeux, ajouta Bony d'un ton narquois. Je voulais fouiller les affaires du défunt M. Grumman.

— Et nous donc, lâcha Snook.

Bolt se mit à rire sous cape.

Un après-midi bien agréable

Pendant le reste de la matinée, Bony occupa son fauteuil canné, à l'extrémité de la véranda. On avait l'impression qu'il y avait des inspecteurs de police partout ; ils se déplaçaient sur la pelouse et sur les chemins, entraient et sortaient de la chambre qu'avait occupée Grumman, dont les portes-fenêtres se trouvaient juste derrière un Bonaparte confortablement installé, il y en avait sur la véranda, en train d'interroger des pensionnaires auxquels on avait déjà demandé, dans le salon, de décliner leur identité et profession et de préciser quels étaient leurs projets de vacances. Deux d'entre eux photographiaient le bâtiment, les pelouses, la fenêtre et l'intérieur de la chambre de Grumman, ainsi que le hall de la réception. L'équipe des empreintes était au travail dans la chambre de Grumman, tandis que des motards de la police routière faisaient rugir leurs engins en remontant l'allée pour venir faire leur rapport au commissaire Bolt, puis en descendant pour s'en aller. Une ambulance vint emporter les corps. Deux hommes mesurèrent les pelouses et la pente qui menait à la route, et ils firent une première esquisse d'un plan qui serait ensuite tracé avec des mesures précises.

Le déjeuner fut servi à une heure. George s'en chargea avec sa compétence, son agilité et son comportement courtois habituels, deux femmes de chambre l'assistaient. L'inspecteur Snook informa les clients qu'ils pouvaient aller et venir à leur guise et lorsqu'ils quittèrent la salle à manger, ils trouvèrent la secrétaire à son poste et Mlle Jade à nouveau maîtresse d'elle-même, en train d'assumer son devoir d'hôtesse.

A trois heures, tous les pensionnaires sauf six étaient partis et seuls deux policiers demeuraient encore là. Les scellés avaient été apposés sur la porte de la chambre qu'avait occupée Grumman. Dans un eucalyptus de l'allée, trois martins-pêcheurs géants décidèrent de lâcher la bride à leurs émotions dans une explosion de gaieté moqueuse. A trois heures et demie, Bony était le seul client à occuper la véranda, et George lui apporta le thé sur une table roulante.

— La journée a été très mouvementée, George, fit remarquer le sang-mêlé de petite taille en s'octroyant deux des gâteaux de Mme Parkes.

— Oui, monsieur, ça, on peut le dire, reconnut George. Le prochain grand événement, ce sera l'arrivée des journalistes, je suppose.

— Ah oui. Ces gars-là vont surgir d'un moment à l'autre. En fait, ils sont même légèrement en retard, mais je suppose que les policiers ne divulgueront pas les faits avant d'être retournés en ville. J'ai l'impression que vous serez un peu moins bousculés par la clientèle, à partir de maintenant.

George sourit.

— Oh, ça va se remplir bientôt. Des tas de gens vont venir par curiosité. Une autre tasse de thé, monsieur ?

— Merci. Depuis combien de temps travaillez-vous ici ?

George sourit à nouveau.

— Depuis trois mois, une semaine et quatre jours, répondit-il. J'ai dû calculer ça pour les flics. Bon, il faut que j'y aille. Merci, monsieur.

Pendant qu'il roulait son chariot, Bony jeta un coup d'œil sur les pieds du serveur, remarqua qu'il portait des tennis de pointure trente-neuf et demi, qu'il avait les jambes légèrement cagneuses et qu'il marchait sur la pointe des pieds.

Le soleil passait à l'ouest et déjà l'ombre du bâtiment dépassait la route. La vallée était inondée de couleurs et les montagnes lointaines avaient viré du gris tourterelle à un brun chaud. Pas un seul nuage ne troublait le bleu de la voûte céleste, pas une seule feuille ne tremblait car il n'y avait pas le moindre souffle. Il faisait presque aussi chaud qu'en été.

George revint voir Napoléon Bonaparte.

— L'inspecteur Snook vous salue, monsieur, et vous demande si vous voulez bien aller le voir dans le bureau.

Bony fronça les sourcils.

— Quoi, encore ! s'exclama-t-il. Mince alors, je suppose que nous allons être enquiquinés par ces policiers pendant un bon moment.

— Ils peuvent être très agaçants, monsieur, dit George d'un ton compatissant.

— Oh, ça oui ! renchérit Bony. Ça oui !

Il trouva la porte du bureau fermée, frappa et entra quand une voix forte l'y invita. Il referma la porte et traversa la pièce pour venir s'asseoir à la table derrière laquelle était installé l'inspecteur Snook.

— J'ai pensé qu'avant notre départ, vous aimeriez connaître les résultats obtenus jusqu'ici, dit Snook. Et il y a un ou deux points qui ont encore besoin d'être éclaircis.

— Allez-y, l'encouragea Bony.

— Pour commencer, nos gars n'ont pas réussi à retrouver Marcus, dit Snook avec un soupçon de colère dans la voix. Moins de dix minutes après le coup de fil de Bisker, ce matin, toutes les routes qui descendent de cette montagne étaient barrées et toutes les voitures qui venaient d'ici étaient arrêtées et contrôlées.

« En interrogeant soigneusement Bisker, nous

avons pu raisonnablement estimer à cinq minutes le temps écoulé entre l'instant précis où Marcus a quitté la pension et celui où Bisker a téléphoné à la police, de sorte que les routes ont été bloquées quinze minutes après le départ de Marcus. Le barrage le plus proche était à Manton, à quinze kilomètres. Manton est une petite commune qui possède une gare.

« Il est possible que Marcus ait dépassé Manton pendant ces quinze minutes. Et il est également possible qu'il ait pris une route secondaire, à deux villages de distance d'ici, avant d'arriver à Manton. De toute façon, il n'est pas tombé dans le piège.

— Parlez-moi de lui, demanda Bony.

Snook se renfonça dans son fauteuil, joignit le bout des doigts de ses deux mains et pinça les lèvres avant de répondre. Puis il dit :

— Marcus est notre gangster numéro un. Marcus est le nom par lequel nous autres policiers appelons Alexander Croft, alias Mick Slater, alias Edward B. Martyn.

— Oh ! souffla Bony. Ho ! ho ! Edward B. Martyn ! Pas étonnant que Rice n'ait pas eu une seule chance.

— Non, Rice n'a pas eu de chance. Il était dans la police depuis six ans, et c'était un bon enquêteur. Il a été assez grièvement blessé l'année dernière, et quand il a été capable de reprendre son service, on lui a offert ce poste pour qu'il se refasse une santé. Il connaissait Marcus… et, malheureusement pour lui, il l'a vu à un moment où il n'avait pas d'arme.

— J'ai entendu parler de ce Marcus sous le nom de Martyn, déclara Bony. Je n'ai jamais eu affaire à lui. C'est un dur, hein ?

— Le pire qui soit, Bony. Il est sans cœur et il réussit ses coups. La liste de ses crimes est longue comme mon bras.

— Dans quoi est-il spécialisé ?

— La drogue. Il fait du trafic à l'échelle internationale. Vous vous intéressez à la drogue ?

— Non, dit Bony en fixant les yeux au plafond. Non, ce n'est pas la drogue qui m'a amené ici. Je vais vous faire une confidence. Je m'intéresse en ce moment aux armes de guerre secrètes, aux explosifs, etc. Quel est le rapport avec la drogue ? Autrement dit, que pouvait bien vouloir votre Marcus à mon Grumman ?

— Ça, ça me dépasse, explosa Snook. Je ne comprends rien du tout à cette affaire... pas encore. A propos, quand vous êtes allé dans la chambre de Grumman, la porte était-elle verrouillée ?

— Non, et la clé était dehors, répondit Bony. J'avais emporté une clé qui permettait d'ouvrir cette porte et j'ai été surpris. Ensuite, j'ai appris que la femme de chambre, à qui on avait demandé d'aller voir ce qui retenait Grumman, l'avait trouvée sur la porte.

— Donc, en fait, tous les bagages de Grumman avaient déjà été emportés quand la femme de chambre est venue ?

— Oh, oui. Je suis sûr que ses bagages n'ont pas été emportés entre le moment où la femme de chambre a fait son rapport à Mlle Jade et le moment où je suis entré.

— Quelle conclusion en tirez-vous ?

— Aucune, pour l'instant. Je ne comprends pas.

— Moi non plus, avoua Snook. Voilà ce Grumman qui demande au serveur de lui apporter un verre à vingt-deux heures trente-cinq hier soir, puis qui va se coucher. Il ne fait pas mine de vouloir partir. Vous dites qu'il n'est pas tombé dans le fossé mais y a été amené. Vous dites qu'on y a déposé son corps. Bon, alors où a-t-il été empoisonné ? Si c'est dans sa chambre, son corps a dû être transporté de là jusqu'au fossé. Pourquoi être allé le dissimuler dans le fossé, et pourquoi lui avoir chipé toutes ses affaires ?

— Peut-être pour les fouiller soigneusement, et même méticuleusement, ce qui pouvait exiger plus de temps que l'intervalle compris entre le meurtre de Grumman et le lever du jour.

— Oui, c'est une possibilité, reconnut Snook d'un air pensif. Mais alors, pourquoi avoir essayé de cacher le corps, et s'il fallait absolument le cacher, pourquoi l'avoir abandonné dans le fossé ? Pourquoi ne pas l'avoir emmené là où les bagages ont été emportés, ou du moins ailleurs que dans ce fossé ? Là-haut, il y a des millions d'endroits où un cadavre aurait pu être dissimulé.

— J'ignore pourquoi. Quelque chose a dû mal tourner dans leur plan. Si le corps était resté caché, ne fût-ce que pendant vingt-quatre heures, les gens se seraient dit que Grumman avait fiié en douce pour éviter de régler sa note. C'était peut-être ça leur plan, mais il n'a pas marché puisque Fred a aperçu le corps dans le fossé.

— C'était probablement quelque chose de ce genre, admit Snook.

— Est-ce que l'un de vous a trouvé qui chaussait du quarante-six ?

Snook secoua la tête, puis dit :

— Je vais poster deux hommes par ici pour guetter ce monsieur.

Bony alluma une cigarette et souffla de la fumée en direction de la suspension.

— Rendez-moi un service, Snook. Laissez-moi me charger du monsieur aux grands pieds. Je vais encore rester quelque temps ici.

— Ah bon ! Pourquoi ?

— Parce que le paysage me plaît.

— A d'autres ! lâcha Snook avant de fusiller Bony du regard et d'ajouter : Est-ce que vous avez une raison particulière de travailler pour l'armée… hors des limites du Queensland ?

Sur le visage brun de Bony s'épanouit un sourire qui semblait le transfigurer. Un peu plus tôt, ce jour-là, il avait eu l'occasion de cerner la personnalité de son interlocuteur et il savait que Snook avait une mentalité de fonctionnaire, un esprit gouverné par les lois, les règlements, les décisions judiciaires et ainsi de suite. Ce sont des gens comme ça qui permettent à une démocratie de fonctionner, mais pas de traduire les criminels en justice. Il dit avec placidité :

— Je crois que l'armée a recours à moi parce que personne, parmi les gens auxquels elle s'intéresse, ne pourrait se douter qu'un malheureux sang-mêlé est policier. Je vais rester ici jusqu'à ce que je me sois assuré que celui qui chausse du quarante-six n'est pas de la région, et également jusqu'à ce que je sois certain que les responsables de la mort de Grumman et du vol de ses effets ont quitté le district. C'est pourquoi, à mon avis, vous pourriez me laisser résoudre ces deux énigmes.

L'homme de Melbourne se leva.

— D'accord, Bonaparte. C'est ce que nous allons faire, mais vous nous tiendrez au courant de tout ce qui se produira par ici ?

— Certainement. Il se peut que je descende en ville demain et à ce moment-là, je passerai au commissariat et je jetterai un coup d'œil aux photos que vous avez de Marcus.

— Oui, pas de problème. Nous vous aiderons au maximum. Et n'allez pas sous-estimer Marcus. C'est le diable en personne. Bon, je vais y aller. Je vous laisse le soin, à vous, à Mlle Jade et à Bisker, d'affronter les journalistes. C'est un cas, ce Bisker. Il a dit au commissaire qu'il avait droit à des égards du fait qu'il payait des impôts. A voir la façon dont le vieux le regardait, on aurait dit qu'il s'agissait d'un moustique doué de la parole.

Snook sortit du bureau, quitta la pension et fut emmené en voiture par un agent en civil tandis que Bony se dirigeait lentement vers le salon et sonnait George. Celui-ci venait de repartir pour lui préparer un verre quand Mlle Jade apparut.

A présent parfaitement calme, elle était vêtue d'une robe d'après-midi. Elle portait la toilette comme une

Française. Bony se leva et s'inclina devant elle en lui décernant son sourire le plus éclatant.

— Je viens de demander à George de m'apporter un verre, dit-il d'un ton léger. Puis-je me permettre d'en commander un pour vous ?

— Merci, monsieur Bonaparte.

Mlle Jade sourit avec ses lèvres, mais pas avec ses yeux. George entra avec la boisson de Bony et elle se décida pour un cocktail.

— Je suis contente que vous ne vous soyez pas enfui vous aussi, monsieur Bonaparte, lui dit-elle.

— M'enfuir ! Certainement pas ! Je ne partirais pas quand bien même il y aurait eu dix meurtres, répondit gaiement Bony. Je suis venu passer des vacances. J'aime cette pension, l'air de la région et la vue. Et maintenant que les vilains policiers sont partis, je vais pouvoir profiter de mes vacances en paix.

Ils trinquèrent. Elle accepta de prendre une cigarette dans l'étui qu'il lui tendait et le fixa droit dans les yeux par-dessus la flamme de l'allumette qu'il lui présenta. Il se roulait une cigarette quand elle s'enquit :

— Quelle est l'impression que vous avait faite M. Grumman ?

— Une assez bonne impression, mademoiselle Jade. Son accent me gênait un peu. Savez-vous de quelle nationalité il était ?

— Américaine, d'après ce que j'ai compris. D'origine allemande, je crois. Il avait beaucoup d'argent. Mes registres indiquent un crédit en sa faveur de près de dix-huit livres. Il a toujours payé d'avance, depuis qu'il est arrivé.

— Est-ce qu'il était là depuis longtemps ?

— Oui... ça faisait cinq semaines mardi dernier. (Mlle Jade souffla délicatement un rond de fumée, l'envoya vers le plafond d'une manière experte, puis se tourna à nouveau vers Bony.) Je n'arrive pas à comprendre comment ses bagages ont pu être emportés sans que quelqu'un s'en aperçoive.

— On a dû les faire passer par les portes-fenêtres de sa chambre, par la véranda, puis par la pelouse jusqu'à la route, en bas, où une voiture attendait sans doute.

Mlle Jade remua sa tête superbement coiffée pour significr son accord en silence.

— Est-ce que vous comprenez quelque chose à toute cette histoire ? demanda-t-elle.

— J'ai bien peur de ne rien y comprendre du tout, avoua Bony. Même quand je lis des romans policiers, je n'arrive jamais à deviner la fin. Ma partie, c'est l'élevage de moutons. Je crains que vous n'ayez été horriblement effrayée quand ce type a tué le chef de la police locale.

Mlle Jade joignit ses mains baguées. Ses yeux s'agrandirent lorsqu'elle s'exclama :

— Oh pour ça oui ! Ce qui m'a fait le plus peur, ce sont les yeux de cet homme. Ils me rappelaient ceux d'un geai que Bisker a blessé un jour. Les oiseaux venaient manger toutes mes baies, alors j'ai demandé à Bisker de leur tirer dessus. L'un d'eux est tombé à mes pieds, il m'a regardée, a essayé de voleter vers mes jambes, et ses yeux brillaient d'une lueur rouge. Les yeux de cet homme étaient rouges, d'un rouge luisant, quand il a reculé vers la porte et a pointé son horrible pistolet sur nous. Des yeux rouges dans un visage de papier mâché. Je ne les oublierai jamais.

Brusquement, Mlle Jade devint pensive. Bony allait prendre la parole quand, de sa main droite, elle lui fit signe de garder le silence. Puis elle ajouta :

— D'une certaine façon, le visage de cet individu m'a rappelé quelqu'un, et comme vous venez de parler de romans policiers, je sais maintenant de qui il s'agit. Cet homme est presque quelqu'un de la région, c'est un auteur de romans policiers, il s'appelle Clarence B. Bagshott. C'est vraiment étrange.

— Quoi donc, mademoiselle Jade ?

— M. Bagshott a un teint très blanc et des yeux

noirs qui, par moments, quand il parle, prennent une lueur rougeâtre. Il est lui-même une énigme. Je ne l'ai jamais aimé. Je me demande... je me demande si l'homme qui est venu ici et qui a tué M. Rice ne serait pas un parent de M. Bagshott ! Ça se pourrait. Mais c'est absurde, n'est-ce pas, monsieur Bonaparte ?

— Peut-être, mademoiselle Jade, mais pas fatalement.

— Pourtant, comme quelqu'un me l'a fait remarquer un jour, les auteurs de romans policiers sont tentés par le crime. Au lieu d'en commettre, ils donnent libre cours à leurs instincts criminels en écrivant sur ce sujet.

Mlle Jade fixa Bony sans ciller. Puis un sourire gagna lentement son visage, et même ses yeux, et elle se mit à rire.

— Que je suis donc bête, monsieur Bonaparte ! Voilà que je fais tout pour mériter un procès en diffamation. M. Bagshott est très intelligent à sa façon, et je suppose que comme la plupart des gens intelligents, il est un peu névrosé. Qu'y a-t-il ?

George émergea du couloir qui reliait le salon au hall de la réception.

— Il y a un groupe de journalistes qui vient d'arriver, madame. Ils vous demandent.

— Voilà les tracasseries qui commencent ! s'exclama doucement Mlle Jade avant d'ajouter à l'adresse de Bony : Est-ce que j'ai l'air présentable... s'ils veulent me photographier ?

Elle s'était levée et Bony se tenait debout lui aussi lorsqu'il s'exclama de son ton majestueux :

— Madame, vous êtes la plus jolie femme que j'aie eu le privilège de rencontrer depuis de longues années ! Je suis sûr qu'un peu de publicité ne saurait vous nuire. Au revoir[1] ! Je vais faire une petite promenade avant le dîner.

---

1. En français dans le texte. *(N.d.T.)*

Le trésor

L'ombre gigantesque du Mont Chalmers étendait son large cône dans la grande vallée, en direction de la haute chaîne de montagnes dont la limite des arbres, sur les pentes, se détachait maintenant de façon saisissante. Pas une feuille ne remuait dans les magnifiques eucalyptus cendrés qui bordaient la route sur laquelle marchait tranquillement Bony. En avance sur la saison, un oiseau-cocher installé au fond d'un ravin poussa sa note gazouillante, bientôt suivie par un son qui ressemblait à un claquement de fouet, tandis que dans les talus herbeux, de part et d'autre de la route, les rouges-gorges et les pinsons s'affairaient à nicher.

Ce paysage de vert tendre et de terre chocolat, de troncs argentés et de plantes grimpantes, ravissait l'homme des grands espaces de l'intérieur semi-aride. L'air était tellement pur, frais mais non froid, et son parfum était enivrant.

Quelle journée ! Un temps sublime, un paysage au charme rustique et innocent. Et pourtant, aucune journée n'avait encore assailli Bony avec autant de questions restées sans réponses.

Il se demanda quelle serait la réaction du colonel Blythe quand il apprendrait que ce Grumman était mort et que ses bagages avaient été emportés. Ce vol signifiait pour le moins que d'autres personnes, outre le colonel Blythe, se doutaient que le distingué membre de l'OKW avait sorti d'Allemagne des documents inestimables.

Il se demanda également comment Grumman était mort. Bony lui-même avait été en rapport avec le défunt le dernier soir de sa vie. A six heures et demie, il avait dîné avec Grumman, à une table qui regroupait quatre autres clients, deux hommes accompagnés de leur femme. C'était une table ronde et Grumman était assis en face du policier.

L'Allemand était très maigre. Il avait des yeux bleu clair et une bouche rectangulaire. Il portait ses cheveux gris assez longs, ce qui était, selon Bony, un déguisement manifeste. Avec des cheveux ras et un monocle, il aurait eu exactement l'air de ce qu'il était... un Prussien. Il parlait à la manière d'un Allemand qui a passé de longues années aux Etats-Unis, et pour Bony, son accent nord-américain était très appuyé, à tel point que s'il n'avait pas connu l'origine de Grumman, il n'aurait pas relevé la moindre faute dans un anglais qui était celui des Américains cultivés.

Grumman avait paru fort à l'aise à cette table. Il devisait avec animation sur l'Amérique et les villes d'Amérique du Sud. Aucune réserve particulière ne frappait dans son comportement ; en fait, il avait tout à fait l'air d'un Américain cultivé de la côte est, qui fait une croisière autour du monde et s'arrête en cours de route en Australie.

Après le dîner, les cinq convives qui étaient à la table de Bony se dirigèrent vers le salon où Mlle Jade leur permettait de fumer. Le café y fut servi. Quand Bony quitta le salon à sept heures et demie pour aller se promener, Grumman s'entretenait avec deux autres pensionnaires. Quand il revint vers huit heures et quart, les deux pensionnaires et Grumman occupaient toujours les mêmes fauteuils.

Grumman demeura en cette compagnie jusqu'à dix heures dix. Il se leva alors et Bony l'entendit dire qu'il allait sortir faire une bonne marche avant d'aller se coucher. Il quitta le salon par la porte qui donnait sur le court passage menant au hall de la réception et à l'entrée principale. Il partit sans chapeau ni manteau, car pour aller les chercher dans sa chambre, il aurait dû sortir du salon par une autre porte.

Un peu avant onze heures moins le quart, Grumman revint par la porte qu'il avait empruntée pour sortir. Son teint coloré attestait qu'il était allé marcher dans l'air vif. Un homme âgé qui était en train de lire un roman l'invita à prendre un verre et Grumman commanda un whisky. Après avoir rendu la politesse, il se retira dans sa chambre, quelques minutes avant onze heures.

La chambre de Grumman était la meilleure du *Chalet du Panorama*. La lumière entrait par deux portes-fenêtres qui donnaient sur la véranda. Celle de Bony était moins chère car elle n'avait qu'une fenêtre ordinaire donnant sur un côté du bâtiment et sur la route par laquelle Rice était arrivé en voiture.

Les serrures étaient identiques et la clé de la chambre de Bony ouvrait la porte de Grumman. Bony s'en était aperçu juste avant de partir faire sa promenade, la veille. Il avait également pu constater que Grumman ne fermait pas sa porte à clé quand il sortait pendant la journée ou le soir.

Ceux qui l'avaient tué étaient certainement prêts à tout. Comment avaient-ils réussi à l'empoisonner ? Le poison ne se trouvait sûrement pas dans les boissons que George avait servies au salon. Grumman avait dû l'avaler une fois dans sa chambre, après s'être déshabillé et avoir passé sa robe de chambre sur son pyjama. Il avait bu deux whiskies au salon, le premier offert par un pensionnaire, l'autre à ses frais. Son compagnon avait suggéré un troisième verre, mais Grumman avait refusé. Il semblait donc peu vraisemblable qu'une fois déshabillé, il ait sorti une bouteille de ses réserves personnelles. Avait-il bu de l'eau de la carafe avant de se mettre au lit, et cette eau contenait-elle du cyanure ? Difficile à croire ! Premièrement, il ne devait pas avoir soif, et deuxièmement, un amateur de whisky ne boit pas volontiers de l'eau... sauf pour avaler un médicament.

Il se demanda si cette « idée » était venue à Snook ou à Mason et si le contenu — si contenu il y avait — de la carafe avait été analysé.

Il se demanda également à quel moment le dénommé Marcus entrait en scène. Un trafiquant de drogue, même à une échelle internationale, n'avait pas de relations d'affaires ou d'amitié à entretenir avec un homme comme Grumman. Il avait peut-être découvert l'identité de Grumman et avait l'intention de se livrer à un petit chantage. Une chose, cependant, était certaine. Marcus n'était pas responsable de la mort de Grumman et du vol de ses affaires.

Bony interrompit sa marche pour jeter un coup d'œil au *Chalet du Panorama*, qui se trouvait à une soixantaine de mètres au-dessous du chemin étroit qu'il suivait. Deux hommes sans chapeau et une femme avec un foulard écarlate sur les cheveux s'avançaient d'un pas nonchalant sur le chemin qui partait du portillon. Il y avait deux voitures garées devant l'entrée principale de la pension et Bony vit plusieurs hommes en descendre. Un autre homme s'avançait en compagnie de Bisker, venant de la direction de la cabane.

Tout le monde, sauf l'homme à tout faire, remonta en voiture et s'en alla en descendant l'allée pour rejoindre la route. Bony sourit en pinçant un peu les lèvres, car il savait que c'étaient des journalistes. S'ils lui avaient parlé, l'un d'entre eux au moins aurait deviné sa profession et n'aurait pas manqué de la claironner au monde entier.

Il s'apprêtait à continuer sur le chemin qui le conduirait vers la route du haut et vers le *Chalet* quand il vit Bisker se retourner, après avoir surveillé le départ des voitures, et se diriger vers l'un des arbustes ornementaux placés de part et d'autre de la porte d'entrée. Là, il marqua une pause, jetant d'abord un coup d'œil dans le hall de la réception, puis en direction des garages. D'un geste vif, il tendit alors la main droite, apparemment pour tasser la terre dans le bac, et d'un geste tout aussi vif, il la retira avant de regarder furtivement autour de lui, puis de contourner le bâtiment pour entrer par une porte de derrière, en face du tas de bois.

— Voilà encore un autre petit mystère, murmura Bony, ravi. Qu'est-ce que ce bac peut bien avoir d'intéressant pour Bisker ? Soit il y a ramassé quelque chose, quelque chose que je n'ai pas pu voir, soit il voulait le faire mais a eu trop peur que quelqu'un puisse l'apercevoir de la réception ou des garages. Il faut que j'arrive à connaître Bisker un peu plus intimement. Bon, allons faire un brin de toilette avant le dîner. J'ai faim. Ça doit être le grand air.

Personne ne savait à quel point Bisker avait soif, sauf lui. Il n'osait pas jouer la comédie à Mlle Jade pour lui extorquer un petit verre. Il n'osait pas demander à George de lui amener une consommation pour laquelle il lui faudrait payer, car le serveur ou Mlle Jade pouvaient bien repenser à la bouteille de whisky pleine qu'on lui avait demandé d'apporter au bureau sous prétexte de ranimer la propriétaire. Et il était encore trop tôt pour filer en douce à l'auberge, à un kilomètre et demi, alors que le dîner n'était pas encore servi et qu'il devait faire la vaisselle. Et puis de toute façon, pourquoi faire un kilomètre et demi quand il avait une bouteille aux trois quarts pleine juste sous la main ? Il avait été idiot de vouloir la retirer en plein jour. Quelqu'un aurait pu le voir.

A contrecœur, Bisker s'éloigna du bac et se dirigea de sa démarche très personnelle vers la porte de l'arrière-cuisine. Il décida d'attendre d'avoir débarrassé, après le dîner, pour récupérer son bien, et il s'organisa de façon à faire le maximum de choses avant le dîner et à s'avancer le plus possible. Dans l'arrière-cuisine, il trouva les tâches du début de soirée qui l'attendaient. Il remplit un baquet d'eau chaude et s'employa à réduire la hauteur de la pile de plaques de four et d'ustensiles utilisés dans l'après-midi. Quand le gong sonna, il avait déjà réglé ce problème.

La soirée était déjà avancée lorsqu'il quitta le bâtiment. Il fut immédiatement tenaillé par l'envie d'aller récupérer sa bouteille de whisky. Le moment semblait propice. Les pensionnaires devaient être en train de se diriger vers la salle à manger, la secrétaire de se « pomponner » dans sa chambre et Mlle Jade devait faire la navette entre les serveurs et la cuisine.

Malgré l'obscurité, Bisker arracha un morceau de tabac à sa carotte et bourra sa pipe, tout en scrutant les environs pour débusquer d'éventuels ennemis. Rien ne bougeait, pas même un chat. Il s'arrêta d'un air dégagé pour frotter une allumette et allumer sa pipe. Toujours pas le moindre signe de vie. Progressivement, il s'approcha de l'arbuste, et avec une décontraction qu'il était loin d'éprouver, il s'assit sur le rebord du bac, le corps juste au-dessus de la bouteille convoitée.

La lumière de la lampe suspendue à l'auvent du perron n'arrivait pas jusqu'au bac, mais pour le cas où quelqu'un sortirait et le verrait, il glissa un peu plus loin de façon à placer l'arbuste entre la porte et lui. Puis, à tâtons, il avança la main droite vers cette partie du bac qui exerçait sur lui une attraction irrésistible.

Le bout de ses doigts avait commencé à fouiller doucement le terreau léger quand une silhouette se profila au coin du bâtiment et s'approcha lentement.

Bisker retira la main aussi vite que si elle avait été piquée par une fourmi géante. Son corps se pétrifia, mais il avait oublié d'éteindre sa pipe et des brins de tabac incandescent tombèrent sur ses vêtements de travail. Il ne sembla pas s'en apercevoir.

Bony le salua gaiement.

— Bonsoir, Bisker !

— Ha ! Bonsoir, monsieur Bonaparte, fit Bisker d'une voix qui trahissait l'état de ses nerfs. Belle soirée !

— Assurément. Est-ce que le gong du dîner a sonné ?

— Oui, il y a cinq minutes, répondit Bisker.

— Alors, il faut que je me dépêche. Bonne nuit !

Bisker observa Bony tandis qu'il pénétrait dans la zone éclairée du perron et entrait dans le hall de la réception. Il attendit... une bonne minute. Maintenant, c'était le moment. Il faisait presque complètement nuit. Il suffisait de fouiller rapidement, de se précipiter dans sa cabane et...

A nouveau, la main de Bisker se retira avec vivacité. Bony réapparut sur le perron et sans se presser, il s'avança vers l'endroit où Bisker était assis.

— Désolé de vous déranger, lui dit Bony, mais j'ai l'impression de vous avoir déjà rencontré il y a quelque temps et cette idée ne me sort pas de la tête. Est-ce que vous êtes natif de la région ?

— Hein, moi ? explosa Bisker. Moi, natif de c'te région misérable, écrasée par le brouillard et bouffée par le gel ? Pour ça non ! J'viens de l'ouest de Cobar, là où c'que les gens sont civilisés, tous les gens qu'y a, en tout cas, et où c'qu'on trouve plein d'bois pour s'chauffer. Vous êtes éleveur, pas vrai, monsieur ?

— Oui, Bisker. Je viens de la région de Thunder Downs, dans l'ouest du Queensland. Vous êtes déjà passé par là ?

— Pour ça oui, répondit Bisker qui était maintenant de bonne humeur car les souvenirs lui avaient fait oublier son envie de récupérer la bouteille. J'ai traversé Thunder Downs avec du bétail... voyons voir, oui, c'était en trente-sept.

— Alors qu'est-ce que vous faites ici ? lui demanda Bony.

Il connaissait la réponse avant même que Bisker ne la lui donne. Bisker n'hésita pas.

— J'suis allé à Melbourne pour me payer une cuite, et j'me suis retrouvé sans un rond. Depuis, j'ai pas arrêté d'êt'fauché. La gnôle me tient pour de bon.

— Vous aimeriez retourner dans la brousse, Bisker ? Là où on mène une vraie vie d'homme, assez loin pour que la gnôle ne vienne pas vous embêter, sauf peut-être une petite virée une fois l'an à Cobar ou à Broken Hill ?

Il y eut un silence hésitant. Puis Bisker dit :

— J'arrive pas à économiser assez d'argent pour aller jusqu'à un terminus de gare. Une fois, j'ai parcouru des centaines de kilomètres de terres cultivées, et je l'referai pas, c'est fini. (Bisker saisit la balle au bond :) Vous accepteriez pas d'me ramener avec vous en repartant, par hasard, monsieur Bonaparte ?

— Peut-être, admit Bony. Il faudra que j'y réfléchisse.

— Merci, dit sérieusement Bisker. Vous comprenez, une fois que j'aurai pas touché à un verre pendant deux ou trois mois, je recommencerai à marcher droit.

— Bien entendu. Je vais voir ce que je peux faire, Bisker. Il faut que j'aille dîner, maintenant. Et vous, à quelle heure mangez-vous ?

Bisker glissa du rebord du bac et dit qu'il allait devoir aller manger tout de suite. Bony eut ainsi la satisfaction de constater que l'intérêt de Bisker pour cet arbuste devrait attendre, quelle qu'en fût la raison.

— D'où est-ce que vous sortez ? demanda Mme Parkes à Bisker quand il entra dans la cuisine bien chaude.

— J'étais en train d'travailler, répliqua Bisker sur un ton qui fit écarquiller les yeux à la cuisinière.

Bisker s'avança vers la table à laquelle le personnel prenait ses repas. La perspective de retourner dans sa brousse adorée avait complètement éclipsé en lui le besoin de whisky. Il avala son repas en se rendant à peine compte de ce qu'il mangeait. N'appartenait-il pas à cette petite armée de broussards qui mènent une vie rude, travaillent dur, profitent à fond de la vie jusqu'au moment où ils sentent l'odeur du whisky ou entendent sauter un bouchon ? Rien ne peut alors les empêcher de prendre leur argent et de se précipiter au bourg le plus proche ou dans une auberge de bord de route. Comme les araignées mâles, ils n'ignorent pas le danger de courtiser une sirène.

Il ne repensa à la bouteille enterrée dans le bac qu'au moment de laver les lourds chaudrons de cuisson. Lorsqu'il en fut enfin arrivé au dernier, il sifflota entre ses dents, impatient d'aller la chercher.

Son travail de la journée terminé, il sortit sans même dire bonsoir à la cuisinière. Il avança sur l'aire dégagée qui se trouvait devant les garages et arriva à sa cabane où il alluma sa lampe-tempête et fit du feu dans l'âtre.

Après quoi il quitta sa cabane et suivit le chemin jusqu'à la zone dégagée, à l'extrémité de laquelle il marqua une pause pour scruter le paysage enveloppé par la nuit. Le perron de la pension était illuminé. Il y avait de la lumière dans les pièces de gauche. Le toit de la grande maison supportait le ciel sombre mais clouté d'étoiles. Bisker se débarrassa de ses brodequins qui étaient restés toute la journée délacés.

En chaussettes, il passa devant les garages, sur le sol goudronné. Aucune vie ne se manifestait dans son champ de vision étroit, et il conserva l'arbuste du bac entre le perron et lui. Sans bruit, il atteignit le bac et se tint là, comme une ombre noire, pendant une bonne minute. Maintenant...

Bisker creusa le terreau léger de ses mains et ses doigts entrèrent en contact avec un objet rond et lisse, puis avec un objet identique, collé au premier. Ses doigts s'enfoncèrent un peu plus dans le terreau et il retira ce qu'il prit pour deux stylos à encre dans un étui de cuir. Il fit prestement passer cet objet dans une poche et se remit à fouiller avec frénésie... pour trouver, avec un soulagement extatique, le haut de la bouteille de whisky, à peine à cinq centimètres de l'endroit où il avait senti les stylos.

Il serra la bouteille contre sa poitrine, de sa main gauche, tandis que de la droite, il tassait la terre. Cela lui prit cinq secondes, après quoi il traversa silencieusement l'espace goudronné, remit ses brodequins, et tel un spectre noir, fila sur le chemin étroit qui menait à sa cabane. Avec un soupir de soulagement, il referma la porte, s'avança vers la table et là, à la lumière de la lampe, examina la bouteille avec bonheur, comme un avare qui compte ses pièces d'or.

S'étant assis sur une caisse, devant la table, il renversa la bouteille entre ses lèvres et but une rasade. Le feu liquide lui descendit dans le gosier, courut dans ses veines et anéantit l'abattement qui l'avait écrasé de son énorme poids. Il but à nouveau, un peu plus lentement, et un peu moins. Puis il reposa la bouteille, bourra sa pipe et se mit à fumer.

Ah ! La vie n'était pas si dure, après tout. Cette bouteille était une réelle victoire, ça, c'était sûr. Une victoire remportée sur la vieille chipie, et sur cette espèce de George qui ne donnerait même pas un brin d'herbe à un canard en train de mourir de faim. La main de Bisker effleura la poche gauche de sa veste et rencontra le premier objet qu'il avait retiré du bac.

Il ne s'était pas trompé. Dans un étui de cuir noir, auquel étaient attachées deux grosses épingles de sûreté, il y avait bien deux gros stylos à encre. Bisker les examina. Puis il approcha un vieux journal, dévissa le capuchon de l'un des stylos et se mit à tracer d'horribles pattes de mouche. Il essaya l'autre stylo avec le même succès. Tous deux étaient en or et de bonne qualité. Comment fonctionnaient-ils donc ?

Il les examina de plus près. Il tira la pompe de remplissage puis la relâcha. Rien ne se passa. Pourtant, c'était comme ça qu'un stylo similaire, celui du jeune Frank, là-haut, à Larlee Cliffs, avait craché de l'encre.

Mais à quoi servait donc la petite vis qui se trouvait au bout de chaque stylo ? Bisker essaya de la dévisser avec l'ongle de son pouce et il n'y réussit pas. Il introduisit dans la fente la pointe de son canif et en insistant, il fit bouger la vis. Il la retira ensuite entre le pouce et l'index et vit qu'elle était collée à un minuscule cylindre d'environ un centimètre de longueur. Le cylindre était recouvert d'une substance luisante qui ressemblait à de la cire.

— Allons bon, qu'est-ce qu'il peut bien y avoir dedans, nom de Dieu ? dit-il doucement. Ben, on va l'ouvrir pour voir.

Le bout de la lame de son canif était aussi aiguisée qu'un rasoir. Il entreprit de découper, dans le sens de la longueur, la cire qui était assez dure. Soudain, la cire céda, révélant ce qui se trouvait à l'intérieur. Bisker avait devant lui un rouleau de pellicule blanche d'environ un centimètre de largeur sur trente de longueur. Sur la pellicule, il y avait une succession de points noirs plus petits que des têtes d'épingle.

Puis le sang de Bisker se figea. Quelqu'un se trouvait derrière lui. Il n'avait pas entendu le moindre bruit, mais il sut brusquement que quelqu'un se tenait derrière son dos.

— Où avez-vous trouvé ces stylos, Bisker ?

Le sang recommença à couler dans les veines de Bisker. Les stylos ! Bah ! Il avait eu peur que celui qui se trouvait derrière lui n'en eût après la bouteille de whisky. La voix était celle de M. Bonaparte.

Les visiteurs de Bisker

— Ne bougez pas la main, Bisker. Vous pourriez déchirer ce précieux film.

Dans son champ de vision, Bisker vit une main brune aux longs doigts glisser vers son poignet qu'elle enlaça fermement. Contre son épaule, il sentit la pression d'un corps mince, celui du pensionnaire qui avait promis de réfléchir à la façon de le libérer de la servitude dans laquelle le tenait Mlle Jade. La force de la main qui encerclait son poignet l'étonna.

L'autre main de Bony entra alors dans le champ de vision de Bisker. Ses doigts se mirent à dérouler quelque chose de long qui ressemblait à du celluloïd. On voyait nettement des points noirs. On aurait dit de la pellicule de film.

— Je vais vous lâcher le poignet. Ne le bougez pas jusqu'à ce que je vous le dise, lui ordonna Bony.

Bisker écarquilla les yeux, fasciné par les deux mains brunes qui déroulèrent lentement et soigneusement le film. Il vit que l'extrémité intérieure était fixée à un fuseau d'aluminium.

— Attrapez ce bout, dit Bony. Doucement. Prenez-le par le bord et ne le lâchez pas.

Bony avait maintenant déplié le film entre Bisker et lui et avec le plus grand soin, il se mit à le rembobiner sur le fuseau. Bisker observa les mains brunes sans mot dire, il leva les yeux vers le visage brun dans lequel les prunelles bleues luisaient comme des pierres précieuses, puis il les baissa à nouveau sur le film qui se rembobinait lentement. Bisker, qui apercevait la bouteille de whisky derrière les mains de Bony, avait l'impression que l'opération prenait une éternité. Finalement, l'extrémité du film se referma sur le rouleau qui fut réintroduit dans le petit fourreau de cire. Après quoi les extrémités sectionnées furent pressées ensemble et le tout fut glissé dans le stylo. Enfin la vis fut fixée et le stylo replacé dans l'étui de cuir. Ce ne fut qu'après avoir vu l'étui lesté disparaître dans la poche intérieure de Bony que Bisker prit la parole.

— Faudrait pas vous en faire, hein ? C'est moi qu'ai trouvé ces fichus stylos, pas vous. Y a p'êt' un bon paquet d'fric comme récompense.

Il y avait une autre caisse contre un mur. Bony la tira près de la table et s'assit dessus, en face de Bisker.

— Ben... qu'est-ce que... commença Bisker.

Puis il sombra dans un silence tendu tandis que des yeux bleus réfrigérants, au milieu d'un visage brun, le scrutaient. Il éprouva une sensation de net soulagement quand ils cessèrent de le fixer pour se concentrer sur la confection d'une cigarette. Le silence qui suivit, dans lequel les légers crépitements du feu semblaient venir d'un autre monde, parut interminable à Bisker. Sans lever les yeux, Bony prit alors la parole :

— Allez baisser le store. Une fois que vous l'aurez fait, je sortirai pour voir si personne ne rôde dans le coin. Vous reviendrez vous asseoir ici et vous ne toucherez pas au whisky. C'est clair ?

— Oui, monsieur Bonaparte, mais... qu'est-ce que tout ça veut donc dire ?

— Je vais vous l'expliquer dans une ou deux minutes. D'abord... le store.

Bisker était animé d'un sentiment de révolte mais il obéit. Une fois le store baissé sur l'unique fenêtre, Bony déposa la cigarette qu'il venait de rouler sur le bouchon de verre de la bouteille, en équilibre. Puis il se glissa vers la porte qu'il n'avait pas refermée en entrant, l'ouvrit suffisamment pour pouvoir sortir, puis la referma derrière lui.

La nuit était noire malgré les étoiles. Il tourna rapidement le premier coin de la cabane, puis rebroussa chemin et repassa devant la porte pour arriver à l'autre angle. Il fit alors le tour complet et une fois revenu à la porte, il était sûr que personne ne jouait à cache-cache avec lui. Des yeux normaux n'auraient pas pu distinguer le tronc des eucalyptus qui bordaient l'allée, la teinte légèrement grisâtre des garages, vus de la porte de la cabane, la rangée d'arbustes, sous le rebord de la fenêtre, et plus loin, les grands arbres. Des oreilles normales n'auraient pas pu percevoir le léger murmure des branchages agités par un souffle d'air, ni le pas d'un chat sur un tapis de feuilles mortes. Il y avait une armée d'ombres qui restaient secrètes, même pour les yeux à moitié aborigènes de Bony, il y avait des abîmes et des tunnels de vide noir susceptibles de dissimuler les pires ennemis, mais il décréta qu'il pouvait être raisonnablement sûr que jusque-là, personne ne s'était approché assez près de la fenêtre et de la porte pour voir ce que Bisker avait retiré du bac de l'arbuste.

En ouvrant la porte de la cabane, il aperçut le petit homme rondouillard toujours assis sur sa caisse. Mais il faisait face à la porte, les yeux écarquillés, sa moustache grise hérissée. Après avoir refermé la porte, Bony s'avança vers la table, s'assit sur l'autre caisse, attrapa la cigarette sur le dessus de la bouteille et l'alluma.

— Vous pouvez aller chercher un verre ou une tasse et boire un coup, Bisker. Boire à la bouteille empêche d'apprécier les bonnes choses.

Bisker cligna des yeux, se leva et rapporta une tasse fêlée. Bony lui passa la bouteille et vit la tasse se remplir à moitié, puis s'élever jusqu'aux lèvres de Bisker qui regardait son visiteur par-dessus. Après avoir bu avec modération, il s'essuya la moustache d'un revers de manche et fut alors invité à allumer sa pipe.

— Où avez-vous trouvé ces stylos ? lui demanda Bony en lui recommandant de parler à voix basse.

— Dans l'bac qui s'trouve à gauche du perron, répondit Bisker. J'voulais attraper ma bouteille de whisky et j'ai senti l'dessus des stylos. Evidemment, j'savais pas c'que c'était. La bouteille de whisky, j'l'ai...

— Il vaut mieux ne pas me dire quand et comment vous vous l'êtes procurée, l'interrompit Bony. Vous dites que vous avez d'abord senti le dessus des stylos. Est-ce qu'ils étaient dans leur étui et simplement enfoncés dans la terre ?

— J'crois bien, dit Bisker.

— A quelle distance de votre bouteille étaient-ils enterrés ?

— A cinq centimètres, à peu près. Vous comprenez, quand j'ai planqué cette bouteille, j'ai eu peur de laisser perdre du whisky si je la couchais, alors j'ai creusé un trou avec mes mains, juste assez grand pour la glisser debout et juste assez profond pour qu'y ait quatre ou cinq centimètres de terre par-dessus l'bouchon.

— Quelle heure était-il ?

— C'était à peine une minute avant qu'vous tourniez au coin d'la maison et qu'vous m'voyiez assis su'l'bac, ce matin.

— Hum ! Laissez-moi réfléchir.

Bisker tira de grosses bouffées de sa pipe et observa le visage maintenant impassible de son visiteur. Il voulait poser des questions mais un sentiment d'infériorité l'en empêcha.

— Entre le moment où je vous ai laissé assis sur le bac, ce matin, et le moment où la police est arrivée, est-ce que vous vous êtes éloigné du bac ?

— Non, répondit Bisker. J'ai pas bougé d'là.

— Il y a eu un intervalle d'un peu moins d'une

heure entre le départ de l'inspecteur et l'arrivée des reporters. Où étiez-vous pendant ce temps ?

— Près d'la pile de bois, la plupart du temps.

— Pouviez-vous apercevoir le bac, de là ?

Bisker hocha la tête.

— Est-ce que vous avez vu quelqu'un se diriger vers le bac ?

— Non.

— Bien. Dites-moi une chose. A votre avis, vous avez enterré la bouteille à côté des stylos ou les stylos ont-ils été enterrés à côté de la bouteille, une fois que vous l'aviez planquée là ?

En voyant qu'on faisait appel à son intelligence, Bisker s'anima.

— J'aurais très bien pu planquer la bouteille à cinq ou six centimètres des stylos sans m'apercevoir qu'ils étaient là, dit-il. Vous comprenez, monsieur Bonaparte, j'ai bien calculé la taille du trou où j'voulais met' la bouteille, alors quand j'l'ai glissée d'dans, elle est descendue bien gentiment.

Sans quitter Bisker des yeux, Bony lui dit de garder le silence pendant une ou deux minutes. Il se retourna sur sa caisse, le dos à la table. Bisker leva sa tasse et sirota son contenu.

Bony pensait que l'étui de cuir contenant les stylos avait été enfoncé dans la terre du bac à un moment quelconque, avant le petit déjeuner, ce matin-là, et très probablement, avant le lever du jour. Il était intimement convaincu que le général Lode, alias M. Grumman, avait été en possession de ces stylos. Il était également certain que le rouleau de pellicule était un microfilm qui contenait les formules et les plans que le colonel Blythe était lui aussi désireux d'obtenir.

Une personne, ou plusieurs personnes, avait emporté les effets personnels de Grumman dans le but évident de les fouiller soigneusement afin de trouver les documents que le colonel Blythe voulait se procurer, les documents qu'on avait sortis d'Allemagne avant la fin de la guerre. Par conséquent, ce n'était pas cette ou ces personnes qui avaient enterré les stylos dans la terre du bac.

Avaient-elles été devancées par quelqu'un d'autre ? Quelqu'un qui avait dépossédé Grumman des stylos avant sa mort, avant que ses bagages ne fussent enlevés de sa chambre ? A moins que Grumman ne se soit douté qu'on allait tenter de lui subtiliser les précieux microfilms et n'ait lui-même enterré les stylos à l'endroit précis où, par hasard, Bisker avait décidé de planquer sa bouteille de whisky ?

La veille, dans le salon, après le dîner, Grumman avait annoncé son intention d'aller se promener. Il était sorti par la porte qui donnait sur la réception et le perron, à côté duquel se trouvaient les arbustes dans leur bac. Etait-ce donc Grumman lui-même qui avait enterré ses stylos ?

Si c'était le cas, il devait s'inquiéter et se douter qu'on allait essayer de les lui voler. Il s'attendait peut-être également à être arrêté. Et pourtant... quand il était revenu et avait accepté de prendre un verre, puis avait rendu cette invitation, il n'avait paru ni anxieux ni préoccupé. Il était très calme et il ne trahissait pas la moindre nervosité, même pour un observateur tel que Bonaparte.

Si ce n'était pas Grumman qui avait enterré les stylos, celui qui l'avait fait avait dû les voler, les enterrer, et attendait sans doute une occasion favorable pour les récupérer. Il n'avait très probablement rien à voir avec le vol des bagages de Grumman. Et vraisemblablement, il avait observé le bac de temps à autre, il avait vu Bisker rôder autour et s'asseoir sur le rebord. Dans ce cas, il devait savoir que Bisker les avait pris et pour les récupérer, il serait prêt à tout, même au meurtre. Car une vie humaine ne pèserait pas lourd dans la balance, face à l'importance et à la valeur de ces documents secrets.

Est-ce que ce fameux Marcus cherchait à se les procurer ? Est-ce que Grumman attendait Marcus le soir où il était mort ? Est-ce que Grumman craignait Marcus au point de dissimuler lui-même les stylos à l'endroit où Bisker les avait découverts ? Et si oui, l'avait-il fait en allant se promener, au moment où la lampe du perron rendait l'entreprise aussi risquée pour lui que pour Bisker, lorsque ce dernier avait voulu camoufler sa bouteille ?

Plus il s'appesantissait sur ces questions, plus Bony privilégiait la thèse selon laquelle la personne qui avait caché les stylos n'avait aucun lien avec la ou les personnes qui avaient emporté le corps de Grumman dans le fossé et qui avaient volé ses bagages.

Pourquoi avait-on enfoui les stylos dans le bac ? C'était pourtant quelque chose qu'on pouvait facilement dissimuler. Si Grumman ne les avait pas enterrés lui-même, ce qui paraissait peu probable, l'autre personne l'avait fait parce qu'elle craignait qu'on pût les trouver sur elle ou dans ses affaires. Ce qui tendait à prouver qu'elle n'ignorait pas la mort de Grumman, et en outre, qu'il s'agissait d'un pensionnaire ou d'un membre du personnel, pas de quelqu'un venu spécialement dans le but de voler ces stylos. Enfin, on pouvait en conclure que le voleur savait, en enterrant les stylos, que ses effets et sa personne pourraient être fouillés avant qu'il n'ait la possibilité de quitter les lieux sans éveiller les soupçons.

La valeur du contenu des stylos était incalculable s'il s'agissait bien des documents mentionnés par le colonel Blythe. Des méthodes désespérées avaient été employées pour arracher le film à Grumman, et on n'avait pas reculé devant le meurtre. Si ces gens croyaient que Bisker était en possession des stylos, sa vie ne vaudrait pas cher.

Et Bisker ? Avait-il volé les stylos avant de les enterrer dans le bac ? Les avait-il enterrés pour ne pas être surpris en leur possession une fois le vol découvert ? Les avait-il volés parce que c'étaient des stylos de prix et non pas pour le contenu extraordinaire de leur réservoir ? Bony se retourna pour faire face à Bisker.

— Pourquoi avez-vous volé ces stylos, Bisker ? demanda-t-il en fixant les yeux délavés de l'homme à tout faire.

Il le vit hausser les sourcils puis remarqua la lueur d'indignation qui animait son regard. Avant même d'entendre ses furieuses dénégations, il sut que Bisker n'avait pas volé les stylos.

— D'accord ! Je vous crois, l'assura-t-il.

Jusqu'à quel point pouvait-il faire entrer Bisker dans la confidence sans mettre sa vie en danger ? Imposssible de compter sur un homme qui s'adonne à la boisson, mais Bisker pouvait être victime d'une agression fatale si on le croyait en possession de ces stylos. Bony réfléchit encore un peu. Bisker était un broussard. Il avait une certaine force de caractère, même si l'alcool l'avait entraîné sur la mauvaise pente. Bony se dit qu'il connaissait bien ce type d'individu et finalement, il décida de tenter sa chance avec lui. Il s'ouvrit donc à lui :

— Je vais vous révéler quelques petites choses pour votre propre sécurité, Bisker. J'ai tout lieu de croire que Grumman a été assassiné à cause de ces stylos. Vous avez vu ce qu'il y a dans l'un d'eux. Ces petits points noirs représentent des secrets industriels d'une valeur inouïe. Vous êtes allé farfouiller dans ce bac et l'homme qui a enterré les stylos peut très bien vous avoir vu. Quand il voudra les récupérer et qu'il ne les trouvera pas, il fera peut-être le lien avec vous et essaiera de vous coincer. Vous me suivez ?

Bisker hocha affirmativement la tête, et Bony eut la satisfaction de voir que son visage ne trahissait pas la moindre peur.

— Je vais aller chercher quelques couvertures dans ma chambre, poursuivit Bony. Je vais camper ici avec vous, et demain, nous irons tous les deux à Melbourne. Je m'arrangerai pour que vous remontiez jusqu'à l'exploitation de Windee sous escorte, et là, sur ma recommandation, le propriétaire vous donnera du boulot. Vous y resterez jusqu'à ce qu'on vous appelle pour les besoins de l'enquête.

— Epatant, monsieur Bonaparte ! s'exclama Bisker. Ça me botte.

— Parfait, alors. Pas un mot à quiconque, compris ? Je ne vais pas mettre plus de quelques minutes pour revenir avec une ou deux couvertures. Est-ce que cette porte a une clé ?

Bisker secoua la tête et dit :

— Il y a une vieille hache dans ce coin. Elle est légère et on l'a bien en main.

— Parfait. Mais ne vous approchez pas trop de la bouteille.

Bony s'avança vers la porte, l'ouvrit, sortit et la referma derrière lui. Il attendit que ses yeux s'habituent à l'obscurité. Puis, de sa démarche féline, silencieuse, il contourna la cabane, emprunta le chemin étroit qui menait à l'aire dégagée, devant les garages, et entra dans la pension par la porte principale. Il croisa Mlle Jade dans le hall de la réception.

— Vous vous en êtes très bien sorti, monsieur Bonaparte, dit-elle en souriant.

— A quoi faites-vous allusion, mademoiselle Jade ?

— A la manière dont vous avez évité ces reporters, répondit-elle. Ils m'ont infligé une rude épreuve, et n'ont pas cessé de me mitrailler avec leurs flashes. Ah les questions qu'ils m'ont posées ! Ils ont pris la pension en photo et m'ont demandé de me mettre sur les marches de la véranda. Demain, je vais être dans tous les journaux. Quelle publicité, monsieur Bonaparte !

Bony sourit avec ravissement.

— Avant demain soir, votre pension sera pleine, prédit-il, ajoutant avec sa courtoisie habituelle : Je suis sûr, mademoiselle Jade, que la propriétaire du

Chalet du Panorama rehaussera encore la beauté de la pension elle-même.

Mlle Jade était très flattée. Elle aurait vonlontiers épilogué sur la célébrité qu'allait connaître son établissement, dont elle-même allait profiter, et ce ne fut qu'en usant d'une fermeté alliée à un tact extrême que Bony réussit à se libérer et à se diriger vers sa chambre.

Constatant que le châssis de sa fenêtre avait été presque complètement baissé, tout comme les stores, il sortit un pistolet de petit calibre de sa malle et en vérifia le chargeur. Il transféra l'arme dans la poche droite de son veston. Retirant trois couvertures de son lit, il en fit un balluchon qu'il noua avec la ceinture de sa robe de chambre. Il s'affaira ensuite pendant trois minutes avec les stylos, puis éteignit la lumière et lentement, tranquillement, il releva le châssis de la fenêtre. Ce fut par là qu'il quitta la pension.

Il devait contourner la pile de bois pour éviter le cercle de lumière jeté par une ampoule fixée devant la porte de l'arrière-cuisine. De la réserve de bois, il passa derrière les garages et arriva à l'étroit chemin qui menait à la cabane de Bisker. Comme une ombre, il se laissait dériver le long du sentier. La cabane apparut devant lui, semblant surgir du néant. Il s'arrêta car il ne distinguait plus la lueur qu'il avait aperçue par une fente quand il avait jeté un coup d'œil derrière lui en partant.

Il s'écarta du chemin et avança lentement, à tâtons, traversant un potager pour atteindre la haie d'arbustes, devant la cabane. Il atteignit ainsi le mur dans lequel était percée la fenêtre. Il resta là une minute entière, l'oreille collée à la vitre. Pas un seul son ne lui parvenait de l'intérieur.

Il contourna silencieusement le premier angle, attendit une autre minute, contourna le second et se plaqua contre la porte fermée. Il n'entendait toujours rien. Lentement, il se plaça d'un côté du loquet, puis, d'un geste vif, il le tourna et ouvrit brusquement la porte. Elle alla frapper contre le mur.

— Bisker ! appela-t-il.

Bisker ne répondit pas et Bony l'appela à nouveau.

Le silence régnait toujours dans la cabane. Bony attendit encore une bonne minute avant de passer la tête à l'intérieur. Tout d'abord, il ne distingua que le lit, puis les braises rouges de l'âtre. En face, devant la fenêtre, il y avait la table, dont un côté était légèrement éclairé par la lueur rougeoyante. Précédé de son automatique, Bony s'avança un peu plus, dépassant le montant de la porte pour apercevoir le pan de mur. Il n'y avait personne et il était sûr que personne ne pouvait se cacher derrière la porte qu'il avait violemment rabattue contre le mur.

Rien ne bougeait dans la lueur diffuse de la cabane. Il attendit encore deux minutes, puis plaça le balluchon devant lui, en guise de bouclier, et avança. Il ne percevait toujours pas le moindre mouvement, mais il était possible que quelqu'un se trouvât sous le lit ou sous la table.

La lueur des braises se réfléchissait sur le verre de la lampe et sur la bouteille de whisky.

— Vous êtes là, Bisker ? demanda-t-il à nouveau, à voix basse.

Pas de réponse. Il déposa son bouclier de couvertures sur la table et se dirigea vers la porte qu'il referma. Puis il revint vers la table et alluma la lampe. Sur le sol, près du lit, gisait Bisker. Il était étendu sur le dos, un bras dans le prolongement de la tête ; on aurait dit que sa main essayait d'atteindre la hache au manche court.

Ce n'est pas gagné

Vingt minutes ! Il ne s'était pas absenté de la cabane plus de vingt minutes et dans ce court intervalle, quelque chose était arrivé à Bisker, quelque chose de violent, selon toute apparence. Posant la lampe par terre, Bony s'agenouilla et examina soigneusement le visage de Bisker. Sa bouche était entrouverte et il respirait paisiblement. Sa veste était déboutonnée et à côté de lui, il y avait un tire-bouchon et un livret de caisse d'épargne. Les poches de son pantalon étaient retournées et à l'évidence, toutes ses poches avaient été vidées. Bony l'attrapa par l'épaule et le secoua doucement, mais il ne réagit pas.

C'est alors que Bony vit le sang sur sa nuque. Il formait une tache aussi grande qu'une pièce de cinq shillings. Cette blessure ne pouvait pas résulter d'un accident.

Puisqu'elle avait fouillé les poches du blessé, la personne qui lui avait infligé cette plaie devait être à la recherche des stylos. Derrière Bisker, les couvertures du lit avaient été arrachées et gisaient en tas sur le sol. Le matelas était déplacé, on pouvait donc supposer qu'on avait regardé en dessous. Toujours accroupi, Bony jeta un regard autour de lui. Sur la table, la bouteille contenait le même volume de whisky qu'au moment où il était parti chercher ses couvertures. Au-dessus de la cheminée, un réveil était posé en biais sur l'étagère. Bony se rappelait qu'il l'avait lui-même rangé là après avoir tiré la caisse devant la table, pour pouvoir s'asseoir, mais il ne l'avait pas mis exactement comme ça. Les livres bon marché qui s'étaient trouvés à une extrémité de l'étagère étaient maintenant sur la dalle de ciment, devant la cheminée. La cabane avait été mise à sac. Même le contenu d'une vieille valise usée était répandu par terre.

Quiconque n'aurait pas su déceler la tension nerveuse dans ses expressions faciales aurait pu croire que Bony souriait. Sa bouche était étirée et ses lèvres, écartées, laissaient distinctement voir ses dents blanches. Il n'y avait cependant pas le moindre sourire dans ses yeux. Ils luisaient à chaque fois que la lumière de la lampe s'y réfléchissait. Bras et jambes ne se mouvaient plus avec décontraction. Les narines frémissaient comme celles d'un renard en train de flairer quelque chose.

Bony plaça une couverture sous la tête et les épaules de l'homme inconscient et lui couvrit les pieds et les jambes. Bisker ne s'était pas chaussé et ses souliers se trouvaient toujours sous la table. S'asseyant par terre à côté de lui, Bony sortit son tabac et son papier et se mit à rouler une cigarette.

Il savait que les murs de la cabane ne laissaient pas passer la lumière et que le store était plus grand que la fenêtre qu'il masquait complètement. Le seul moyen d'épier à l'intérieur était de regarder par le trou de la serrure. Le jour étroit qu'il y avait sous la porte était trop bas pour que quelqu'un pût apercevoir quoi que ce soit.

Bony sentait qu'il avait deux responsabilités à assumer. L'une d'elles concernait Bisker, l'autre le contenu des deux stylos dont l'étui de cuir était maintenant épinglé à l'intérieur de la poche de son gilet. Les documents devaient parvenir le plus tôt possible entre les mains du colonel Blythe.

Ramassant le vieux feutre de Bisker, Bony se releva et traversa la pièce pour aller l'accrocher au loquet et obturer ainsi le trou de la serrure. Comme il n'y avait aucune raison pour se geler, il s'approcha ensuite de l'âtre près duquel étaient empilées des bûches de trente centimètres environ. Là, restant face à la porte, il se baissa et attrapa plusieurs bûches qu'il jeta sur les braises rougeoyantes.

Surveillant toujours la porte, il quitta l'âtre pour la table et saisit la tasse et la bouteille de whisky. Il s'approcha alors du corps de Bisker, s'accroupissant derrière lui pour faire face à la porte, et il s'efforça de le ranimer. Il réussit à lui faire avaler une gorgée d'alcool, mais cela n'eut aucun effet sur lui, si ce n'est qu'il respira un peu plus bruyamment. Bony espéra alors que Bisker allait rapidement revenir à lui et qu'il serait capable de lui raconter ce qui s'était passé pendant les vingt minutes qu'avait duré son absence.

La montre que Bony portait au poignet indiquait neuf heures cinq.

A dix heures, Bisker demeurait inconscient et son état inquiétait Bony qui avait envie d'aller jusqu'à la pension pour téléphoner à un médecin. Il ne l'avait pas fait plus tôt parce qu'il pensait que la blessure n'entraînerait qu'un court évanouissement et qu'il valait mieux éviter d'ajouter des complications à une affaire qui n'en avait déjà que trop. Il se disait également que si Bisker revenait à lui et lui racontait ce qui s'était passé, il pourrait aviser. Alors que s'il appelait le médecin de la région, il faudrait également prévenir la police, et même s'il n'avait nullement l'intention d'évoquer lui-même les stylos, Bisker en parlerait peut-être en reprenant connaissance. En vertu de certaines prérogatives des Etats et de certains règlements départementaux, Bolt serait en droit de revendiquer ces stylos et leur contenu.

Il était dix heures huit quand Bony entendit approcher l'« ivrogne ».

L'homme ne se trouvait pas loin de la cabane, peut-être au bout de l'étroit chemin qui donnait sur l'aire dégagée, devant les garages. Un marmonnement se transforma en bordée d'injures. Bony perçut un hoquet, puis une voix masculine qui gémissait :

— Pourquoi qu't'ouvres pas cette fichue porte, Bisker ? Me v'là en train d'errer dans la nuit noire, avec ma bouteille, pendant qu't'es au pieu à ronfler tant qu'tu peux. Nom de Dieu ! Si j'crie trop fort, la Jade va entendre. Comme la dernière fois. (Un intervalle de silence se termina par un appel rauque :) Bisker, ouvre cette fichue porte que j'voie où j'me trouve.

Bony resta assis par terre à côté de Bisker.

Derrière la porte, il entendait l'« ivrogne » soliloquer, paraissant surtout redouter Mlle Jade. Lorsqu'il appela à nouveau, Bony sut qu'il s'était considérablement rapproché de la porte.

— C'est pas Dieu possible ! J'essaie d'apporter d'quoi boire à un copain et il ouvre même pas la porte pour m'éclairer un peu. Hé, Bisker, si t'ouvres pas cette porte, j'fais un tintamarre de tous les diables et Mlle Jade va s'amener.

Suivirent d'autres marmonnements entrecoupés de jurons, puis quelqu'un se cogna au mur de la cabane, à côté de la porte. Le bruit du corps qui glissait à terre, devant le mur, était très net pour Bony qui tendait l'oreille.

— Ben me v'là, déclara solennellement l'homme, dehors. C'fichu arbre est pas plus mal qu'un autre, j'suppose. Idiot de Bisker ! Où est passée ma bouteille ? Ah... j'croyais l'avoir perdue, c'te pt'ite chérie. J'me demande si cette cabane est encore loin.

Un peu plus tard, l'« ivrogne » se remit debout et Bony l'entendit dire :

— C'te fichue cabane doit être de l'aut'côté d'cet arbre. J'vais faire le tour, comme ça, j'pourrai voir la cabane.

Bony entendait l'homme tâter les tôles ondulées des

murs, et de temps à autre, donner des coups de pied dedans. Tout en passant devant la fenêtre, puis en contournant l'angle suivant, il ne cessait de gémir :

— Un sacré gros arbre. L'plus gros qu'j'aie jamais vu. L'plus gros du Gippsland. L'plus gros d'Australie. (En revenant devant la porte, il ajouta :) L'plus gros du monde. (Silence... puis :) Où c'que j'peux bien être ? J'aurais pu jurer qu'j'étais sur les traces de Bisker. (Puis il se mit à chanter :) J'suis le coq de Glasgee Town...

Bony se releva et s'avança vers la porte qu'il ouvrit brusquement... pour se trouver face à face avec l'affreux canon court d'un pistolet laqué noir, et, au-dessus, avec un visage recouvert d'un masque noir.

— Les mains en l'air... vite !

L'ordre fut donné à voix basse et menaçante.

Bony leva les bras tandis qu'une vague de colère l'étouffait et lui montait à la tête.

— Reculez ! Allez, reculez !

Bony recula et l'homme masqué entra dans la cabane, refermant la porte derrière lui de sa main libre. Il était de taille et de corpulence moyennes. La main qui tenait le pistolet était très blanche ; visiblement, elle appartenait à quelqu'un qui dédaignait tout travail manuel. Le complet bleu marine était soigné, le pantalon adroitement repassé, tout comme les manches du veston.

— Reculez encore un peu, monsieur ! ordonna-t-il à Bony qui se retrouva le dos contre la table. Un peu à gauche. Voilà. Maintenant, asseyez-vous sur la caisse. Gardez les mains en l'air... je pourrais m'énerver.

Bony obéit. L'intrus commença lui-même à reculer vers le corps allongé de Bisker et la lampe-tempête. Derrière les trous du mouchoir bleu foncé qui lui servait de masque, on apercevait ses yeux qui réfléchissaient la lumière du feu. Ils ne semblaient jamais ciller. Ils restèrent fixés sur Bony tandis que l'homme pliait les genoux, attrapait la lampe et la posait sur la table.

— Bon... où est votre pistolet ? demanda-t-il. N'essayez pas de le charger, je préférerais de beaucoup tirer pour pouvoir prendre ensuite tranquillement ce que je cherche. Où est votre pistolet ?

— Dans la poche de ma veste, répondit Bony d'une voix atone.

— Levez-vous.

Bony obéit tandis que l'extrémité de l'arme lui appuyait sur l'estomac.

— Avec un peu d'imagination, vous n'aurez aucun mal à vous représenter ce que ça fait d'avoir une balle dans le ventre. Dans quelle poche est le pistolet ?

— La droite.

Derrière le masque, les yeux vrillèrent ceux de Bony, bleus et étincelant de fureur. La pression de l'arme contre son estomac restait dangereusement résolue. Il sentit une main fouiller la poche de son veston et retirer le petit automatique. Il était furieux, pas contre l'homme masqué, mais contre lui-même, pour avoir eu la bêtise de tomber dans un piège aussi grossier.

— Et maintenant, les stylos dans leur petit étui de cuir. Où les avez-vous mis ?

— Crachez le gravier que vous avez dans la bouche et exprimez-vous clairement, suggéra Bony.

— On fait le malin, c'est ça ? Allons. Parlez-moi un peu de ces stylos.

Bony hésita, puis se dit qu'il était inutile de chercher à gagner du temps.

— Ils sont dans la poche gauche de mon gilet.

— Bien ! Continuez à garder les mains en l'air et ne vous faites pas de souci pour moi. J'aime bien me servir tout seul.

Bony eut soudain beaucoup de difficulté à maintenir son regard braqué sur les yeux masqués et eut un réel mérite à garder une expression impassible, car derrière l'homme, il apercevait Bisker, et Bisker était en train de se relever. C'était sûrement une hallucination ! Si seulement il pouvait oser détourner les yeux du visage masqué pour s'assurer que c'était bien Bisker qui se levait et avançait tout doucement vers la droite, là où se trouvait la hache. Une main dégrafa le veston de Bony, tâta l'étoffe du gilet à la recherche des stylos, les trouva et entreprit de dégrafer les épingles qui fixaient l'étui de cuir au tissu.

Bony ne pouvait plus distinguer Bisker du coin de l'œil et il commença à se demander s'il n'avait pas pris ses désirs pour des réalités. La main s'impatientait maintenant, luttant contre les épingles qui n'en résistaient que davantage. Elle fouilla ensuite sous l'aisselle droite de Bony... puis sous la gauche.

— Dégrafez ces épingles et donnez-moi les stylos, lui ordonna-t-on.

— Faites-le vous-même, lâcha Bony.

— Je vais vous laisser une chance. La dernière. Qu'en dites-vous ?

La voix était sèche, dure, impitoyable. Bony baissa les bras, lentement, car l'arme était toujours pointée sur son ventre avec une constance inquiétante. Il fut obligé de pencher la tête pour voir ce qu'il faisait et en la relevant, il vit à nouveau Bisker, cette fois à la droite de l'homme masqué. Et Bisker avait ramassé la hache.

— Allons ! Qu'est-ce que vous avez à traîner comme ça ? dit l'homme masqué.

— Servez-vous de vos yeux et vous le saurez, suggéra Bony tout en espérant que Bisker ne tenterait rien tant que le pistolet lui appuyait sur le ventre.

Il libéra l'étui du tissu, le sortit de sa poche et le tendit. L'homme masqué le lui arracha et fit deux pas en arrière, deux pas qui le rapprochèrent de Bisker, toujours aux aguets.

Les bras de Bony commençaient à se fatiguer, mais une main ferme continuait à braquer le pistolet sur le milieu de son ventre. Au second plan, Bony apercevait Bisker. Celui-ci tenait la hache au-dessus de sa tête, en arrière. Bony n'en distinguait que la lame. Elle avait des taches de rouille et semblait remarquablement peu tranchante.

C'est alors qu'on entendit à l'extérieur un long cri sonore. On aurait dit une scie circulaire qui s'enraye et qu'on vient d'arrêter. En face de Bony, l'homme masqué, surpris, se redressa pour tendre l'oreille. Puis un objet lourd tomba sur le toit avec un énorme craquement. On entendit ensuite quelque chose glisser lentement le long du toit de tôle, et finalement tomber avec un bruit sourd juste devant la porte.

— Qu'est-ce que c'est ? demanda l'homme masqué.

Bony décela de l'inquiétude dans sa voix.

— Un de mes amis, répliqua Bony.

Il avait compris que deux opossums se battaient sur une branche, juste au-dessus de la cabane, et que le vaincu avait été forcé de tomber sur le toit.

Le comportement de l'homme masqué n'arrangeait pas Bisker. Sachant que s'il le frappait avec la hache, un coup de pistolet risquait de partir et d'être fatal à Bony, il attendait en croyant que Bony allait subir le même sort que lui. L'homme masqué lui demanderait de se mettre devant lui, puis retournerait son arme pour lui assener un bon coup de crosse sur la nuque. Bisker avait donc l'intention d'attendre que l'arme soit retournée pour frapper.

Le cri de l'opossum et le craquement sur le toit énervèrent l'homme masqué. Il avait maintenant envie de s'enfuir. Braquant toujours son arme sur Bony, il se retourna à demi et commença à reculer vers la porte. Il vit alors Bisker faire une bien piètre imitation d'un lanceur de javelot.

— Un peu trop tard ! s'écria-t-il d'une voix forte. Que l'un de vous bouge, et c'est à lui que je trouerai la peau en premier, l'autre y aura droit ensuite.

— Attention à la marche en sortant, dit doucement Bony.

Bisker fut tellement étonné par ce conseil que la

hache qu'il tenait au-dessus de sa tête vacilla et vint se poser sur son épaule.

L'homme masqué avait maintenant atteint la porte. Il s'y adossa pendant que de sa main libre, il cherchait le loquet. Peu à peu, les genoux de Bony se plièrent, son corps se prépara à bondir. Lentement, Bisker éleva la hache au-dessus de son épaule et la ramena en arrière pour la lancer comme un javelot. La main de l'homme trouva le loquet et il fit un pas de côté pour pouvoir rabattre la porte. Son pistolet ne bougeait pas, visant toujours un point situé entre Bisker et le policier.

On aurait un peu dit un film au ralenti qui, brusquement, revient à la vitesse normale. L'homme masqué ouvrit brutalement la porte. Pendant une seconde, il continua à menacer Bony et Bisker de son arme, puis il sortit à reculons et hurla en marchant sur le corps de l'opossum qui, roulant sous son pied, le fit tomber sur le dos au milieu du chemin.

La hache de Bisker fut la première à arriver sur le seuil. La lame passa bien par l'ouverture mais le manche heurta le montant gauche de la porte et le tout s'écroula par terre. Puis ce fut Bony qui atteignit et franchit le seuil sans toucher le plancher. Bisker se présenta en troisième position car il se déplaçait sur le sol et était lent, comparé à Bony. Une fois sorti de sa demeure, il entendit des bruits révélant qu'une lutte se déroulait quelque part dans l'obscurité et son esprit primitif lui enjoignit d'aller chercher la lampe et la hache. La lampe dans la main gauche et la hache dans la droite, il se précipita à nouveau dehors... pour voir Bony tituber vers lui, la main sur la joue.

— Il a filé, malheureusement, Bisker, annonça Bony d'une voix haletante. Il m'a donné un coup de crosse sur la mâchoire. Nous ferions mieux de rentrer nous soigner. Comment vous sentez-vous ?

— J'me suis déjà mieux senti dans ma vie, répondit

Bisker. Mais j'me sentirais encore plus mal si c'lascar avait bu l'whisky.

Après avoir posé la lampe sur la table, il se tourna et vit le sang couler entre les doigts que Bony maintenait sur sa joue. Une fois que Bony eut retiré sa main, il dit :

— Hum ! Une petite égratignure. Laissez-moi donc vous verser une ou deux gouttes de pétrole dessus.

Il apporta une bouteille de bière pleine de pétrole et après avoir imbibé un mouchoir, il le pressa au-dessus de la blessure superficielle de Bony. Il lui demanda ensuite d'appuyer le mouchoir sur la coupure pour arrêter l'écoulement du sang. Il se versa un peu de pétrole dans la main et l'appliqua sur la blessure de sa nuque. Il procéda d'une manière tellement décontractée que Bony ne put s'empêcher de rire.

— C'est le meilleur truc de la terre, affirma Bisker d'un ton presque gai. Après le pétrole, le meilleur truc, c'est le whisky, mais ç'aurait été du gâchis. Si on buvait une petite goutte ?

Bony commençait à l'aimer de plus en plus, peut-être parce que Bisker retrouvait sa vraie nature lorsqu'il avait les nerfs tendus. Il émit l'opinion que cette suggestion ne manquait pas d'attrait, et quelques instants plus tard, après s'être rendu compte qu'il ne saignait plus, il s'assit à la table à côté de Bisker et se roula une cigarette malgré l'odeur de pétrole qui imprégnait ses mains.

— Qu'est-ce qu'on fait, maintenant ? demanda Bisker comme si les dix minutes qui venaient de s'écouler ne sortaient en rien de l'ordinaire.

— Racontez-moi ce qui vous est arrivé, répliqua Bony.

— A moi ? Ben j'étais en train de ranimer l'feu quand on a ouvert la porte. J'croyais qu'c'était vous qui étiez d'retour, alors j'ai dit, en tournant l'dos à la porte : « On peut dire que vous vous êtes grouillé », parce que j'trouvais qu'vous aviez pas mis longtemps à rapporter ces couvertures. A c'moment-là, j'ai entendu une drôle de voix m'dire : « Levez-vous et retournez-vous. » J'me suis donc levé et j'me suis retourné pour me trouver face à face avec le canon d'un pistolet. J'ai regardé un peu plus haut et j'ai vu ce type avec son masque sur la figure.

« Il m'a dit : « Haut les mains ! » Bon, j'pouvais rien faire d'autre... ni lui chanter un pt'it air ni faire trois pas de danse. Et puis il m'a dit : « Qu'est-ce que vous avez déterré dans le bac de l'arbuste ? » J'lui ai dit qu'j'avais déterré une bouteille de tord-boyaux. Alors, il m'demande c'que j'ai déterré d'autre. J'lui dis qu'j'ai rien déterré d'autre. Il m'traite de menteur — moi, vous vous rendez compte ! — et j'peux pas y faire grand-chose. Il m'dit : « Vous avez déterré deux stylos à encre dans un étui en cuir quand vous avez pris votre bouteille. Donnez-moi ces stylos, vite. » J'lui dis : « J'vous assure que j'les ai pas. » Il m'dit : « Alors c'est Bonaparte qui les a. Tournez-vous. »

« J'me retourne donc. C'est alors qu'une comète vient m'frapper entre les deux yeux. Quand j'me réveille, j'me retrouve allongé confortablement. J'ai un peu mal au crâne et j'entends le type qui vous cause des stylos. Alors, j'bouge la tête et j'le vois debout, qui m'tourne le dos, et vous, les mains en l'air. J'attrape donc ma hache et j'attends l'bon moment, parce que j'pouvais rien faire tant qu'il avait son pétard pointé sur vous. Le coup aurait pu partir.

— Certainement, acquiesça Bony d'un ton convaincu.

Puis il lui raconta comment il s'était laissé prendre et lui demanda :

— Vous n'avez pas reconnu sa voix ?

Bisker secoua la tête tout en aspergeant ses dents de whisky.

— Est-ce que vous avez remarqué ses mains ?

— Pas spécialement. J'étais trop intéressé par son pistolet.

— Essayez de vous rappeler. Est-ce que vous avez déjà vu quelqu'un porter son chapeau comme ça ?

Bisker réfléchit, ses yeux gris réduits à la taille de petits pois. Puis il dit :

— Non, je m'rappelle pas quelqu'un en particulier qui aurait porté un chapeau comme ça. De nos jours, y a des tas de types qui portent des feutres noirs avec le bord du devant bien baissé. En tout cas, c'est pas un broussard, ce type, sinon, il aurait pas eu peur quand ces opossums se sont bagarrés et qu'y en a un qu'est tombé su' l'toit. Ça l'a plutôt chamboulé.

Bony sourit.

— Ça, on peut dire qu'il était chamboulé quand il a marché dessus en sortant. Dites-moi, comment puis-je aller à Melbourne ce soir ?

— Vous pouvez appeler l'type d'l'autocar pour lui demander de louer une voiture, ou bien prendre le train à Manton.

— Hum ! Il n'y a pas d'autre solution... sans téléphoner pour louer une voiture ?

— La marche à pied... Manton est à quinze kilomètres. Vous pourrez p'êt' arrêter une voiture qui vous emmènera.

— Vous croyez que vous pourriez faire quinze kilomètres ?

— J'en serais capable. Pourquoi ?

— Il vaudrait peut-être mieux que vous fassiez vos paquets et que vous veniez avec moi, répondit Bony. Vous n'auriez alors qu'à continuer demain sur Windee. Le propriétaire vous engagerait. Je peux lui envoyer un télégramme à votre sujet.

— Et moi, j'peux vous demander c'que vous avez l'intention d'faire ?

— Oui. Je vais aller à Melbourne ce soir et je reviendrai probablement demain terminer mes vacances.

Bisker dévisageait Bony. Son regard glissa sur la bouteille de whisky, s'y arrêta cinq secondes, puis revint finalement se fixer sur Bony.

— Pendant qu'j'étais là avec ma hache toute prête, j'me suis souv'nu d'vous, dit-il doucement, comme s'il pensait que quelqu'un écoutait à la porte. J'ai entendu parler d'vous y a trois ans, quand j'étais à l'ouest de Cunnamulla. Si vous rev'nez demain, ça veut dire que vous en avez pas fini avec le type qui m'a assommé et qui vous a chipé les stylos. Qu'est-ce que vous diriez d'me prendre comme assistant ? J'ai pas l'habitude de m'faire assommer sans rien dire.

Ce fut le tour de Bony de regarder Bisker dans les yeux et d'observer son visage buriné et marqué par le whisky. Bisker poursuivit :

— Ça fait deux ans que j'travaille pour Mlle Jade et j'me balade pas les oreilles bouchées. J'me suis pas amusé pendant cette dernière guerre, et pas avant non plus, pas depuis les trois ans qu'j'ai passés en France pendant la Grande Guerre.

— J'y réfléchirai, Bisker, et je vous donnerai ma réponse quand je reviendrai, décida Bony. Et rappelez-vous qu'un clapet bien fermé ne laisse rien passer.

Le colonel Blythe n'en revient pas

La maison de South Yarra qu'occupaient le colonel Blythe et sa femme se trouvait en retrait de la rue. C'était une ancienne maison qui « poussait » sur près d'un hectare de terrain entouré par une haute muraille.

En plus des domestiques, le colonel disposait de deux employés de bureau, d'un sténo et d'un garçon de courses. Quand cette équipe, supervisée par l'assistant de Blythe, un certain capitaine Kirby, partait à dix-sept heures, les lieux étaient gardés par des officiers de police jusqu'à neuf heures du matin. Ces policiers étaient logés derrière la maison, dans une annexe, et après les heures de bureau, l'un d'eux était de service dans la maison et prenait les appels téléphoniques à un standard. Il passait les communications au colonel Blythe ou à sa femme, dans le bureau ou dans le salon, selon le cas, et après onze heures du soir, dans la chambre du colonel.

Etant arrivé à la grille d'entrée à six heures du matin, Bony dut donner la raison de sa venue à l'officier de police qui était en faction. L'homme contacta son collègue du standard et après en avoir délibéré, ils réveillèrent le colonel Blythe en faisant sonner le téléphone qui se trouvait à son chevet.

— Faites-le entrer au... dans le bureau, ordonna le colonel.

Trois minutes plus tard, il accueillit son visiteur matinal avec grand intérêt. Une fois la porte refermée derrière l'officier, il remarqua la coupure sur la joue de Bony.

— Votre famille est en guerre ?

— Euh... ce n'était qu'une petite escarmouche, reconnut Bony. Il est un peu tôt pour vous rendre visite, mais je me suis dit que vous aimeriez avoir un rapport. La chasse à l'homme est devenue très intéressante.

— Oui, effectivement. J'ai entendu dire hier après-midi qu'on avait retrouvé Grumman mort. Empoisonné, d'après ce que j'ai compris. Et qu'un policier avait été tué. Vous voulez boire quelque chose ?

— Du thé... ou du café... si ça ne vous dérange pas, dit Bony en acceptant cette offre. C'est que je suis levé depuis un bon moment.

Le colonel Blythe décrocha le téléphone. Il parla tranquillement, du ton dépourvu d'affectation qui lui était coutumier, et le fonctionnaire de service ne fut que trop content de quitter son standard pour la cuisine. Bony, encouragé à accepter une cigarette, la fuma pendant que son hôte le quittait pour aller lui chercher de la pommade afin de soigner la coupure de sa joue. Aussi anxieux fût-il d'apprendre les derniers développements de l'affaire Grumman, sa première pensée allait à son visiteur.

— Ce machin va nettoyer la plaie et l'aider à cicatriser, dit-il à Bony en revenant. Tenez, flanquez-en un bon paquet. Il y en a encore plein.

— Merci. Ça commençait à me cuire. On m'a fait ça avec un pistolet. A vrai dire, je l'avais bien cherché. Oui, ce pauvre vieux Grumman a été retrouvé dans un fossé hier matin. Est-ce que la police vous a contacté ?

— Non, répondit Blythe. J'en ai été informé par d'autres canaux.

— En tout cas, les journaux du matin ne se priveront pas d'en parler, promit Bony. Mais je vais vous donner certains détails que la presse n'aura pas.

Il raconta comment il avait trouvé Bisker et un autre homme devant le fossé dans lequel gisait le corps de Grumman et comment il était ensuite allé dans la chambre de Grumman pour s'apercevoir que ses effets avaient disparu. Il évoqua la visite de Marcus et le meurtre de Rice, et conclut en demandant au colonel s'il avait des renseignements sur Marcus, autrement dit Alexander Croft, alias Mick Slater, alias Edward B. Martyn. Le colonel Blythe pinça les lèvres et fit un signe de tête affirmatif.

— Edward B. Martyn ne m'est pas inconnu, dit-il. Mon assistant, le capitaine Kirby, en saura plus que moi là-dessus. A propos, Kirby est de Scotland Yard. Euh... un instant. Entrez !

Le fonctionnaire de service entra avec un plateau sur lequel il y avait du café et des biscuits. Le colonel Blythe suggéra que son collègue en faction à la grille et lui-même auraient peut-être envie d'un café... avec un peu de rhum dedans pour lutter contre le froid. Bony pensa que Bisker avait fait une erreur en refusant de l'accompagner cette nuit et ce matin.

— Bon, continuez, demanda Blythe une fois l'officier reparti avec un verre d'alcool à la main pour améliorer le café.

— J'espère que la police va découvrir comment Grumman a été empoisonné, reprit Bony. C'est là quelque chose qui m'intéresse, mais qui vous est probablement indifférent. Ils voulaient s'assurer ma coopération et je n'ai vu aucune raison de les en priver... jusqu'à un certain point. Je n'arrive pas à comprendre pourquoi on a emporté les affaires de Grumman après l'avoir tué, alors qu'on en avait à ses documents, je suppose. Il a été retrouvé en robe de chambre, enfilée sur un pyjama, et en chaussons, donc nous pouvons en conclure qu'il est mort avant minuit... ce qui laissait au moins cinq heures à son assassin pour chercher ce qui l'intéressait dans ses affaires. Ce qui m'a encore plus surpris, c'est de m'apercevoir que l'homme à tout faire tournait autour d'un bac dans lequel pousse un arbuste ornemental, devant l'entrée principale.

Le colonel Blythe écoutait avec un intérêt grandissant tandis que Bony poursuivait son récit en lui parlant du whisky enterré de Bisker. Il écarquilla les yeux et sourit de contentement quand Bony lui décrivit la scène qui s'était déroulée dans la cabane, lorsqu'il avait refermé la main sur le poignet de Bisker pour l'empêcher d'endommager accidentellement le film encore enroulé.

— Vous avez fait du bon travail, mon vieux ! s'exclama-t-il. Excellent.

— Oui, j'ai eu une chance terrible, reconnut Bony. Voilà un exemple de ces rares coups du hasard qu'il m'arrive parfois d'avoir. Mais les stylos m'ont ensuite été repris.

Il raconta comment il était retourné dans la cabane et comment il avait trouvé Bisker inanimé, les poches retournées et la cabane sens dessus dessous. Il relata l'arrivée de l'« ivrogne », expliqua comment il s'était laissé avoir par cette ruse, et finalement, comment on lui avait fait lever les mains pour lui prendre stylos et étui, et comment l'homme avait réussi à s'échapper.

— Quelle fichue déveine ! explosa Blythe en entendant la fin du rapport de Bony. Il s'agit à présent de coincer ce type. Il nous faut absolument ces films, vous comprenez. Ils sont encore bougrement plus dangereux entre les mains d'une autre puissance qu'entre celles de l'OKW, car l'OKW ne pourrait pas s'en servir avant plusieurs années, et d'ici là, notre propre gouvernement rendrait la plupart de ces secrets inutiles grâce aux découvertes de nos propres savants.

— C'est vraiment malheureux, dit tristement Bony. C'étaient de beaux stylos. J'avais l'intention de vous les demander.

— Oh, pas de problème, vous pourrez avoir les stylos, mon ami. C'est leur contenu qui nous intéresse. Mince, alors ! Quel manque de pot ! Qu'est-ce que vous comprenez à tout ça ?

— Pas grand-chose, avoua Bony. Cependant, je suis tenté de croire que celui qui s'en est pris à moi et a récupéré les stylos n'est pas venu de la ville pour faire ce boulot. Il portait un costume bleu marine tellement bien repassé qu'on voyait qu'il ne l'avait pas porté longtemps et qu'il n'avait pas voyagé en voiture avec. Et puis il sentait le désinfectant, vous savez, ce qu'on met dans les vêtements pour éloigner les mites. S'il était venu de loin, ou s'il avait été à l'air libre pendant ne serait-ce qu'un petit moment, l'odeur n'aurait pas été aussi forte.

« Il n'est pas certain qu'il ait eu quoi que ce soit à voir avec le meurtre de Grumman et le vol de ses bagages. Pour ma part, je crois qu'il n'est pas responsable de sa mort ni du vol de ses affaires, car il a mis ces stylos dans le bac de l'arbuste, ou savait qu'ils avaient été enterrés là par quelqu'un qui n'avait pas besoin de voler les affaires.

« Résumons-nous : quelqu'un a tué Grumman et a volé ses affaires. Quelqu'un d'autre a volé les stylos et les a planqués dans le bac, et un troisième, ce fameux Marcus, pouvait bien en avoir aux documents de Grumman. Ce qui nous oblige à nous demander pour quel motif un trafiquant de drogue pouvait bien s'intéresser à un officier supérieur allemand en possession de plans et de secrets d'armement.

Le colonel Blythe soupira de façon audible.

— C'est un fichu méli-mélo. Qu'est-ce que vous avez l'intention de faire, maintenant ? demanda-t-il.

— Trouver qui a tué Grumman. Trouver qui m'a volé ces stylos que je voulais garder. Trouver qui est l'homme qui chausse du quarante-six et une ou deux autres petites choses qui commencent à m'intéresser.

Le colonel se mit à faire les cent pas sur le tapis qui absorbait tous les bruits. Bony se versa une troisième tasse de café et alluma sa troisième cigarette. Ils restèrent tous deux muets pendant cinq minutes, puis Blythe se planta devant le fauteuil de Bony.

— Il nous faut absolument ces stylos, dit-il. Cette fichue conférence sur la paix pourrait très bien ne pas réussir à neutraliser l'Allemagne aussi longtemps qu'il le faudrait et l'état-major allemand risque de se remettre en selle d'ici un an ou deux.

Bony leva les yeux et décela une vive anxiété dans le visage de son interlocuteur. Blythe poursuivit :

— Bon sang, Bony ! Ça ne vous ressemble pas, ça ! Je ne vous comprends pas. Vous aviez ces stylos et vous... Nom de Dieu !

— Je vais les récupérer, n'ayez crainte, affirma Bony. Je n'ai encore jamais échoué dans les missions qui m'ont été confiées. Ces stylos seront à moi. Ce sont de beaux stylos, en or. Je veux en donner un à mon fils aîné, Charles, qui vient d'avoir son diplôme de médecin, et l'autre, je l'offrirai à ma femme.

— Je vous les laisse volontiers... à condition que vous arriviez à mettre la main dessus, promit Blythe. Il faut absolument les récupérer. Vous vous rendez compte, leur contenu est inestimable. Je veux ce qu'ils renferment. Et je le veux tout de suite.

— Oh ! s'exclama Bony, les yeux luisants. Si c'est leur contenu qui vous intéresse tant que ça, ce n'est pas difficile.

Le colonel Blythe soupira à nouveau, avec impatience, cette fois. Il se remit à faire les cent pas sur l'épais tapis. Il avait été tout d'abord confondu de voir le général Lode dans Collins Street, puis il avait beaucoup espéré quand le colonel Spendor lui avait envoyé Bony, car le petit policier avait remporté de remarquables succès quand il avait travaillé pour lui pendant la guerre. Dire que Bony avait eu ces stylos en sa possession et qu'il se les était fait prendre sous la menace d'une arme !

Un instant, Bony était en train de dire :

— Je veux les stylos, et vous, vous voulez leur contenu, mon colonel. Moi, il me reste à retrouver les stylos. Alors que vous, vous pouvez avoir leur contenu tout de suite.

Le colonel Blythe s'immobilisa une fois de plus devant le fauteuil de Bony. Il se pencha pour scruter ce que Bony tenait dans ses paumes ouvertes. Il se passa rapidement les doigts dans les cheveux qu'il avait longs et encore bien blonds. De l'air de quelqu'un qui croit avoir des visions, il retira des mains de Bony deux fins cylindres recouverts d'une sorte de cire. L'une des gaines de cire avait été ouverte avec un canif et était maintenant fermée avec un bout de fil. Sans mot dire, il emporta les cylindres jusqu'au bureau et alluma une lampe. Il trancha le fil avec un couteau et le rouleau s'ouvrit, révélant un matériau qui ressemblait à de la pellicule. Il le tint devant la lumière. Il en examina des parties à la loupe. Il resta là une bonne minute, tandis que Bony l'observait en souriant. Pour la troisième fois, le colonel alla se planter devant lui.

— Non mais regardez-moi un peu ce fichu propre à rien ! gloussa-t-il. Espèce de... espèce de... tête de mule, comme dirait mon beau-père. Espèce de simulacre de policier, d'indiscipliné, d'obstiné, d'horrible individu... toujours comme dirait le brave Spendor. Ô joie ! Ô béatitude céleste !

— Il vaudrait mieux baisser le ton, sinon vous allez réveiller votre femme, lui recommanda Bony en souriant, ravi de son effet de surprise. Je vous en prie, n'oubliez pas que je prends rarement des risques inutiles. J'ai transféré le contenu dans une autre poche immédiatement après avoir quitté Bisker pour aller chercher des couvertures dans ma chambre. Je n'étais pas sûr de pouvoir compter sur Bisker, au début, mais je l'ai cru quand il m'a dit que ce n'était pas lui qui avait enterré les stylos. Néanmoins... je ne pouvais pas prendre le risque de passer la nuit au *Chalet* au cas où l'homme armé découvrirait que les stylos avaient été vidés de leur contenu et reviendrait avec des renforts. Je ne pouvais pas prendre non plus le risque de téléphoner pour commander une voiture de location, ni même demander au type qui s'en occupait de me conduire à la gare. Je suis donc parti dès que j'ai pu, et je suis allé à la gare à pied. Là, j'ai dû attendre cinq heures pour prendre un train qui se rendait en ville. Et une fois arrivé, il me semblait dangereux de venir directement ici... au cas où j'aurais été reconnu et suivi.

Le colonel Blythe avait l'air d'avoir envie de lui serrer la main.

— En tout cas, vous avez fait du bon boulot, mon cher, dit-il. Mon beau-père devrait être content de vous récupérer bientôt. Tant mieux ! Il ne se fera pas autant tirer l'oreille la prochaine fois que je lui demanderai de vous avoir !

— Je ne crois pas que je vais rentrer tout de suite, riposta Bony.

— Oh ! Mais vous avez accompli votre mission.

— Celle que vous m'avez confiée, oui. Mais je n'ai pas terminé mes vacances, lui objecta Bony. Quand j'ai vu le *Chalet*, sur le Mont Chalmers, j'ai décidé d'y rester quinze jours. Après y avoir passé vingt-quatre heures, j'ai opté pour un mois. Vous savez, on y mange excellemment. Le service est parfait. Et puis il faut que je récupère ces stylos.

— Mais votre mission est accomplie, persista Blythe. Pour ma part, je veux bien que vous preniez un an de vacances au *Chalet du Panorama*. Mais je parie que j'aurai une lettre au courrier de ce matin dans laquelle mon beau-père me demandera combien de temps je compte encore vous garder.

Bony se leva de son fauteuil.

— Vous vous êtes probablement aperçu que le colonel Spendor n'était pas beaucoup plus embêtant en tant que beau-père qu'il ne l'est pour moi en tant que préfet, dit-il. Il peut bien tempêter tout son soûl. Je vais retourner au *Chalet du Panorama* pour récupérer ces stylos que j'ai promis à ma femme et à mon fils Charles. Que la police du Victoria s'occupe de Marcus. L'assassin de Grumman, je me le réserve. Tout comme le type qui m'a pris ces stylos. Vous savez, si je retournais à Brisbane sans le coincer, son rire me poursuivrait pendant le restant de mes jours. Alors vous n'avez qu'à dire au colonel Spendor que Bony est toujours en train de travailler pour vous. Sinon...

Le colonel Blythe serra les poings et sourit comme un écolier.

— J'aimerais bien vous administrer une belle correction, menaça-t-il. Je le ferais, d'ailleurs, si je n'admirais pas votre cran. Et maintenant, que diriez-vous d'une bonne douche et de quelques heures de sommeil ? Et après, petit déjeuner tardif et causette avec Kirby au sujet de notre ami Marcus. Ça ne vous déplairait pas de prendre de vitesse les gars de Melbourne, je suppose ?

— Oui, ce serait assez réconfortant, reconnut Bony.

Retour au calme
au *Chalet du Panorama*

Comme d'habitude, le réveil de Bisker sonna à cinq heures et demie le matin du 2 septembre, et comme d'habitude une main calleuse s'abattit violemment sur le bouton stop. Il faisait rigoureusement noir dans la cabane. Bisker gémit. Il avait réussi à prononcer la première phrase de sa litanie matinale chargée de rancœur quand il se rappela la journée mouvementée de la veille.

Il alluma la lampe et porta à ses lèvres la pipe matinale si soigneusement bourrée avec le « culot » des autres. Tirant à présent sur cette concoction triplement nocive, il passa en revue les événements récents et se souvint des ordres que lui avait donnés Napoléon Bonaparte avant de partir.

Réagissant en broussard, il éprouvait un profond mépris pour cette brute citadine qui avait eu provisoirement l'avantage sur de communs mortels grâce au pouvoir des armes, et qui, pour faire son boulot, employait la force. Ça n'avait rien à voir avec la matière grise qu'il fallait, par exemple, pour dévaliser une banque. Il était par conséquent logique qu'à cette heure matinale Bisker fût encore animé d'une forte indignation puisqu'il s'était endormi en maudissant sa propre impuissance devant un tel individu.

Après s'être habillé, avec sa négligence coutumière, et après avoir réparti dans ses poches, avec son application habituelle, tabac, deuxième pipe, canif, boîte d'allumettes et tire-bouchon, Bisker attrapa la lampe et sortit dans le froid et l'humidité de cette matinée peu engageante.

Il referma la porte et n'emprunta pas le chemin qui menait à l'espace dégagé, devant les garages. Conformément aux instructions qu'il avait reçues, il rasa le mur de sa cabane jusqu'à l'angle, puis se dirigea directement vers la clôture du haut de la propriété. Débouchant derrière les garages, il atteignit la porte de l'arrière-cuisine du *Chalet*. Il procédait ainsi de façon à ne pas effacer d'éventuelles traces de pas laissées par l'homme armé, des traces qui seraient sans aucun doute du plus haut intérêt pour Bony quand il reviendrait de la ville. Il avait déjà préparé le thé matinal pour la cuisinière et pour lui-même quand Mme Parkes fit son entrée dans la cuisine.

— 'jour ! grogna-t-il.

— 'jour ! grogna-t-elle à son tour. Le thé est prêt ?

— Et comment ! Mettez-vous à votre aise près du feu. J'vais faire le service.

Mme Parkes tira une chaise et s'assit devant l'un des fourneaux, occupant jusqu'au moindre millimètre du siège. Ses cheveux châtains n'étaient pas encore « arrangés » et l'absence de dents semblait creuser une faille prononcée entre le bout de son nez et son large menton. Ses yeux marron fixaient le feu, de petits yeux qui, pour l'instant, ne cillaient pas. Sans mot dire, elle prit la tasse de thé que lui apporta Bisker. Elle la vida, la tendit à Bisker pour qu'il la lui remplisse, sortit de la poche de son tablier une cigarette qu'elle alluma, après quoi elle se mit à exprimer ses pensées.

— J'me demande si y a eu d'autres meurtres, ce matin.

— J'en sais rien. Y a pas encore assez d'lumière pour voir les cadavres, dit Bisker avec une lueur d'espoir dans la voix. Les journaux devraient être intéressants, c'matin.

— Pour ça oui, reconnut Mme Parkes. Vous m'prendrez tous les journaux du matin quand vous descendrez au magasin. Dieu merci, j'serai pas d'dans.

Bisker traversa tranquillement la pièce jusqu'au plan de travail où il remplit sa tasse. Il revint s'asseoir sur une partie des fourneaux qui n'était pas encore chauffée par les feux et détacha des morceaux de tabac de sa carotte pour se préparer une autre pipe.

— On sait jamais, dit-il. L'un des journalistes m'a posé des questions su' l'personnel d'ici. J'lui ai parlé d'George et j'lui ai dit qu'vous étiez la cuisinière.

— Pour sûr. Et vous avez parlé d'vous en long, en large et en travers. En tout cas, j'suis contente de pas être mêlée à tout ça pour qu'mon mari m'engueule pas quand il rentrera. J'suis pas sûre que cet endroit soit encore respectable. Le bon côté, dans l'histoire, c'est qu'y a plus qu'six pensionnaires pour qui il faut faire la cuisine, et il en viendra pas d'autres quand ils verront l'nom d'la pension.

— Il n'y aura que cinq pensionnaires ce matin, dit Bisker. M. Bonaparte est allé en ville tard hier soir et il ne rentrera pas avant qu'la journée soit bien avancée.

— Oh ! Comment qu'vous l'savez ?

— Parce qu'il m'l'a dit. Un chic type, celui-là. Il parle sur un ton civilisé. Pas l'genre : « Hé là ! Bisker ! Apportez-moi un journal ! » Pour c'qui est d'ce Grumman, j'suis pas particulièrement triste qu'il ait déposé l'bilan. Il savait même pas dire bonjour aux gens.

— J'me demande qui l'a buté, murmura lentement Mme Parkes en aspirant la dernière bouffée de sa cigarette. Vous savez, j'serais pas surprise d'apprendre qu'c'est ce Bagshott. Avec tout c'qu'il lit, il sait des tas de choses sur les poisons et sur la manière de les administrer. J'ai entendu dire qu'il s'exerçait sur les lapins, ou quèque chose comme ça.

— Sans blague ! s'exclama Bisker. Ça, j'l'en crois bien capable. J'avais pas pensé à lui.

— Et vous feriez mieux de pas vous mettre à penser à lui maintenant, dit Mme Parkes. Regardez un peu l'heure qu'il est. Et les souliers ?

Bisker les ramassa — quatre paires de chaussures d'homme et la paire qu'il trouva devant la porte de Mlle Jade. Il en profita pour sortir de la poche de sa veste un mot que Bony avait adressé à Mlle Jade. Il le déposa sur une console qui se trouvait à côté de la porte du bureau. Tout en nettoyant les chaussures, il siffla si fort que Mme Parkes surgit sur le seuil de l'arrière-cuisine pour lui dire de « la fermer ».

Il avait un peu de temps devant lui, ce matin-là, à cause du petit nombre de souliers, et il alla jusqu'à l'entrée principale, dont la porte n'était pas encore ouverte. Il aplanit la terre qu'il avait tant dérangée la veille. C'était préférable, car Mlle Jade aurait certainement remarqué ce désordre et aurait posé des questions. A la lueur du jour, on aurait dit qu'un lapin avait creusé son terrier. Il y avait le trou dont il avait retiré la bouteille de whisky, bien plus grand qu'il ne l'était quand il l'avait creusé, et à côté on voyait les marques de quatre doigts et d'un pouce. C'était l'empreinte d'une main d'homme ouverte.

Tandis qu'il comblait le trou de la bouteille, Bisker faisait travailler son esprit à une vitesse anormale pour lui. Il passa en revue ce qu'il avait lui-même fait pendant qu'il était resté assis au bord du bac, lorsqu'il avait retiré du terreau les deux stylos et la bouteille. Il ne se rappelait pas avoir posé sa main à plat sur la terre.

Est-ce que cette empreinte avait été faite par la main de l'homme armé ? Bisker fut préoccupé par cette éventualité. Bien entendu, il n'y avait pas d'empreintes digitales, mais la forme de la main était nette. C'était une main gauche et cette marque n'était certainement pas là quand il s'était assis sur le bord du bac la veille, au crépuscule. L'homme dont la main gauche s'était imprimée dans la terre devait être debout et creuser de sa main droite. Or le seul qui s'intéressait au bac, en dehors de lui-même, c'était l'homme armé.

— Hé là ! murmura Bisker.

Il y avait un autre homme — le type qui avait enterré les stylos. C'était peut-être sa main gauche qui avait laissé l'empreinte.

Et maintenant, que faire ? S'il laissait la terre dans cet état, l'homme armé ou celui qui avait enterré les stylos pouvait passer par là et s'en apercevoir. Il supprimerait alors cette marque que M. Bonaparte aimerait sans doute voir. Il aurait peut-être envie de la mesurer pour connaître la taille de la main. Oui, que faire ?

Il faisait presque complètement jour. Le soleil allait se lever. Tout était encore silencieux dans la maison mais, dans dix à quinze minutes, l'une des femmes de chambre ouvrirait la porte d'entrée pour balayer le perron. Bisker songea à recouvrir l'empreinte d'une feuille de tôle, mais il se rendit compte que ça ne ferait qu'attirer encore davantage l'attention. Autant la laisser comme ça.

Il revint à la pile de bois et, de là, gagna l'arrière des garages. Il atteignit donc sa cabane par-derrière, se glissa le long du mur pour parvenir à la porte et, en même temps, il observa avec intérêt l'étroit chemin cendré qu'il avait évité en se rendant à la pension.

Il s'amusait bien, ce matin. Il se rasa à l'eau froide, avec un soin inhabituel. Il se lava également à l'eau froide, et au lieu de laisser sécher ses cheveux au gré de la forme de son chapeau, il se peigna, puis, pris d'une inspiration subite, il alla chercher dans ses affaires une paire de ciseaux avec lesquels il tailla sa moustache indisciplinée, ce qui eut pour effet de le faire paraître bien plus jeune et de lui retirer quatre vingts pour cent de son aspect peu recommandable.

Il était maintenant prêt pour le petit déjeuner. Il

boutonna son vieux veston, se baissa pour lacer ses lourds godillots, se redressa et examina son lit, sur lequel les couvertures étaient en désordre. Il souleva le matelas et prit la bouteille qui l'avait entraîné dans une telle aventure. Il restait encore un quart de whisky. Pendant plusieurs secondes, il la contempla, le désir s'inscrivant clairement sur son visage buriné. Puis il replaça la bouteille sous le matelas et, quittant la cabane, il se rendit à la pension par le chemin qu'il avait emprunté précédemment. Une fois dans la cuisine, il s'assit pour prendre le petit déjeuner en compagnie de George.

— Il va faire une belle journée, commença le sommelier.

— Oui, reconnut Bisker. Mais ça ne va pas durer. Comment va la vieille ce matin ?

— Je ne l'ai pas encore vue.

George posa un morceau de bacon en équilibre sur sa fourchette et dévisagea Bisker. Il avait perçu un nouveau ton chez lui la veille, quand il avait répondu à la sonnette de Mlle Jade, et voilà que maintenant son apparence était nouvelle, elle aussi. Il ajouta :

— Qu'est-ce que vous vous avez fabriqué ?

— Qu'est-ce que j'ai fabriqué ? répéta Bisker. Ça veut dire quoi, ça ?

George considéra Bisker en plissant ses yeux sombres.

— Vous vous êtes peigné et vous vous êtes taillé la moustache, remarqua-t-il d'un ton accusateur.

Sur quoi Bisker répliqua d'une voix belliqueuse :

— Et alors, quel mal y a-t-il à ça ? En tout cas, moi j'me fais pas un toupet sur la tête, comme vous.

— D'accord, d'accord, ne vous fâchez pas. Vous me rapporterez un journal du magasin, vous voulez bien ?

— On verra ! Si vous me donnez une p'tite goutte sur le coup de dix heures.

— A propos, dit George tandis que Bisker se maudissait d'avoir amené la conversation sur ce sujet. A propos, vous m'avez dit que Mlle Jade avait commandé une bouteille entière de whisky hier matin et je ne sais pas ce que cette bouteille est devenue.

Bisker renifla et considéra George avec un mépris non dissimulé.

— Il faut pas être une lumière pour comprendre c'qui arrive à une bouteille quand on la laisse dans un bureau plein de policiers. Vous connaissez vraiment pas la réponse, George ?

George ne fit pas de commentaire. Bisker en fut satisfait et ajouta :

— Vous êtes resté tard hier soir ?

— Assez. Ils se sont tous mis à parler des meurtres et ça leur a donné soif, comme qui dirait. Ils se demandaient qui pouvait avoir tué Grumman, et à quel moment.

— Vous croyez que les flics vont revenir aujourd'hui ?

— J'en suis presque sûr, répondit George. Quand ce type a tué Rice, vous pensiez qu'il allait vous buter vous aussi ?

— Non, pas tant qu'je bougeais pas, George, et j'vous assure que j'remuais pas plus qu'une statue. Et la vieille chipie faisait pareil. Il avait un air mauvais et un teint de papier mâché, George, et j'aimais pas c'que j'voyais dans ses yeux. J'ai tôt fait d'voir quand quelqu'un n'plaisante pas.

— Il était grand... gros ? insista George qui regardait par-dessus l'épaule de Bisker.

Bisker allait lui répondre quand une femme de chambre s'adressa à lui :

— Bisker ! Mlle Jade veut vous voir dans le bureau tout de suite après votre petit déjeuner.

— D'accord, Alice, dit Bisker avant de répondre à George : Vous m'demandiez s'il était grand ? Voyons voir. Il avait à peu près vot' taille. Peut-être deux ou trois centimètres de plus. Disons un mètre quatre-vingts, et environ soixante kilos. Il avait des cheveux bruns frisés et une ombre au-dessus d'la lèvre, comme s'il venait d'se raser la moustache.

— Hum ! Intéressant. Vous l'avez dit à la police ?

— J'suppose. J'leur ai dit tant d'choses que j'peux pas tout m'rappeler.

— Est-ce que vous avez remarqué autre chose... ses mains, ses chaussures ? Le genre de costume qu'il portait ?

— Il portait un costume gris à double boutonnage, avec une cravate dans le bleu. J'ai pas fait attention à ses chaussures mais j'ai remarqué ses mains. Elles étaient étroites, avec de longs doigts... comme les vôtres. C'était un étranger quelconque... une espèce de serpent que j'aimerais bien écrabouiller. Bon, j'm'en vais voir l'vieux dragon. A plus tard, George.

En pénétrant dans le bureau, Bisker trouva Mlle Jade au téléphone, et, pendant qu'il l'attendait, il comprit qu'elle répondait à une demande d'hébergement. Elle parlait calmement mais avec recherche, et ce matin-là, Bisker constata, comme d'habitude, que c'était une femme qui savait s'habiller et que c'était même un être qui vivait dans un autre monde. La jupe noire révélait des lignes admirables et le cardigan marron foncé lui moulait la poitrine. On aurait dit qu'elle avait vingt-cinq ans. Sa coiffure avait l'air d'avoir été exécutée par une experte en la matière, et son maquillage était parfaitement en harmonie avec son teint et la lumière de cette matinée.

— Ah, vous voilà, Bisker ! s'exclama-t-elle en raccrochant le combiné. J'ai trouvé un mot de M. Bonaparte sur la console, dehors. Vous êtes au courant ?

— Oui, m'dame. (Bisker se rendit compte que Mlle Jade avait remarqué sa moustache taillée.) J'ai rencontré M. Bonaparte en allant me promener jusqu'au magasin, hier soir. Il était en conversation avec des gens dans une voiture et il m'a demandé de déposer un mot qu'il a écrit sur un garde-boue.

— Quelle heure était-il ?
— Neuf heures et demie, à peu près, m'dame.
— Alors pourquoi ne l'avez-vous pas déposé hier soir ?
— J'ai oublié, m'dame.
— Oublié ! répéta Mlle Jade, ses sourcils soigneusement haussés.
— Oui, m'dame, avoua Bisker. J'regrette beaucoup, au cas où c'que ça serait important.
— Ce n'est pas précisément important, Bisker. Mais n'oubliez pas, la prochaine fois. Euh... il y a des gens qui vont arriver par l'autocar de midi. Un monsieur et sa femme, ainsi que deux messieurs seuls. N'oubliez pas d'aller sur la route pour attendre le car.
— Très bien, m'dame. (Bisker prit l'air indécis et ajouta d'un air de doute :) Et qu'est-ce que j'fais si les policiers me chopent au moment où l'car arrive ?
— Des policiers, Bisker ? Que voulez-vous dire ?
— Ben, il est probable que d'aut' policiers vont arriver aujourd'hui, m'dame. Ils vont vouloir poser les mêmes questions qu'hier. Il fait beau et ça leur fera une bonne balade. Et puis, y aura aussi d'aut' reporters et d'aut' photographes. Mais j'ferai d'mon mieux, m'dame.

Mlle Jade regarda Bisker comme si elle avait des visions. Ses sourcils n'étaient plus haussés. Ils étaient relâchés et les deux terribles rides verticales se dessinaient nettement au milieu. Elle dit :
— Oui, je suppose qu'il y aura du monde, Bisker. Ça va causer bien du désordre. Bon, faites de votre mieux pour aller accueillir l'autocar. Ce sera tout. Non, attendez ! Ne tardez pas à venir m'apporter les journaux.
— Très bien, m'dame.

Si Bisker n'avait pas été aussi replet, il se serait peut-être incliné devant Mlle Jade. Il se retira à la manière dont il prenait toujours congé de Mme Parkes, le dos face à la porte. C'était là une ancienne habitude, car la cuisinière était réputée pour lancer n'importe quoi à la tête des gens.

Le premier autocar qui arriva de la gare de Manton s'arrêta devant le magasin du Mont Chalmers à dix heures, et Bisker y était pour réceptionner les journaux du *Chalet* et pour acheter les exemplaires supplémentaires commandés par George et par Mme Parkes. Il y avait là une foule d'habitants des environs et de visiteurs, tous aussi anxieux que Bisker. Il se rendit ensuite à la poste, et, quand on lui remit le courrier, il vit le dos d'un étranger assis au central téléphonique. Sans un sourire, il cligna lentement de l'œil à l'adresse du receveur des postes.

Bisker ne lambina pas en chemin en grimpant la côte de huit cents mètres environ qui conduisait au *Chalet*, mais quand il atteignit l'allée, il avait lu presque tous les articles qui relataient en première page le double meurtre du Mont Chalmers.

Comme l'avait prédit Fred, l'homme qui venait parfois donner un coup de main, Bisker était célèbre à présent.

Plusieurs voitures l'avaient dépassé et trois étaient garées devant l'entrée principale. Un groupe se tenait sur le perron. Deux hommes prenaient des photos, campés sur la pelouse. Quelque peu intimidé, Bisker passa au milieu du groupe massé sur le perron et entra dans le bureau avec le courrier et les journaux. Il y trouva Mlle Jade en train de parler à l'inspecteur Snook.

Il posa silencieusement les lettres et tous les journaux sauf deux sur le bureau de la secrétaire, puis se retira de sa manière habituelle. Le policier le considéra d'un œil soupçonneux, n'étant pas obligé de connaître la prédilection de Mme Parkes pour propulser toutes sortes d'objets dans les airs.

Lorsque le car de midi arriva, Bisker était là pour l'accueillir. De ce gros véhicule moderne, il descendit une demi-douzaine de personnes, outre le chauffeur qui déchargea plusieurs valises et un carton à chapeau de la soute placée à l'arrière.

— M. et Mme Watkins ! cria Bisker. M. Downes et M. Lee ! Assurez-vous, je vous prie, que tous vos bagages sont bien déchargés.

Les personnes appelées se séparèrent du lot et Bisker les évalua en termes de pourboires, étant passé expert en la matière. Watkins était gros et portait un costume sport. Sa femme était surchargée de fourrures et de bijoux. M. Downes avait une quarantaine d'années, il grisonnait et avait une petite moustache. Enfin, M. Lee était habillé comme un paysan en vacances. Le petit groupe, commentant le paysage, suivit Bisker qui, s'était chargé des bagages et remontait l'allée en titubant sous le fait. Bisker se dit que c'était sans doute M. Lee qui lui donnerait le plus gros pourboire.

Bony retourne en vacances

Vers trois heures, une voiture déposa Bony devant l'allée du *Chalet*, puis continua à grimper la route de montagne. On ne pouvait plus voir le soleil, car le ciel était presque complètement chargé de nuages qui se déplaçaient lentement vers l'ouest. D'après la réverbération et la direction du vent, on risquait d'avoir de la pluie avant le lendemain matin.

Bony revint comme il était parti. Il ne portait pas de chapeau et le vent ébouriffait ses beaux cheveux noirs. Ses vêtements avaient été brossés et repassés par le valet du colonel Blythe, de sorte qu'on aurait pu croire qu'il venait de déjeuner dans la jolie salle à manger de Mlle Jade. Si la coupure, sur sa joue, se voyait encore, elle n'était plus enflammée. Au lieu de remonter l'allée, Bony s'avança jusqu'à la pente qui menait au portillon. Sur le talus, un peu plus haut que l'endroit où le corps de Grumman avait été découvert, il y avait quatre hommes. Bony supposa qu'il s'agissait de journalistes. Au portillon, il rencontra l'inspecteur Snook.

— Ah... quel bel après-midi, inspecteur ! dit-il en guise de salut. Un paysage magnifique... une vue superbe !

— Au diable la vue ! s'exclama l'inspecteur Snook. Vous venez d'arriver ?

— A l'instant, admit Bony avec un sourire provocateur.

— Vous avez appris quelque chose ?

— Seulement ce qu'on m'a dit pendant une visite à votre grandiose quartier général. Le commissaire n'était pas dans un état d'esprit très sain.

Snook fixa sur Bony un regard surpris.

— Très sain ? répéta-t-il.

— Oui, c'est bien ce que j'ai dit, mon cher. La colère est dangereuse pour quelqu'un qui a la constitution de Bolt. Elle retourne l'estomac, entraîne des ulcères, et les ulcères entraînent... Vous savez bien ce que les ulcères entraînent. La cause de sa contrariété, c'était la disparition de l'ami Marcus. Il semble se dire que Marcus est parti à Melbourne, à Tombouctou, ou dans un endroit comme ça, et quand j'ai suggéré que Marcus pouvait s'être réfugié dans une maison, quelque part, sur cette montagne, sa contrariété s'est accrue.

— Vous avez lu le dossier de Marcus ? s'enquit Snook.

— Oui. Quel gaillard ! Quatre assassinats attestés et une douzaine de meurtres probablement perpétrés entre ici, New York et Londres. Se fait passer pour des tas de gens et n'est nullement handicapé par sa manière de s'exprimer.

— Et vous pensez qu'il est peut-être toujours dans le coin ? dit Snook avec un soupçon de mépris dans la voix. Qu'est-ce qui vous fait croire ça ?

— Mon intuition, répliqua mielleusement Bony. Ah ! J'aperçois George en train de servir le thé sur la véranda. Il va falloir que vous m'excusiez.

L'inspecteur Snook fixa le dos de Bony d'un air furieux. Son intuition ! Mais après tout, que pouvait-on attendre d'un sang-mêlé promu au rang d'inspecteur de police ? Il devait avoir des amis influents pour avoir ainsi grimpé dans la hiérarchie et pour se faire envoyer en balade d'agrément pour le compte de l'armée. Quant à la fuite de Marcus, eh bien, Snook n'y était pour rien. Avec ses cinq minutes d'avance dans une voiture qui faisait presque deux kilomètres à la minute sur des routes où on pouvait monter à cent cinquante kilomètres à l'heure, Marcus avait cinq clés pour la liberté à sa disposition et il avait su profiter de ces cinq minutes.

Une fois sur la véranda, Bony attira l'attention de George et se retira dans un coin tranquille. Il s'assit dans un fauteuil scandaleusement confortable et se fit apporter le thé par un serveur souriant.

— On dirait qu'il va pleuvoir, George, remarqua Bony. Ce sont des nouveaux pensionnaires que j'aperçois ?

— Oui, monsieur. Plusieurs nouveaux pensionnaires sont arrivés aujourd'hui. Vous revenez de la ville ?

— A l'instant, George. Mes amis m'ont ramené jusque devant la porte. Il y a des tas de policiers qui rôdent encore dans le coin.

— Forcément, après ce qui s'est passé, monsieur.

— Naturellement, reconnut Bony.

— Une autre tasse de thé, monsieur ?

— Oui, merci.

— Je vois que vous vous êtes blessé à la joue, monsieur. Et une entaille assez profonde, en plus, dit George avec sollicitude. Mlle Jade a une pharmacie et elle pourrait vous mettre un pansement, si vous le souhaitez.

Bony sourit. Il croisa les yeux sombres baissés sur lui.

— Je suivrai peut-être votre suggestion après le dîner, dit-il. Je me suis heurté la joue en descendant de la voiture de mes amis. Ils m'ont mis du sparadrap et des trucs dessus, mais j'ai tout enlevé avant de revenir ici. C'était encore plus horrible que la coupure. J'aperçois un pensionnaire qui voudrait vous appeler.

— Merci, monsieur, murmura George qui emporta son chariot.

Le vent rafraîchissait la température. Bony ne s'attarda donc pas sur la véranda. Il avait vu l'inspecteur Snook remonter l'allée et il avait aperçu le toit de l'autocar, garé derrière les grilles, prêt à ramener les journalistes en ville. Il quitta alors la véranda, lentement, d'un air pensif, et avança sans se presser sur le chemin qui le mènerait vers l'allée et vers l'extrémité du bâtiment, à l'endroit où se trouvaient l'entrée principale et les garages. Il eut le temps de voir Snook et trois autres policiers en civil monter dans une voiture et s'en aller.

Il se mit à admirer les arbustes de Mlle Jade, dont beaucoup étaient en fleurs. Son choix de rhododendrons était excellent. Après avoir traversé l'allée pour les contempler, il s'engagea sur le chemin qui menait à la cabane de Bisker.

Le chemin était cendré. Son sol plan n'était pas assez dur pour empêcher les traces de souliers de s'y imprimer. Il y avait de nombreuses empreintes des souliers ferrés de Bisker, de pointure quarante et un. Il y avait d'autres traces de chaussures de cette même pointure, celles d'un homme qui était allé à la cabane et en était revenu. Et il y avait les empreintes d'une chaussure ou d'une botte de pointure quarante-six, faites avant celles de l'homme qui chaussait du quarante et un, car elles étaient fréquemment oblitérées par les empreintes plus petites.

De part et d'autre du chemin se dressait une clôture de planches peintes au-delà de laquelle poussaient différentes variétés de fleurs du début du printemps, plantées à bonne distance l'une de l'autre. L'un de ces massifs formait une butte miniature d'héliotropes.

Ils poussaient à quelques mètres de la cabane de Bisker et, sur le sol, on remarquait les signes d'un récent désordre.

De chaque côté du chemin, la terre avait été grossièrement creusée et, comme il avait beaucoup plu après cette opération, le fossé avait eu tendance à se combler d'une terre sombre de fine texture. Là où Bony et l'homme armé s'étaient battus, il y avait des endroits plus tassés et on voyait la marque de talons et de pointes, ainsi que plusieurs empreintes de la chaussure ou de la botte de très grande pointure. Elles avaient été faites par l'homme qui avait descendu le chemin et la pente menant à la route.

A un endroit, un peu à l'écart, les empreintes de la grande chaussure ne pouvaient pas avoir été faites par quelqu'un qui marchait normalement, contrairement à celles qui se trouvaient sur le chemin.

Bony s'avança vers la cabane de Bisker, lentement, avec l'air de s'intéresser énormément à la scène bucolique que formaient le jardin, les arbres, et au-delà les montagnes bleutées noyées de brume. Il arriva devant la cabane et, les mains derrière le dos, se baissa à plusieurs reprises pour admirer une chose ou une autre. Il contourna la cabane et vit ses propres empreintes ainsi que celles des chaussures ou des bottes de grande taille, les empreintes de l'homme qui se prétendait ivre et avait feint de prendre la cabane pour un tronc d'arbre géant.

Après avoir fait le tour complet de la bicoque, Bony s'enfonça vers la clôture du fond de la propriété, puis il revint, passant devant les arbres qui poussaient à l'arrière de la cabane, près de la fenêtre. Il constata qu'en se tenant sous ces arbres on pouvait facilement regarder à l'intérieur quand le store était levé et qu'une lampe était allumée. Là, il trouva à nouveau les traces de l'homme qui chaussait du quarante-six. Quelqu'un qui avait la taille et le poids de l'homme armé devait avoir les deux pieds déformés pour être obligé de porter des chaussures aussi grandes. Ses pieds étaient les seules extrémités que Bony n'avait pas remarquées la veille.

Y avait-il eu deux complices... celui qui portait les grandes chaussures et celui qui était armé ? Il y avait sur le sol des traces de chaussures ou de bottes de pointure quarante et un, et elles pouvaient très bien être celles de l'homme armé avec lequel Bony en était venu aux prises au bord du chemin.

Ce problème le préoccupait quand Bisker arriva directement de l'arrière des garages.

— Eh bien, Bisker ? Comment va la tête ? demanda Bony au petit bonhomme rondouillard, aux sourcils broussailleux et à la moustache grise bien taillée maintenant.

Bisker sourit du bout des lèvres.

— J'avais complètement oublié, monsieur, répondit-il en fixant la blessure à la joue de Bony. On dirait qu'vous avez plus écopé qu'moi. J'suis content d'vous voir de retour. J'ai trouvé un indice.

— Ah ! murmura Bony d'un air théâtral.

Bisker jeta un coup d'œil furtif autour d'eux, semblant avoir immédiatement perçu la note mélodramatique dans le ton de Bony.

— Oui, un indice. Quand il a cherché ses stylos dans l'bac, le type a posé la main gauche à plat dans la terre pour garder l'équilibre. Il a laissé la marque de tous ses doigts et de sa paume, c'qui fait qu'on peut avoir une idée d'la taille et d'la forme de sa main. L'empreinte y est encore, tout au moins elle y était la dernière fois qu'j'ai regardé.

— C'était à quelle heure ?

— Y a deux heures.

— Cette empreinte pourrait se révéler très utile, Bisker, mais impossible de l'examiner maintenant. Il y a trop de gens qui se promènent dans le coin. Savez-vous où vous procurer du plâtre de Paris ?

— Et comment ! Y en a dans la remise aux outils.

— Parfait. Tout à l'heure, après le dîner, je ferai un moulage. Dans le noir, ça ne sera pas facile. Peut-être réussiriez-vous mieux que moi parce que vous savez exactement où se trouve cette empreinte. Quand vous aurez terminé votre travail, apportez le plâtre tout prêt à votre cabane. Comment s'est passée votre journée ?

— Pas trop mal, dit Bisker en ajoutant après une pause marquée : L'un des policiers m'a sauté dessus et m'a demandé de l'amener à la cabane. J'ai dû lui montrer tout ce que je possédais et il a ensuite fouillé partout, on aurait dit qu'il cherchait quelque chose. J'lui ai demandé c'qu'il espérait trouver et il a répondu qu'il voulait juste jeter un coup d'œil.

— Vous ne savez vraiment pas ce qu'il cherchait ?

Bisker secoua la tête.

— Vous l'avez fait passer par le chemin ?

Bisker eut un large sourire.

— Pour ça non, répondit-il, souriant maintenant à la fois avec les lèvres et les yeux. On est d'abord allés à la remise aux outils. Il a fureté partout, et quand on est repartis, j'me suis rappelé c'que vous m'aviez dit au sujet d'ce chemin, alors j'lai plus ou moins baladé, c'qui fait qu'on est arrivés par le haut. Une fois qu'il en a eu terminé ici, on a comme qui dirait fait l'tour du jardin, on a poussé jusqu'à la clôture du devant, on a tourné à droite et on a pris l'allée pour remonter.

— A votre connaissance, personne n'a emprunté ce chemin depuis hier soir ?

— Personne, pour autant qu'je sache.

— Bien !

Bony regarda autour de lui en prenant l'air d'un campagnard qui se retrouve en ville. Puis il désigna un arbuste, un peu plus loin, sur le chemin, et il dit à Bisker de le suivre et de faire semblant de parler des plantations au cas où quelqu'un les observerait. Une fois devant l'arbuste, il demanda :

— Avez-vous pu observer les pieds de l'homme armé, par hasard ?

— Pas spécialement, répondit Bisker. Quand j'suis revenu à moi, avant d'me relever, tout c'que j'ai vu, c'est qu'il portait des souliers.

— Quel genre de souliers ?

— Quel genre ? répéta Bisker. Ben, des souliers ordinaires, j'suppose. Laissez-moi réfléchir. Oui, c'étaient des souliers ordinaires, sauf qu'ils avaient l'air un peu grands pour un type de cette taille... c'est tout.

— Ils avaient l'air grands, hein ? insista Bony. Essayez de vous rappeler. J'ai l'impression qu'il pesait un peu plus de soixante kilos et qu'il mesurait un mètre soixante dix-huit ou quatre-vingts. Il avait à peu près mon poids. Je chausse du trente-neuf et demi. Bisker fixa résolument le sol et fronça les sourcils, mais il fut incapable d'affirmer que les chaussures de l'homme armé étaient exceptionnellement grandes, juste « un brin pour un type de son gabarit ».

— Vous n'avez pas une petite idée de ce que le policier cherchait ? poursuivit Bony.

— Pas la moindre.

— Est-ce qu'à un moment donné, hier ou aujourd'hui, on vous a demandé où vous étiez avant de venir travailler ici ?

— Oui. J'leur ai dit la vérité. Que j'venais d'la brousse pour m'payer une p'tite cuite et qu'ensuite j'me suis retrouvé fauché et qu'j'ai dû venir travailler ici. Pourquoi ?

En souriant, Bony lui expliqua qu'à son avis c'était là la raison de la fouille. Il lui demanda à quel moment on l'avait interrogé et Bisker lui répondit que ça s'était passé la veille. Le matin, on lui avait posé des questions sur les exploitations qui l'avaient employé. Grumman avait été empoisonné au cyanure, et les broussards achètent facilement du cyanure et de la strychnine en même temps que leurs autres provisions. Ils s'en servent pour empoisonner les renards et les lapins de façon à revendre leur fourrure.

Bisker se mit à rire sous cape et à répéter :

— Alors là, c'est pas mal !

— Qu'est-ce qui vous rend aussi joyeux ? lui demanda doucement Bony.

— Ben, c'est marrant, ça ! gloussa Bisker. Si c'était du poison qu'cherchait ce flic, il avait qu'à m'poser la question. Si j'avais été d'bonne humeur, c'qu'était pas l'cas, j'lui aurais montré un flacon de strychnine presque entier qu'j'ai apporté dans mon balluchon quand j'suis allé à Melbourne et qu'je garde dans une boîte en fer, sur une poutre, dans la hutte. J'l'ai mis là-haut avec mes réserves de tabac et une goutte de brûle-gueule pour les moments où y a vraiment rien d'autre à écluser. Ce flic a pas eu l'idée d'regarder vers le toit.

— Vous en avez combien ?

— J'ai mis un flacon de trois centilitres presque plein dans la boîte en fer.

Bony soupira, connaissant la négligence extraordinaire avec laquelle les broussards maniaient le poison. Il dit :

— Ça tombe bien que votre réserve secrète ne contienne pas de cyanure, Bisker, et qu'on n'en ait pas trouvé chez vous.

Bisker voulut savoir pourquoi, et, quand Bony lui dit que Grumman était mort empoisonné au cyanure, il siffla doucement, prit un instant l'air grave, puis retrouva sa bonne humeur.

Une goutte de pluie tomba sur la tête nue de Bony. Déjà l'après-midi s'effaçait devant le crépuscule.

— J'ai rapporté vos couvertures dans votre chambre, dit Bisker. Et j'les ai mises sous le couvre-lit, comme vous me l'aviez dit. J'ai failli m'faire pincer en sortant par la fenêtre. Il faisait noir et un peu plus j'me cognais à Mlle Jade, qui descendait de la grille du haut et s'en allait à l'arrière-cuisine. Et il était pourtant plus de minuit.

Méditation

Bony décida de se montrer particulièrement charmant avec Mlle Jade. Il n'avait pas besoin de faire preuve d'un courage particulier ni de vaincre sa timidité naturelle, car Mlle Jade était loin d'être repoussante et Bony n'était pas un pur esprit.

Il prit cette décision tout de suite après avoir quitté Bisker, avançant dans la pluie fine sur l'étroit chemin cendré qui menait à l'espace dégagé, devant le *Chalet*. En effet, s'il croyait fermement que l'assassin de Grumman et Marcus se trouvait toujours dans les parages, ce n'était pas là pure intuition de sa part, contrairement à ce qu'il avait dit à Snook, cet inspecteur si peu affable.

Debout, adossé à la porte qu'il avait refermée derrière lui, Bony examina sa chambre. C'était une pièce assez grande pour ce type d'établissement. Elle mesurait quatre mètres vingt-cinq sur trois mètres soixante-cinq et était éclairée par une fenêtre à guillotine. Le jour qui tombait augmentait la zone d'ombre près du lit à une place et demie, situé au pied de l'armoire, mais le manche en plaqué de la brosse à cheveux, la boucle de la trousse en cuir contenant son nécessaire à rasage, le tube de pommade à cheveux et la boîte en ivoire pour ses boutons de manchettes, tout cela luisait comme du vieil argent sur la coiffeuse.

Une femme de chambre avait été à l'œuvre dans sa chambre depuis la veille. Rien n'était déplacé. Il n'y avait pas un grain de poussière et on n'aurait pas pu en déceler non plus si le soleil était entré par la fenêtre. Celle-ci était maintenant ouverte, elle l'était restée toute la journée. Sur la petite table de chevet, un vase contenait des fleurs roses, et sur les murs pendaient des agrandissements photographiques encadrés représentant les montagnes et la vallée. Bref, cette chambre n'avait rien à voir avec une cabane de bouvier, une tente plantée sous un arbre de la brousse, ou encore cette cabine de bateau dans laquelle il avait été emprisonné trois semaines par des messieurs à la solde du Japon. C'était même une chambre plus vaste que celle qu'il occupait avec sa femme — ça lui arrivait de temps en temps — dans leur maison de Banyo. Mais pourquoi se soucier de ce qu'elle coûtait quand l'argent affluait par l'intermédiaire du colonel Blythe ?

Bisker lui avait expliqué que M. et Mme Watkins occupaient maintenant l'une des chambres contiguës tandis que M. Sleeman occupait l'autre. Il avait déjà fait la connaissance de M. Sleeman, puisqu'il logeait au *Chalet* depuis quelque temps. Quant aux Watkins, ils venaient seulement d'arriver.

Bony fut très content de retrouver sa chambre. Pour quelqu'un qui avait passé, et de loin, la plus grande partie de sa vie professionnelle au cœur de l'Australie, il était difficile de renoncer à un tel luxe, à l'épaisse moquette et au radiateur électrique. Mais il ne pouvait pas non plus renoncer à cette affaire de double meurtre, même si la mission particulière que lui avait confiée le colonel Blythe était accomplie.

L'horloge électrique encastrée dans le mur, à un endroit où on pouvait la voir une fois couché, indiquait seize heures quarante-deux. La cloche du dîner allait retentir à dix-huit heures trente. La pluie tombait un peu plus fort, clapotant doucement sur le toit. Bony alluma le radiateur et tira un fauteuil pour s'asseoir juste devant. La panoplie nécessaire à la confection d'une cigarette posée sur le bras du fauteuil, il s'installa pour passer en revue les événements des deux derniers jours.

Considérant que la franchise était la meilleure des politiques, Bony s'était confié au commissaire Bolt, lui expliquant où chacun en était. En échange, Bolt avait communiqué à l'homme du Queensland des copies des dépositions obtenues jusqu'ici, des copies des rapports établis par l'équipe des empreintes, et il avait lui aussi laissé la porte ouverte à une entière collaboration.

L'intuition de Bony l'assurait que le meurtre de Grumman avait été perpétré par quelqu'un qui se trouvait sur place, et Bolt était tenté de le croire. Le poison avait été versé dans la carafe, au chevet de la victime, et la seule négligence de l'assassin avait consisté à laisser le reste de l'eau empoisonnée dans cette carafe au lieu de la vider, de la nettoyer et de la remplir. Un fait confortait l'intuition de Bony : lorsqu'il les avait menacés, Bisker et lui, l'homme armé portait des vêtements qu'il venait sans doute de sortir d'une valise ou d'une malle. Ce qui indiquait qu'il n'était pas venu de très loin, mais habitait au contraire à proximité du *Chalet du Panorama*, et peut-être à la pension elle-même.

On savait au *Chalet* que les bagages de Grumman comprenaient deux lourdes malles, trois grosses valises, une paire de battes de base-ball dans leur étui de cuir et une mallette en cuir.

Bony était tenté de croire à l'une des deux hypothèses suivantes : la première, c'était que l'assassin avait trouvé ce qu'il cherchait dans les stylos à encre, puis avait décidé de déplacer le corps et les bagages pour faire croire que Grumman avait filé sans payer sa note. Mais quelque chose ne s'était pas déroulé conformément à ses prévisions et, après le meurtre de Rice, il avait eu peur d'être soupçonné et avait dissimulé les stylos dans le bac. La seconde hypothèse, c'était que, pour une raison inconnue, Grumman avait lui-même enterré les stylos dans le bac. Il avait été surpris par l'homme qui avait ensuite menacé Bony et Bisker de son arme, cet homme savait ce que les stylos contenaient, et, par conséquent, ne pouvait pas être accusé du meurtre de Grumman. Bony avait l'impression que, cette nuit-là, deux personnes différentes avaient voulu mettre la main sur les secrets que Grumman avait ramenés d'Allemagne.

Il paraissait peu probable que Marcus fût associé au meurtre de Grumman ou fût complice de celui qui avait menacé Bony et Bisker. S'il avait su que Grumman était mort, Marcus ne serait pas venu le demander au *Chalet* le lendemain matin. De plus, il ne se serait pas arrivé au vu et au su de tout le monde, avec, pour tout déguisement, une moustache rasée. Il n'avait même pas prévu qu'il pourrait tomber par hasard sur la police, et le fait qu'il se fût retrouvé en face d'un policier qui l'avait reconnu était aussi regrettable pour lui que pour Rice.

Marcus n'était pas stupide. Il avait été acteur. Il avait gagné beaucoup d'argent en faisant des imitations. S'il avait dû, une douzaine de fois au moins, se servir de son arme pour pouvoir prendre la fuite, la plupart du temps il avait réussi à filer entre les doigts de policiers intelligents en faisant appel à ses talents d'imitateur et à sa science du déguisement.

D'après Bony, si Marcus était venu de Melbourne dans l'intention de voir Grumman, il aurait fait mieux que se raser simplement la moustache, de façon à ne pas risquer d'être identifié par un policier en patrouille ou par un agent de la circulation avisé, car Melbourne s'étend sur vingt-cinq à trente kilomètres dans toutes les directions. Il semblait plus probable que Marcus ait passé la nuit à proximité du Mont Chalmers le soir où Grumman avait été assassiné, et qu'il n'ait pas envisagé le danger d'être reconnu par un policier rencontré par hasard entre son lieu d'hébergement et le *Chalet*.

Le commissaire Bolt était d'accord là-dessus. Jusqu'à ce que les cachettes possibles aient été passées au peigne fin, les patrouilles devaient continuer à sillonner la région du Mont Chalmers.

Bony sourit. Il exultait. C'était là une affaire qui lui allait comme un gant. Un joyeux méli-mélo, qui lui permettrait, ô plaisir suprême, d'entrer en concurrence avec la brigade criminelle du Victoria, dirigée par le célèbre commissaire Bolt. On lui accorderait toute l'aide nécessaire... jusqu'à un certain point. Quant à lui, il allait coopérer... jusqu'à un certain point. Pour ajouter un peu de piment, il sentait nettement l'odeur du danger, et il n'était pas un novice en la matière. Ce qui avait surpris Bolt et Snook, c'était que Marcus, après avoir été appelé par son nom devant Mlle Jade et Bisker, n'eût pas tué ces derniers. S'il l'avait fait, personne n'aurait su qu'il se trouvait dans l'Etat de Victoria.

La nuit tombait presque quand il se leva et baissa le store avant d'allumer la lumière. Il était dix-sept heures trente. Il allait sortir son costume du soir, prendre une chemise, un col et des sous-vêtements propres dans sa valise, puis une fois habillé il demanderait à Mlle Jade de bien vouloir lui soigner sa blessure.

Son costume était dans l'armoire. Le veston et le pantalon étaient suspendus à des cintres en bois. Il les sortit l'un après l'autre pour les examiner à la lumière, les sourcils légèrement froncés. A l'intérieur du veston, il y avait un étui en argent renfermant des cigarettes de luxe qu'il réservait pour les fois où il fumait devant du « beau monde ». Il y avait dix cigarettes dans l'étui. Le veston n'était pas disposé sur le cintre comme il l'y avait accroché le soir où Grumman avait été tué. Les cigarettes avaient été déplacées et n'étaient plus exactement dans la position où il les avaient laissées.

Bony dénoua la courroie de sa valise et souleva le couvercle. Il sortit toutes ses affaires après avoir noté leur disposition, et, lorsqu'il étala la chemise, le col et les sous-vêtements sur le lit, il fut convaincu que toutes ses affaires avaient été déplacées, fouillées, puis soigneusement remises en place... mais pas exactement comme on les avait trouvées.

Il en était absolument sûr, parce qu'il avait pris la précaution de mémoriser l'emplacement de chacune de ses possessions pendant les vingt minutes au cours desquelles il s'était absenté de la cabane de Bisker. Rien n'avait été emporté, pas même l'un des trente-huit billets d'une livre qui étaient fourrés dans un soufflet de la valise.

Il n'y avait aucun document qu'un intrus aurait pu examiner. Bony avait laissé tous ses papiers chez le colonel Blythe avant de se rendre au *Chalet du Panorama*.

Les bagages de Grumman éveillent l'intérêt

— Oh, bonsoir, monsieur Bonaparte !

Mlle Jade portait une robe de cocktail en mousseline noire agrémentée de satin blanc. Ses cheveux noirs luisaient à la lumière électrique du hall de la réception et son maquillage était la perfection même.

— Bonsoir, mademoiselle Jade, murmura-t-il en s'inclinant à sa façon inimitable.

Avec sa veste de smoking, il ressemblait à un radja indien et n'avait plus son allure de broussard habituelle. Ses cheveux, aussi noirs que ceux de Mlle Jade, luisaient également à la lumière. Son teint sombre faisait ressortir la blancheur de son col, mais il n'y avait rien de sinistre dans le visage qu'illuminaient et animaient des yeux bleus souriants. Ses dents rivalisaient presque de blancheur avec son col.

— Qu'est-ce qui vous est arrivé à la joue ?

Bony avança l'explication qu'il avait donnée à George. Puis il cita les propos du serveur assurant que Mlle Jade possédait une pharmacie.

— Mais bien sûr, monsieur Bonaparte, dit Mlle Jade avec chaleur. Allez vous installer dans le bureau, j'apporte tout de suite le matériel. C'est une vilaine entaille ! Vous l'avez déjà un peu soignée ?

— Eh bien oui, mon ami m'a donné de la pommade, répondit Bony. Il m'a dit d'en flanquer un bon paquet. Que ça nettoyait et que ça aidait à cicatriser. L'expression « flanquer un bon paquet » est de lui, en fait.

Mlle Jade s'approcha et, du bout des doigts, elle tâta délicatement la coupure. Il l'observa et vit ses yeux se plisser légèrement. Il en fut content, cela indiquait que Mlle Jade n'était pas aussi froide que son comportement pouvait le laisser supposer.

— La plaie est propre, ça c'est sûr. Je reviens dans une minute, dit-elle avant de sortir du hall de la réception pour aller chercher son matériel de secouriste.

Dans le bureau, il aperçut la secrétaire, une jeune fille blonde de vingt-deux ans environ, pas très belle, qui servait de repoussoir à la personnalité de sa patronne... Mlle Jade en avait certainement eu conscience en engageant Mlle Philps. Elle leva les yeux de son travail quand elle vit entrer Bony. Son expression prouvait qu'elle pensait encore aux événements récents.

— Mlle Jade m'a dit de l'attendre ici, annonça Bony en lui souriant avec affabilité. Ça ne vous ennuie pas ?

Mlle Philps allait rétorquer que ce bureau ne lui appartenait pas, mais les yeux souriants balayèrent cette réponse. L'après-midi avait été rude pour elle, avec les problèmes consécutifs au meurtre, la présence d'une foule de policiers à l'air sévère et aux lèvres pincées. Ses nerfs étaient tendus, son esprit troublé. Elle dit :

— Vous ne voulez pas vous asseoir ? Je suis sûre que Mlle Jade ne va pas tarder.

— Merci. J'espère que je ne vous dérange pas.

— Non, bien sûr que non. (Mlle Philps sourit pour la première fois.) Voyez-vous, j'ai l'habitude d'être interrompue dans mon travail. Vous vous plaisez au Mont Chalmers ?

— Beaucoup. C'est le plus bel endroit d'Australie.

Il me reste encore à descendre jusqu'aux ravins de fougères qui, d'après ce qu'on m'a dit, ont un cachet très original. C'est tellement différent de ma région, vous savez. Là-bas, tout est à découvert, plat, brûlant, et la réverbération vous aveugle.

Bony commençait à lui décrire l'ouest du Queensland quand Mlle Jade entra avec un bol d'eau chaude et une grosse boîte en carton qui portait une croix rouge sur le couvercle.

— J'aimerais tellement aller dans la brousse, déclara-t-elle d'une voix animée. Je n'ai jamais dépassé Mildura. Vous devez adorer cette région, monsieur Bonaparte.

— Oui, je suppose, reconnut Bony. Il y a beaucoup d'espace, on peut bouger, on n'a pas besoin de porter des costumes et un col amidonné, d'être très poli et tout ça.

— Vous n'aimez pas la politesse ? demanda Mlle Jade en versant quelques gouttes d'antiseptique dans le bol.

— Je n'ai peut-être pas employé le mot qui convient, lui répliqua-t-il. Cérémonieux aurait été plus approprié. Voyez-vous, mademoiselle Jade, si nous étions dans la brousse... euh... au bout de quatre jours, vous m'appelleriez Bony et je vous appellerais par votre prénom.

Mlle Jade s'avança vers lui avec un coton imprégné de solution antiseptique. Elle se mit à rire doucement.

— Si quelqu'un, sur le Mont Chalmers, m'entendait vous appeler Bony, et vous entendait m'appeler Eleanor, il irait répéter partout que nous sommes amants, dit-elle en plaisantant à demi. Il faut faire attention, vous savez, dans un endroit comme ça. Bon, ça va peut-être piquer un peu.

— Le plaisir naît souvent de la douleur, murmura Bony. Si je n'avais pas mal, vous ne me soigneriez pas avec une telle habileté, mademoiselle Jade. Quand mon ami m'a donné le pot de pommade, il m'a dit : « Tenez, flanquez-en un bon paquet. »

— C'est bien une réflexion d'homme.

L'antiseptique ne piquait pas, et l'onguent que Mlle Jade appliqua ensuite du bout du doigt non plus. Il calma immédiatement une blessure qui commençait à se révéler douloureuse. Puis, avec de la gaze et un étroit morceau de sparadrap, Mlle Jade confectionna un pansement et demanda à Bony de se regarder dans un miroir accroché au mur en disant :

— Vous ne serez pas défiguré pour le dîner, monsieur Bonaparte. Voilà qui empêchera l'air d'entrer et hâtera la cicatrisation.

Il se retourna pour la voir retirer les doigts du bol d'antiseptique et commencer à se les essuyer sur une serviette.

— Je vous remercie, dit-il d'un air grave. Je suis, et je me sens, plus présentable. La semaine prochaine, si je descends de la voiture d'un ami, je m'arrangerai pour m'ouvrir l'autre joue. Une cigarette ?

Mlle Jade jeta un coup d'œil à la pendule du bureau, puis accepta. Elle l'avait à peine portée à ses lèvres qu'un briquet surgit, tendu par une main brune. Au-dessus de la flamme minuscule, elle plongea le regard dans les yeux bleus qui l'observaient curieusement. Pendant ce bref instant, elle se dit qu'elle aimerait beaucoup appeler son pensionnaire Bony.

On ne peut pas être propriétaire de pension sans posséder un certain sens de la psychologie. Mlle Jade savait bien que moins les gens avaient voyagé et plus ils étaient difficiles, et que ceux qui élevaient le plus la voix souffraient en réalité d'un énorme complexe d'infériorité. Tous les pensionnaires du *Chalet du Panorama* avaient une bonne situation car ses tarifs élevés opéraient une sévère sélection.

La manière douce et claire dont s'exprimait ce broussard la charmait et la déroutait, la déroutait parce qu'elle aurait cru que les gens qui vivaient bien au-delà des lignes de chemin de fer étaient durs et grossiers. Elle sentait la force mentale derrière le front large et bas, une force qu'on entrevoyait parfois en un éclair, mais rarement. Une fois sa cigarette allumée, elle se retourna pour dire quelque chose à Mlle Philps, de façon que Bonaparte ne pût pas lire dans ses pensées.

— J'espère que vous serez content de vos compagnons de table, monsieur Bonaparte. Je vais demander à M. Sleeman de vous tenir compagnie, et également à deux pensionnaires qui sont arrivés aujourd'hui, M. Downes et M. Lee. (Mlle Jade eut un bref sourire.) M. et Mme Watkins ont expressément demandé une table pour eux deux.

— Ces dispositions me paraissent parfaitement satisfaisantes, répondit Bony avant d'ajouter avec style : Sachez cependant qu'une seule dame m'intéresse dans cette maison.

A quoi Mlle Jade riposta, sincèrement charmée :

— Je suis heureuse qu'il n'y ait qu'un monsieur du Queensland à la fois ici.

— Vous m'en voyez extrêmement flatté, mademoiselle Jade. Et merci de vous être occupée de ma petite blessure. Au revoir [1] !

Mlle Jade se chargea elle-même de faire asseoir les convives à la table de Bony. Elle lui présenta les nouveaux pensionnaires ainsi qu'à M. Sleeman et à un autre homme qui était au *Chalet* depuis plusieurs semaines et s'appelait Raymond Leslie.

Leslie était un artiste peintre qui connaissait chaque pouce du Mont Chalmers et une grande partie des montagnes situées derrière la vallée. Il semblait être content d'occuper le siège que venait de libérer M. Grumman et il s'empressa de l'annoncer aux deux nouveaux pensionnaires, M. Lee et M. Downes, faisant l'éloge du ton brusque du défunt et de la vigueur

---

1. En français dans le texte. *(N.d.T.)*

de ses descriptions. Il ne paraissait pas se soucier de la réserve de Bonaparte, et encore moins de la réticence de M. Sleeman. Bony observait secrètement les deux nouveaux pensionnaires. Lee paraissait le plus transparent des deux. Quand cet homme corpulent et hâlé déclara qu'il possédait « un petit coin dans le Riverina », il était évident qu'il disait la vérité. On voyait bien qu'il était éleveur.

Downes était frêle, avec des cheveux grisonnants, bien qu'il ne parût pas plus de quarante ans. Il n'était pas facile de deviner sa profession et il ne semblait pas avoir envie d'en parler. Il portait une moustache foncée, courte et bien lissée. Il avait des petites poches sous ses yeux sombres, et ses mains étaient blanches et longues. Assis à la gauche de Bony, il se contentait d'écouter Raymond Leslie qui parlait de M. Grumman et se plaignait d'avoir été traité sans égard par ces policiers qui soupçonnaient tout le monde.

A la droite de Bony, il y avait M. Sleeman. Il travaillait pour une entreprise britannique de construction, d'après ce que Bony avait entendu dire. Il avait une voix douce, c'était quelqu'un d'intéressant, et le soir venu il laissait entrevoir un petit faible que George, responsable de la cave, ne manquait pas d'encourager.

— On dirait que nous avons retrouvé le calme, murmura-t-il à Bony sous le feu roulant de la conversation de Raymond Leslie. Est-ce que vous êtes parti hier soir pour échapper à l'ambiance qui régnait ici ?

— Pas du tout, répondit Bony. J'étais sur la route et, par le plus grand des hasards, j'ai aperçu des amis qui passaient en voiture. Je ne les avais pas vus depuis deux ans. Ils m'ont emmené passer la soirée chez eux, près de la ville.

— Et c'est là que vous avez eu une altercation ? demanda Sleeman, les yeux luisants.

— Oh, non ! Tout était très paisible. Mais au moment où je m'apprêtais à descendre de cette maudite voiture, mon ami, qui était au volant, a éteint les lumières du tableau de bord et ma joue a heurté violemment le bord du pare-brise. Vous n'étiez que cinq hier ?

— Oui, en tout et pour tout. Elder est parti ce matin. C'est mieux ainsi, on est plus tranquilles maintenant que ces femmes bavardes à la voix perçante nous ont quittés.

Alice servit le repas. Bony l'observa attentivement pour la première fois. Elle était grande, vive et compétente. Trop jeune, pensa-t-il, pour avoir joué un rôle actif dans le meurtre de Grumman, mais pas trop pour avoir fouillé ses affaires en son absence. Elle avait déclaré à la police qu'elle était originaire de Barnsdale, qu'elle était célibataire et travaillait pour Mlle Jade depuis quatre mois. Ses tâches incluaient le ménage de la chambre de Grumman, et, chaque matin, elle vidait la carafe d'eau, la lavait puis la remplissait. La veille, elle avait remarqué que Grumman avait bu à peu près la moitié de l'eau. Grumman avait un flacon de comprimés sur sa table de toilette, mais elle ignorait à quoi ils servaient.

L'artiste peintre était en train de dire :

— Oui, les policiers ont soigneusement examiné la chambre de ce pauvre Grumman. Ils ont également emporté tous ses bagages. Du moins, ils avaient tous disparu cet après-midi quand je suis passé dans le couloir pour aller dans ma chambre et que j'ai pu jeter un coup d'œil par la porte ouverte.

— Je ne les ai pas vus les emporter, intervint Sleeman.

— Oh, mais il faut bien qu'ils les aient pris, lui objecta Leslie. Que voulez-vous qu'ils aient fait d'autre ? Ils sont devenus propriété de l'Etat jusqu'à ce que le plus proche parent soit identifié.

— Eh bien, vous avez peut-être raison, mais j'ai vu partir les voitures de police hier et aujourd'hui, et je n'ai pas remarqué qu'elle emportaient les bagages de Grumman.

— Ils ont probablement demandé à Mlle Jade de les entreposer quelque part, suggéra Downes.

— C'est possible, mais ça ne ressemble pas à leur manière d'agir habituelle, rétorqua Leslie.

C'était la première fois de la soirée qu'on le contredisait et, manifestement, il n'aimait pas ça. Arborant une barbe brune, c'était un homme qui croyait apparemment que les artistes devaient se démarquer des autres individus et il avait naturellement un caractère orageux.

— Eh bien, nous allons poser la question à Mlle Jade, conclut doucement Downes avant de se remettre à manger.

La question fut posée à Mlle Jade un peu plus tard au salon, et ce fut Leslie qui aborda le sujet. Il était alors environ neuf heures du soir. Les Watkins étaient allés se promener malgré la pluie, Mme Watkins ayant claironné à qui voulait l'entendre que son mari souffrait « le martyre » à cause d'une mauvaise digestion. Leslie et l'éleveur du Riverina bavardaient dans un coin de la vaste pièce. Sleeman écrivait des lettres, Downes lisait, tout comme Lee. Bony était presque complètement allongé sur un fauteuil.

— Les bagages de M. Grumman ! répéta Mlle Jade. J'ignore ce que la police en a fait.

— Vous voyez bien, Sleeman ! s'écria l'artiste. Qu'est-ce que je vous avais dit ?

Bony se redressa un peu pour observer les autres. Mlle Jade se tenait près de l'artiste et de Lee. Downes avait laissé tomber son livre sur ses genoux et il considérait Sleeman avec un intérêt manifeste. Sleeman déclara avec conviction :

— Je reste sur mes positions. Je suis sûr que la police n'a pas emporté les bagages de Grumman. Comme je l'ai dit au dîner, j'ai vu partir toutes les voitures de police hier et aujourd'hui.

— Alors, dans ce cas, où sont-ils donc passés ? demanda Leslie. Ils ne sont plus dans sa chambre.

— Non, la chambre est vide, confirma Mlle Jade. L'inspecteur Snook a retiré les scellés cet après-midi, juste avant de partir. Une femme de chambre a alors fait le ménage.

— La police ne vous a rien dit au sujet des bagages de Grumman ? insista Leslie avec un empressement qui semblait peu justifié.

Mlle Jade secoua sa tête brune.

— Vous feriez mieux de vous avouer vaincu, Sleeman, déclara Leslie.

— Je ne peux pas changer d'avis comme ça, protesta fermement Sleeman.

— Tout ce que je sais, intervint Mlle Jade, c'est qu'hier matin on m'a dit que les scellés avaient été apposés sur la porte de la chambre et que je n'y aurais pas accès avant que les policiers ne l'aient examinée. Et, comme je viens de vous le dire, juste avant son départ, cet après-midi, l'inspecteur Snook m'a annoncé que je pouvais y entrer.

— Très étrange, observa Downes de son fauteuil. Peut-être quelqu'un, parmi le personnel, a-t-il vu emporter les bagages. Ah, voilà le serveur.

— George ! appela Mlle Jade. Auriez-vous remarqué ce qu'on a fait des bagages de M. Grumman ?

George traversait la pièce, chargé d'un plateau sur lequel il y avait une bouteille, un verre et de l'eau pour M. Sleeman. Il devait être perdu dans ses pensées car, quand on s'adressa à lui, il trébucha légèrement, puis vint se placer au milieu de la pièce, face à sa patronne. Bony remarqua que l'eau de la carafe avait failli se renverser sur le plateau. George répondit alors de sa voix douce et ferme :

— Non, madame.

— Bisker a peut-être transporté les bagages quelque part, à la demande des policiers, ou il les a peut-être vus les emporter. Vous voulez bien courir le lui demander ?

— Très bien, madame.

George présenta son plateau à M. Sleeman qui se servit une dose généreuse de whisky, y ajouta de l'eau, puis se renfonça dans son fauteuil. George alla ranger le plateau dans un placard.

— Dites donc, voilà qui est bizarre, s'écria Leslie. Ce n'est pas que je ne veuille pas vous croire, Sleeman, quand vous dites que vous avez vu toutes les voitures de police, mais réfléchissez, elles doivent bien avoir emporté ces affaires. Qu'est-ce que Grumman avait comme bagages, mademoiselle Jade ?

— Oh, il avait deux grosses malles, et plusieurs valises, répondit Mlle Jade. Je me rappelle avoir vu Bisker et George les sortir de la voiture qui a amené M. Grumman. Ils sont passés devant mon bureau, et je me trouvais devant la porte ouverte. Je me souviens...

La voix de Mlle Jade déclina lentement, tandis qu'un hurlement gagnait en aigu et en volume. C'était un cri émis par la gorge d'une femme horriblement effrayée. Il commença sur une note aiguë et s'éleva encore plus haut, la dernière note se prolongeant un temps incroyable. Brusquement, ce fut le silence. Mlle Jade se figea, telle une statue de Junon. Bony se leva immédiatement, mais M. Downes se levait lui aussi avec une rapidité étonnante. Il était déjà près de la porte qui menait au hall de la réception et au bureau. Bony se trouvait près de celle qu'avait empruntée George pour entrer et sortir. Le cri reprit alors. Il débuta sur une note aiguë, s'éleva, retomba en un gargouillement rythmé, puis éclata à nouveau en un hurlement prolongé qui infligeait une véritable torture à l'oreille.

Le son envahissait la pièce par la porte qu'avait franchie George et qui était restée ouverte. Bony, qui se tenait debout près de son fauteuil, bondit. Leslie et Lee restèrent où ils étaient. Downes fut encore plus rapide que Bony, mais ce dernier franchit le seuil le premier. Il entendit Leslie rugir derrière lui. Il entendit Mlle Jade pousser un cri.

La porte conduisait à un couloir. A mi-distance, il y avait les deux battants qui ouvraient sur la salle à manger. A l'extrémité du couloir, une autre porte était grande ouverte et Bony aperçut la cuisine. Le hurlement s'était arrêté, mais il reprenait maintenant. La femme terrorisée qui criait ainsi se trouvait sans aucun doute dans la cuisine.

Réunion dans la cuisine

Guidé par le hurlement qui lui résonnait aux oreilles, Bony se précipita dans la cuisine du *Chalet du Panorama*, suivi par M. Downes, parfaitement obstiné, et par Sleeman, Lee, Mlle Jade et l'artiste peintre.

Derrière les grands fourneaux, Bony vit le dos de Mme Parkes. Sa silhouette corpulente était vêtue de noir, soigneusement partagée en deux par la ceinture blanche de son tablier. Les manches de son chemisier étaient retroussées au-dessus de ses coudes, à l'endroit où, chez les personnes normales, on voit les articulations. L'un de ses bras était levé et dans cette main il y avait un fer à repasser.

Alice était agenouillée sur la table à laquelle le personnel prenait ses repas. Ses mains reposaient sur ses genoux pliés, sa tête était rejetée en arrière. Elle avait les yeux fermés et par sa bouche entrouverte s'échappa un autre hurlement prolongé. Au moment où elle s'interrompit pour reprendre sa respiration, Mme Parkes dit d'un ton sec :

— Ferme-la, Alice ! Laisse-moi me charger de lui !

Une, deux ou trois minutes d'inaction paralysèrent tous les occupants de la cuisine. Puis Mme Parkes ajouta d'une voix redevenue normale :

— Le voilà qui sort !

— Oh ! Oh ! Oh ! s'écria Alice en une octave ascendante, et les hurlements d'horreur reprirent.

Lentement, comme un jouet mécanique dans une vitrine, Mme Parkes se mit à se tourner dans la direction de la table sur laquelle était juchée Alice. Pendant ce temps, le cri de la jeune fille gagna en aigu. Puis, tel un lanceur de javelot, Mme Parkes lança le fer à repasser. Le projectile retomba sur quelque chose qui se trouvait par terre, glissa et s'écrasa contre le mur.

— J'lai eu ! s'écria Mme Parkes. Allons, Alice, descend de cette table et cesse de t'comporter comme une gamine qui veut s'faire consoler.

La cuisinière s'avança. Bony, suivi de près par les autres, s'avança également. Mme Parkes s'arrêta, une lueur de triomphe dans ses yeux fixés sur le corps mutilé d'un énorme rat.

Mlle Jade prit les choses en main.

— Madame Parkes, s'exclama-t-elle, qu'est-ce que vous fabriquez ?

Mme Parkes se retourna. La giration de son corps n'était pas sans rappeler celle d'une grue qui pivote pour mettre à quai la cargaison d'un bateau.

— J'fabrique rien du tout, m'dame... pour l'instant, en tout cas. J'viens juste de tuer un rat qu'a dû passer par la porte de l'arrière-cuisine. George l'a sûrement laissée ouverte en sortant, y a une minute.

Des bruits de pas précipités se firent entendre sur le plancher de l'arrière-cuisine et George apparut, suivi de Bisker. Le teint du serveur était d'une pâleur cadavérique et ses yeux étaient écarquillés. La moustache et les sourcils de Bisker étaient tout hérissés. Mme Parkes s'approcha de la table sur laquelle la jeune fille avait toujours les yeux fermés, la bouche ouverte, et paraissait sur le point de pousser un autre hurlement. S'étant légèrement retourné, Bony put observer les réactions de toute l'assistance.

La moustache et la barbe brunes de Raymond Leslie semblaient s'effacer sous ses yeux exorbités. L'éleveur était le moins affecté de tous. Les yeux de Sleeman cillaient rapidement et Downes se tenait parfaitement immobile, le visage dénué de toute expression, le regard perdu dans le vague, les bras pliés, les doigts des deux mains écartés comme des pattes de crabe. L'animation reprit lorsque Mlle Jade se mit à parler. Elle avait été la première à retrouver ses esprits.

— Alice, cessez donc ce tintamarre ! ordonna-t-elle.

Mais la jeune fille semblait incapable de réagir. Mme Parkes franchit en courant les trois mètres de carrelage qui la séparaient d'Alice et la gifla... violemment. Puis elle la souleva de la table comme s'il s'agissait d'un vase et l'étreignit contre son opulente poitrine en disant :

— Allons, allons, petite, tiens ta langue. Voilà Mlle Jade qui veut savoir ce que signifie tout ce chambard. Tout va bien maintenant ! J'ai tué c't'animal ! Allons, calme-toi...

— George, avez-vous laissé la porte de l'arrière-cuisine ouverte ? demanda Mlle Jade.

George se remit à respirer. Ses yeux cillèrent.

— Non, madame, répondit-il. La porte était ouverte quand je suis sorti demander à Bisker s'il savait quelque chose au sujet des bagages de M. Grumman.

— Bisker, avez-vous laissé la porte de l'arrière-cuisine ouverte ? demanda Mlle Jade.

La moustache de Bisker tressaillit. Puis ses sourcils tressaillirent, et Bony eut envie de rire car il se demandait quel aurait été l'effet produit si sourcils et moustache avaient tressailli en même temps. Comme les autres, il subissait le contrecoup de ces terribles hurlements.

Bisker répondit qu'il ne se rappelait pas avoir laissé la porte de l'arrière-cuisine ouverte. Il perdit toute contenance devant la condamnation foudroyante de Mlle Jade, une condamnation que Bony jugeait injustifiée dans la mesure où Bisker n'était pas le seul à entrer et sortir par cette porte. Sleeman fit alors une proposition qui recueillit l'approbation de Bony.

— Bon, tout est bien qui finit bien ! s'exclama-t-il, les nombreux verres que lui avait apportés George sur son plateau ce soir-là l'ayant mis dans de bonnes dispositions. Mademoiselle Jade ! Je sollicite une faveur. Voudriez-vous avoir la gentillesse de me permettre de demander à George de nous apporter à tous une dose de calmant ? Nos nerfs ont été mis à rude épreuve et un petit remontant les retaperait. (La colère de Mlle Jade fondit.) En vertu des circonstances, poursuivit M. Sleeman, j'aimerais suggérer que George nous serve ici de façon que nous puissions rendre hommage à Mme Parkes. C'était le plus beau lancer de fer à repasser auquel il m'ait été donné d'assister !

Mlle Jade inclina la tête et George s'avança vers chaque pensionnaire. Il prit la commande sans la noter sur un calepin et s'éloigna.

— C'est une sacrée bonne idée que vous avez eue là, Sleeman, déclara Raymond Leslie. J'ai bien cru qu'il y avait eu un autre meurtre.

— Oh ! Oh ! Oh ! reprit la jeune fille dans les bras robustes de la cuisinière.

— Ça suffit, Alice, ou j'te fiche une beigne, dit gentiment Mme Parkes. Allons, allons, une petite goutte de brandy va te faire du bien. Calme-toi et assieds-toi là près de moi.

M. Sleeman se mit à raconter une anecdote sur sa femme et une souris apprivoisée que son fils avait lâchée. M. Downes l'écoutait patiemment. Mlle Jade demanda à Bisker de dératiser la réserve de bois, car c'était de là que le rat avait dû venir. Bisker nia catégoriquement la présence de rats dans sa réserve, mais on le fit taire. Bony s'avança pour venir examiner l'animal mort. Il constata qu'il s'agissait d'un rat de la brousse, énorme même pour cette espèce. Puis George revint avec les boissons et M. Sleeman proposa un ban pour Mme Parkes. Un bien faible hourra suivit cette suggestion, car il était évident que Mlle Jade n'approuvait pas cet accès de frivolité. Après quoi l'assemblée se sépara.

Une fois la tension retombée, Bony retourna passer un quart d'heure dans le salon, puis il se glissa dans le hall et sortit de la pension, feignant ostensiblement d'aller se promener maintenant que la pluie avait cessé. Quand Bony entra, Bisker était en train de bourrer sa pipe avec le « culot » récupéré des pipes de la journée.

— La pluie doit avoir effacé l'empreinte de main dans la terre du bac, dit-il. Faire un moulage maintenant ne servirait à rien. D'ailleurs, j'ai mémorisé sa forme. Est-ce que vous vouliez vous mettre au lit ?

— Non, pas avant une heure, répondit Bisker.

— Il reste du whisky dans la bouteille ?

— Une petite goutte que je gardais pour boire avant de me coucher.

— Très bien ! Je ne vous retiendrai pas longtemps. Euh... dites-moi, quand vous sortez d'ici le matin, par où passez-vous pour entrer dans la maison ?

Bisker entreprit de bourrer sa pipe matinale avec grand soin et, sans lever les yeux de cette tâche importante, il répondit :

— En partant, George ferme la porte de l'arrière-cuisine de l'extérieur et il met la clé sous une brique qui s'trouve pas loin. Il fait alors le tour d'la maison et il ferme la porte d'entrée qui reste verrouillée pendant la nuit. L'matin, j'prends la clé sous la brique et j'passe par la porte de l'arrière-cuisine pour m'mettre au travail.

— Est-ce que vous avez vu Mlle Jade entrer dans la maison par la porte de l'arrière-cuisine hier soir ?

— Oui.

— Vous savez si elle a utilisé la clé qui se trouve sous la brique ?

— Non. Elle doit avoir une clé à elle. J'l'ai entendue ouvrir la porte, et j'l'ai entendue la refermer une fois qu'elle était à l'intérieur. Moi, j'étais comme qui dirait collé à la pile de bois. J'aurais pu jurer qu'elle m'avait vu, mais c'est pas possible.

— Quelle heure était-il exactement ?

— Ben, d'après mon réveil, là, il était minuit vingt-huit.

— Est-ce que la porte d'entrée de la maison était fermée à clé à cette heure-là ?

— Oh, oui. Il n'y avait plus une seule lumière allumée. J'me suis assuré qu'tout l'monde était au lit avant d'passer par vot' fenêtre avec les couvertures.

Bony regarda les doigts de Bisker et observa en frissonnant intérieurement la façon dont le « culot » était bourré dans le fourneau de la pipe pour être fumé le matin au saut du lit.

— C'est vous qui cirez toutes les chaussures ? demanda-t-il.

— Oui, répondit Bisker.

— Cherchez bien dans vos souvenirs et dites-moi si vous avez jamais ciré une paire de bottes ou de souliers de pointure quarante-six.

— Quarante-six ! répéta Bisker en levant les yeux pour croiser ceux de Bisker. C'est une sacrée pointure ! Moi, je chausse du quarante et un, et vous du trente-neuf et demi. Ça alors ! Du quarante-six ! Un type qui a cette pointure doit être un géant ou un policier. J'me rappelle avoir ciré une paire de souliers de pointure quarante-trois... mais du quarante-six ! Fred chausse du quarante-deux, et c'est déjà plus que la moyenne des gens.

— Qui est Fred ?

— C'est l'type qu'a découvert Grumman dans l'fossé en premier. Vous savez bien, il était avec moi quand vous êtes venu au bord d'la route hier matin.

— Qu'est-ce qu'il fait ?

— Il travaille par-ci par-là, à couper du bois, à jardiner. Il vient ici une fois par semaine pour tondre la pelouse. (Bisker mit sa pipe matinale de côté et il entreprit de découper des morceaux de tabac de sa carotte à l'intention de la pipe qui se balançait entre ses dents.) C'est pas un mauvais bougre, Fred. Il était tondeur, dans l'temps. Lui et moi, on est plus ou moins copains. Quand l'un de nous gagne, on s'partage une bouteille.

— Gagne ?

— Oui. On parie sur les chevaux. Fred est assez bon pour les choisir. Et d'temps en temps, un pensionnaire m'file quèque chose. Des fois la moitié d'une livre. Deux fois, j'ai reçu une livre entière de pourboire.

— Oh ! (Bony roula et alluma une cigarette, puis dit :) Est-ce que George vous a demandé ce qui était arrivé aux bagages de Grumman ?

Le visage de Bisker s'éclaira.

— Oui, répondit-il, j'lui ai dit qu'j'avais pas vu la police les emporter. Bien sûr, ils ont pu l'faire sans qu'j'les voie, j'étais pas tout l'temps devant la porte. C'est important ?

— Pas tellement, Bisker. Le sujet a été abordé au dîner. L'un des pensionnaires a dit qu'il avait jeté un coup d'œil dans la chambre que Grumman avait occupée et qu'il avait remarqué que tous ses bagages avaient disparu. Un autre a dit que les policiers ne pouvaient pas les avoir emportés parce qu'il avait assisté au départ de toutes leurs voitures. Mlle Jade a alors déclaré qu'elle n'en savait rien. Il y a eu un petit désaccord, c'est tout. Quand vous avez déposé les chaussures cirées de Grumman devant sa porte hier matin, quelle heure était-il ?

— A peu près sept heures moins le quart.

— Vous n'avez pas vu de lumière sous sa porte ?

— Non.

— Il n'y avait rien d'inhabituel devant sa chambre ?

— J'ai pas remarqué, monsieur Bonaparte.

— Et ses chaussures, elles n'avaient rien de spécial ?

— Elles étaient un peu mouillées, j'm'en souviens. (Le visage ridé de Bisker s'élargit en un grand sourire.) Oui, ça, j'm'en souviens, continua-t-il en gloussant. C'était la seule paire mouillée qu'j'avais à nettoyer c'matin-là, la seule avec une aut' paire.

— Ah bon ? fit Bony pour l'encourager puisque Bisker ne fournissait pas davantage d'explication.

— Oui, et l'aut' paire, c'était celle de la vieille chipie, poursuivit Bisker. J'me suis dit : ho, ho ! C'fichu étranger d'Allemand s'est promené dans l'herbe hier soir, et la vieille bique a dû s'promener dans l'herbe mouillée, elle aussi. Une p'tite histoire d'amour, que j'me suis dit. C'est bien c'qu'il semblerait, pas vrai ?

Bony sourit.

— Je suppose que vous faites allusion à Mlle Jade, dit-il. Avant-hier soir, il faisait sec et il a gelé pendant la nuit. Je suis sorti me promener après le dîner, mais je suis resté sur la route et sur les sentiers. Mes chaussures n'étaient pas mouillées.

— C'est vrai. Vos chaussures n'étaient pas mouillées du tout. Celles de personne, d'ailleurs, sauf celles de ces deux-là.

— Avez-vous vu Mlle Jade revenir à la pension dans la nuit d'avant-hier ?

Bisker secoua la tête.

— Hum ! murmura Bony. Intéressant. Faites bien attention aux chaussures de Mlle Jade demain matin. Vérifiez si ce sont les mêmes que celles que vous avez cirées ce matin.

— D'accord. Vous croyez qu'Mlle Jade a trempé dans l'meurtre de Grumman ?

— Bisker, ne faites pas l'idiot, lança sèchement Bony. Si vous devez continuez à m'aider, ne posez jamais de question aussi stupide, ni de question tout court, d'ailleurs. Contentez-vous de ne rien aller raconter et faites simplement ce que je vous demande au moment où je vous le demande. C'est clair ?

Bisker fit signe que oui.

— Bien ! l'encouragea Bony. Je voudrais maintenant que vous me rendiez service. Je suppose que vous connaissez la pension de fond en comble ?

— Vous pouvez le dire, monsieur Bonaparte.

— Bon, croyez-vous que vous seriez capable de dessiner un plan de l'intérieur de la maison, avec toutes les chambres, tous les placards et les débarras ?

— Oui, je crois que j'pourrais.

— Parfait. J'ai apporté du papier et des crayons. Faites-le tout de suite. Prenez votre temps, et si vous vous trompez, recommencez. Ce n'est pas le papier qui manque.

Bisker se mit au travail, oubliant sa pipe, usant successivement l'extrémité de tous les crayons à force de les mordiller. Bony resta assis en silence et l'observa. Il avait recommencé à pleuvoir et la pluie crépitait sur le toit de tôle, juste au-dessus de leurs têtes.

Un brin de commérage

Quatre jours passèrent, qui ne rapportèrent rien à Bony, sinon un kilo supplémentaire. Apparemment, la police elle non plus ne découvrit rien dans l'intervalle, car le cinquième jour, lorsque Bony alla voir le commissaire Bolt à son bureau, il apprit qu'on ignorait où se trouvait Marcus et que les bagages de Grumman n'avaient pas été retrouvés.

— Notre cher ami a dû quitter l'Etat, depuis le temps, grommela Bolt. Il a probablement voyagé au vu et au su de tout le monde, en avion ou en train, sous un déguisement qui faisait penser à tout sauf à Alexander Croft, ou à ses multiples alias.

— Ça ne vous ennuie pas que je jette un nouveau coup d'œil dans son dossier ? demanda Bony.

— Bien sûr que non. Vous cherchez quelque chose de particulier ?

— Oui. J'aimerais examiner les photos que vous avez de lui. Kirby — vous savez, l'assistant du colonel Blythe — a pensé que Scotland Yard pouvait avoir des photos de Croft, et le colonel a télégraphié pour vérifier. Les types de Londres lui ont répondu qu'ils avaient des photos de Marcus et qu'ils les envoyaient par avion.

Bony se tapota les dents avec le stylo qui lui avait servi à rédiger ses notes. Puis il reprit :

— La dernière fois que je suis venu, j'ai vu trois photos de Marcus. Elles avaient été prises il y a onze ans, d'après ce que j'ai compris, au moment où Marcus avait été emprisonné pour homicide. Ce que Scotland Yard avait à lui reprocher, ça, je l'ignore, et ce n'est pas très important. Ce qui l'est davantage, c'est qu'ils possèdent également des photos de lui. Si on les ajoute à celles que nous avons ici, pensez-vous que les experts pourraient fabriquer un moule raisonnablement précis de sa tête de façon à obtenir un moulage ?

— Ils pourraient parfaitement le faire, mais avec quelle précision, ça, je l'ignore, répondit Bolt. Pourquoi le souhaitez-vous ?

— Eh bien, voyez-vous, on peut très bien dissimuler ses traits à la perfection, on peut réussir à ne pas être reconnu par sa propre femme, ou par le meilleur des policiers, mais même notre ami Marcus ne songerait pas à dissimuler la forme de sa tête. Les photos de profil révèlent la forme du crâne, et je me souviens que vous en avez une de dos. Un moulage assez fidèle en plâtre de Paris nous permettrait de mémoriser la forme de son crâne et, à partir de là, quelqu'un pourrait percer à jour le meilleur des déguisements.

— Hum ! (Bolt considéra Bony de ses petits yeux marron perçants.) Ça pourrait valoir le coup d'essayer. J'aimerais bien penser comme vous que Marcus n'a pas quitté l'Etat. Mais maintenant, nous n'y croyons plus. Premièrement, il a eu le temps de passer avant que les barrages ne se soient mis en place ; deuxièmement, son art du déguisement a fait ses preuves non seulement en Australie, mais en Europe et en Amérique.

En regardant Bony se confectionner une cigarette, Bolt en conclut qu'il n'avait jamais vu quelqu'un s'y prendre plus mal. Il avait de longues heures de travail devant lui, mais il n'en attendit pas moins sereinement que son visiteur et néanmoins collègue eût terminé de rouler sa cigarette et l'eût allumée. Conscient de son agacement devant les règlements et la légalité, un agacement qu'il partageait secrètement, il était en mesure d'apprécier les dons particuliers de Bony et de les considérer comme un apport intéressant aux méthodes d'investigation classiques, ou même plus modernes. L'énorme commissaire était tout disposé à s'instruire, comme il l'avait toujours été.

— Il y a autre chose qu'on oublie de dissimuler, dit Bony en soufflant doucement un jet de fumée vertical au-dessus du sommet conique du crâne de Bolt. Ce sont les pieds, et la manière qu'on a de marcher. Il n'y a pas deux hommes qui aient la même démarche. Étant capable de lire les empreintes à livre ouvert, comme vous vous lisez un rapport, je pourrais enseigner cet art aux autres. Il y a bien longtemps, j'ai fait une suggestion à mon patron : outre les empreintes digitales, un dossier devrait renfermer les empreintes de pieds. Je lui ai suggéré d'obliger tous les condamnés, et dans certains cas les suspects, à marcher sur une plaque de ciment frais avec des chaussures, puis pieds nus. Le ciment devrait comporter les empreintes d'au moins six pas, qu'on photographierait ensuite pour les joindre au dossier. Le diplômé de mon école ne serait pas seulement capable de suivre des traces invisibles pour le policier ordinaire, il serait en outre capable de reconnaître les empreintes laissées par n'importe quel individu fiché. Si j'avais pu observer les traces de pas de notre ami Marcus, je les reconnaîtrais n'importe où, de sorte qu'un déguisement ne risquerait pas de m'induire en erreur.

— Je crois que c'est une bonne idée, dit lentement Bolt.

— C'est une affaire de simple bon sens, décréta Bony avant de sourire et d'ajouter : Mais vous connaissez l'administration.

— Ouais, grommela Bolt. Et je connais tout particulièrement les chefs de certaines administrations australiennes. Le seul moyen d'obtenir la création de votre école, ce serait de venir de l'étranger et de vous appeler Spiffoski. A ce moment-là, la direction de la police de chaque Etat adopterait votre système en disant qu'il est formidable pour les enquêtes criminelles.

Les yeux de Bony s'écarquillèrent puis se refermèrent à demi tandis qu'il éclatait de rire.

— Spiffoski ! répéta-t-il d'une voix gutturale. Bony Spiffoski ! Il faudrait que je trouve la traduction de Bony en russe. Ah... Boniski Spiffoski ! Quand je retournerai à Brisbane, j'appellerai le secrétaire du patron et je lui dirai : « Bonjour, Lowther. Dites au colonel que l'inspecteur Boniski Spiffoski s'est présenté au rapport ce matin. » Pas mal, hein ? Et comme je serai dans la salle des employés de bureau, juste en dessous du vieux, je l'entendrai sauter sur son fauteuil et demander à Lowther de lui dire ce que tout ça peut bien signifier, nom de Dieu ! A la réflexion, il n'y a aucune chance que ça marche. Lowther n'en aurait pas le courage. Bon, je vais aller voir vos archives, commissaire. (Il se leva, souriant toujours.) Et réfléchissez à l'idée de faire un moulage de la tête de Marcus. Je demanderai au colonel Blythe d'envoyer les photos de Scotland Yard.

S'étant levé lui aussi, Bolt dit qu'il allait « tenter le coup ». Il accompagna Bony à la porte, lui fit un large sourire, lui serra la main, puis revint à son bureau pour dire au service des archives de se mettre à la disposition de l'inspecteur Bonaparte. Quand l'inspecteur Snook entra quelques minutes plus tard, le commissaire Bolt ne lui parla pas du système d'empreintes de pieds imaginé par Bony.

C'était un vendredi, et il était quatre heures et demie quand Bony émergea du commissariat de Russell Street, sortant par une petite porte de derrière qui donnait dans une ruelle. Là, il marqua une pause pour allumer l'une de ses cigarettes et pour examiner toutes les personnes en vue. Il y en avait moins d'une douzaine, et il y en avait encore moins lorsqu'il avait pénétré dans le grand immeuble par ce même accès anodin. Auparavant, il avait rejoint Swanston Street par les rues Spring et Flinders, et il pouvait être raisonnablement sûr de ne pas avoir été suivi, ni en se rendant au commissariat, ni en en sortant.

Il passa une demi-heure dans un café, puis se fondit dans la marée humaine qui déferlait sur la seule gare de la ville. La foule marchait d'un bon pas et les rares personnes qui avançaient en sens inverse se faisaient pousser et bousculer. Bony fut arrêté au croisement de Flinders Street. Là, une digue retint une partie du flot humain, une digue qui menaça de céder lorsque les feux passèrent au rouge et que les agents de police firent signe d'avancer.

Pour Bony, l'expérience ne manquait pas de gaieté. Il fut entraîné de l'autre côté de la rue, en haut des marches de l'entrée de la gare, à travers le grand hall, au-delà des portillons, ballotté par une marée qui déferla pendant plus d'une heure. Pendant qu'il attendait son train pour Manton, sur le quai, il observa le flux humain descendait les pentes et remontait les passages souterrains, ou se tassait sur les quais, jusqu'à l'extrême bord. Des trains arrivaient et la foule s'y engouffrait. Ils repartaient, vrombissants, pleins à craquer, emportant la « frange » du quai avec eux, et immédiatement la marée de voyageurs redevenait compacte sur le bord des quais, attendant de se ruer sur le prochain train. On ne voyait rien de tel à Brisbane.

Son train mit un peu moins d'une heure pour faire le trajet jusqu'à Manton. Lorsque Bony se présenta à l'autocar qui attendait à la gare, presque toutes les places étaient déjà prises et il se contenta d'un siège à l'avant. Il était temps, sinon il aurait dû voyager debout. Les places assises s'alignaient côte à côte de part et d'autre de l'allée centrale. Il avait un homme à sa gauche et une employée de bureau à sa droite.

Au pied du Mont Chalmers, alors qu'ils étaient arrivés à mi-chemin du *Chalet du Panorama*, il ne restait même pas la moitié des passagers dans l'autocar. La jeune fille qui se trouvait à la droite de Bony, et qui avait conversé avec une autre jeune fille, prononça tout doucement le nom de Clarence B. Bagshott. Ce nom tira Bony de sa méditation et il comprit alors que l'auteur de romans policiers voyageait également dans l'autocar. Un peu plus loin, son voisin descendit. Au bout d'un petit moment, Bony murmura :

— Est-ce que je ne me trompe pas, Bagshott, l'écrivain, est bien dans ce car ?

La jeune fille lui répondit par un signe de tête affirmatif et l'examina attentivement. Bony sourit.

— Excusez-moi, je vous prie, si je vous adresse la parole. Voyez-vous, c'est que j'ai lu plusieurs de ses livres et que je suis curieux de savoir à quoi il ressemble.

Lorsqu'elle reprit la parole, les lèvres de la jeune fille remuèrent à peine.

— C'est lui, dans le coin, au fond, dit-elle.

La lumière était bonne, tout au moins pour un autocar. Bony scruta avec intérêt cet homme dont Bisker — qui le tenait de Mme Parkes — disait qu'il aimait empoisonner les lapins pour pouvoir se servir de ses expériences dans ses livres policiers.

Bony fut déçu. Il n'avait encore jamais vu d'écrivain en chair et en os, et il s'était plus ou moins imaginé qu'ils appartenaient à une espèce particulière, une espèce un peu différente de celle des poètes et des artistes. Il pensait voir un homme au front massif, avec des grands yeux inquisiteurs, une voix forte et pénétrante et des vêtements originaux.

Clarence B. Bagshott avait un aspect désespérément banal. Il portait un imperméable sur un costume bleu marine. Son chapeau était posé sur ses genoux, de sorte que Bony put étudier ses traits. Son front était bas et étroit, mais la partie inférieure de son visage frappait par son exceptionnelle largeur. Ses yeux étaient constamment en éveil, et lorsqu'il souriait, il avait l'air relativement humain. Pendant que Bony l'observait discrètement, il souleva son chapeau, croisa les jambes, et c'est alors que Bony put remarquer ses chaussures. Elles étaient exceptionnellement grandes... seule bizarrerie dans tout son aspect extérieur.

Malheureusement, ses pieds étaient dans l'ombre projetée par les jambes de son voisin, et Bony ne put deviner quelle était leur pointure exacte. Il chaussait certainement au moins du quarante-quatre. La jeune fille demanda :

— Que pensez-vous de lui ?

Comme homme, Bony le trouvait très ordinaire. Il avait cherché son nom dans le Who's Who, il savait par conséquent où le situer dans le monde de la littérature. Il se dit que la question de la jeune fille avait pour but de lui faire préciser ses impressions sur l'auteur et il répondit donc :

— Je ne trouve pas ce qu'il écrit formidable.

Maintenant un peu plus familière avec son compagnon de voyage, elle dit :

— Lui non plus, il n'a rien de formidable.

— Ah bon ? murmura Bony d'un ton encourageant.

— Non, dit-elle du coin des lèvres, tout en regardant droit devant elle. Vous voyez la fille à laquelle il parle ?

Bony l'admit volontiers.

— Eh bien, elle est célibataire.

Bony attendit d'en apprendre davantage, car il ne parvenait pas à voir quoi que ce fût de déplacé dans le fait que Bagshott parlât à une femme célibataire, ou mariée, dans un moyen de transport public. Sa compagne de voyage lui fournit alors de plus amples renseignements, qui prirent la forme d'une autre question. Toujours du coin des lèvres, elle dit :

— Vous voyez l'enfant qui est assis près de la fille ? Il est à elle. Et certains disent qu'il est aussi à lui.

— Non ! murmura un Bonaparte « scandalisé ». Vraiment ?

Le vif intérêt qu'il manifesta dégela sa compagne de voyage.

— C'est ce qu'on dit, ajouta-t-elle.

— Qui ça, on ? demanda-t-il.

— Oh, tout le monde dans la région du Mont, répliqua-t-elle avec légèreté. Il est marié, vous savez. Il habite après le garage. Il y a une grande haie autour de sa propriété. On ne voit jamais sa femme. Il ne la laisse pas sortir. Si j'étais policier, je sais bien ce que je ferais.

— Quoi donc ? s'enquit Bony, intéressé.

— Je me présenterais là-bas une fois par semaine, juste pour voir si Mme Bagshott est toujours en vie. Je le crois bien capable de la tuer une nuit et de l'enterrer dans le jardin pour pouvoir ensuite épouser cette fille qui a ce gosse. Ce serait une sale histoire.

La voix dure, nasale, délibérément sourde, se tut, et Bony essaya une fois de plus d'évaluer la taille des chaussures de Bagshott. L'ombre persistait néanmoins et il y renonça. Il trouverait bien le temps et l'occasion d'aller voir Clarence B. Bagshott et de déterminer quelle était sa pointure, comment il usait ses chaussures et quelles empreintes elles laissaient. L'autocar avançait lentement, en seconde, et amorçait un virage qui se trouvait à trois cents mètres au-dessus de la vallée. En bas, dans l'abîme, des amas d'étoiles scintillaient, les lumières des hameaux, et au loin des millions d'autres étoiles reposant sur du velours noir signalaient les lumières de Melbourne.

— Est-ce que M. Bagshott habite ici depuis longtemps ? demanda-t-il à sa compagne à voix basse.

— Depuis une dizaine d'années, il me semble, lui répondit-elle. Et il se croit quelqu'un.

Bony considéra Bagshott à la lumière de cette nouvelle information. A ce moment précis, il était en train de bavarder et de rire, sa compagne et l'enfant riaient avec lui. On ne pouvait pas entendre ce qu'il disait, mais il n'avait l'air ni vaniteux ni arrogant.

Ses pieds présentaient cependant le plus grand intérêt. S'il s'agissait de ceux qui avaient laissé leurs empreintes sur la pente, la nuit où Grumman avait été assassiné, et sur le chemin qui menait à la hutte de Bisker, la nuit suivante ils le seraient encore bien davantage.

Bony était désolé de devoir descendre avant Bagshott. Si l'écrivain avait quitté son siège le premier, Bony aurait pu voir ses chaussures en pleine lumière au moment où il serait passé devant lui pour se diriger vers l'entrée de l'autocar.

Clarence B. Bagshott

Installé confortablement sur la véranda du *Chalet*, Bony admirait la vue sur la montagne et la vallée qui s'offrait à lui dans dans toute sa splendeur et sa richesse de coloris. Sur les larges accoudoirs de son fauteuil, il y avait une tasse de thé et une assiette de biscuits confectionnés par Mme Parkes.

Pour l'instant, il était parfaitement heureux de vivre.

Il avait fait la connaissance de gens nouveaux, et c'était là quelque chose de stimulant. Bien sûr, ils étaient complètement différents des gens de l'intérieur des terres, mais il commençait à comprendre la mentalité du Sud, ce qui accroissait son intérêt.

Il y avait ce couple Watkins. Ils s'étaient débrouillés pour avoir une table pour eux seuls dans la salle à manger. Watkins avait le bas du visage lourd ; sa femme était forte et surchargée de poudre, de rouge à lèvre et de bijoux. Pourquoi avaient-ils insisté pour avoir une table séparée alors qu'ils parlaient toujours extrêmement fort et que tout le monde pouvait profiter de leur tête-à-tête ? Leur conversation portait invariablement sur les voyages — leurs propres voyages en Nouvelle-Zélande, en Tasmanie et à Sydney. Etrange, la manière dont se manifeste un complexe d'infériorité. Bisker et l'homme qui tondait la pelouse avaient tous deux voyagé cinquante fois plus que les Watkins, mais on ne les entendait jamais s'en vanter.

George ne mentionnait jamais qu'il avait été steward sur un bateau pendant six ans. Il n'élevait jamais la voix, il ne parlait jamais d'un ton autoritaire. On aurait dit une machine parfaitement graissée qui tournait bien et glissait silencieusement sur les rails de la vie. George était pourtant un personnage plus complexe que les deux Watkins réunis ; car sa douceur recouvrait une certaine force de caractère, que Bonaparte, avec sa sensibilité intuitive, pressentait plutôt qu'il ne la constatait. Bolt avait exprimé sa satisfaction en se penchant sur l'histoire de George, qu'il avait apprise par d'autres sources.

Comparer Mlle Jade à Mme Watkins faisait paraître cette dernière bien superficielle. Si Mlle Jade plaisait à Bony par son côté romantique, il devait avouer qu'il ne la comprenait pas. Elle avait du caractère... ça, c'était indéniable. Elle savait elle-même se maîtriser, et par conséquent elle pouvait exiger beaucoup des autres. Bony ne l'avait pas une seule fois prise en défaut, qu'il s'agît de sa toilette, de son aspect physique ou de sa manière de s'exprimer. Le succès de son entreprise était dû à sa grande discipline, agréablement tempérée par une personnalité féminine, chaleureuse et compréhensive.

Parmi les pensionnaires, seuls Sleeman et Downes avaient du caractère. Mais étaient-ils bons, étaient-ils mauvais ? Bony ne parvenait pas à trancher. Raymond Leslie, l'artiste, était un moulin à paroles, et Lee, l'éleveur, ne semblait pas à l'aise dans une assemblée qui ne s'intéressait ni au bétail ni au fourrage. Le fait que le *Chalet du Panorama* fût presque vide semblait satisfaire tout le monde, y compris Mlle Jade.

Bony décida alors de prendre un peu d'exercice en allant faire une promenade, et, si possible, de rencontrer ce Clarence B. Bagshott pour en apprendre davantage sur lui.

Sans se donner la peine d'aller chercher son chapeau, il quitta la véranda et descendit l'allée qui menait au portillon. Fred était en train de pousser la tondeuse sur la pelouse en pente, à gauche du chemin, et il avait déjà tondu la moitié de ce côté. Bony remarqua que l'herbe était belle et luxuriante, mais pas très haute, bien qu'elle n'eût pas été coupée depuis huit jours, comme il l'avait lui-même noté.

— L'herbe ne pousse pas très vite, hein ? dit-il lorsque Fred eut amené sa tondeuse au bord de l'allée.

C'était un homme grand et élancé, d'une cinquantaine d'années. Il leva des yeux bleus larmoyants sur Bony, qui remarqua le nez anormalement rouge et la bouche molle.

— Elle pousse jamais beaucoup en cette saison, déclara Fred avec un accent traînant qui révélait immédiatement son origine tasmanienne. Elle fait que commencer, maintenant. Dans quinze jours, vous verrez comment qu'elle pousse. Elle pousse pas plus qu'les poils d'un chien pendant l'hiver, mais une fois l'printemps venu, y a plus moyen d'l'arrêter. A c'moment-là, on dirait que tout explose.

— Eh bien, le printemps approche, à en juger par la douceur de l'air, aujourd'hui, remarqua Bony. Le garage qui se trouve en haut de la route est loin d'ici ?

— Oh... à un kilomètre et demi, à peu près. (Un sourire effleura le visage buriné de l'homme.) Moi, j'préfère commencer par monter. Si vous commencez par descendre la côte, ben il vous faudra la grimper pour rev'nir chez vous.

— C'est bien vrai, reconnut Bony. Et vous, où habitez-vous ?

— Moi ? Oh... en bas d'la route qui bifurque de la grand-route au magasin d'fruits. J'm'y suis bâti ma bicoque tout seul, y une dizaine d'années. La route va pas plus loin qu'chez moi, et de là on peut prendre un chemin qui conduit au Sentier des Mille Pas.

— Le Sentier des Mille Pas ! répéta le policier. Voilà qui est très romantique.

— Oui. (Le regard de Fred se tourna vers la véranda, probablement pour repérer Mlle Jade.) C'est M. Bagshott, l'écrivain, qui lui a donné c'nom-là. Y a un ravin, et y a un sentier qui le longe de haut en bas. D'temps en temps, les gardes forestiers font des marches avec des troncs de fougères géantes pour que ceux qui montent ou qui descendent ne glissent pas et n'aillent pas faire plusieurs mètres dans la boue. Le Sentier des Mille Pas commence à la grand-route, là où elle enjambe le fleuve, et il s'termine tout en bas, dans la vallée, à la lisière de la forêt.

— J'irai peut-être me promener sur le Sentier des Mille Pas, un de ces jours. Dites-moi, la maison de Bagshott, c'est bien celle qui est après le garage ?

— Oui, à une centaine de mètres. Vous pouvez pas vous tromper. Y a une haie de grands cyprès presque tout l'tour. Vous verrez des pylônes de TSF dans son jardin. J'ai entendu dire que les services secrets sont venus voir par ici pendant la guerre, à cause de ces pylônes. Il paraît que Bagshott envoyait des messages au Japon ou quelque part. C'est un drôle de type, bien qu'il m'déplaise pas, à moi, vu qu'il est pas mal allé dans la brousse, là où les gens sont comme qui dirait civilisés. Vous venez d'l'intérieur, pas vrai ?

— Oui, reconnut Bony. Comme vous. La région vous plaît ?

— Oh, c'est pas mal, d'un certain point d'vue. Mais les gens d'ici ! Ça, j'arriverai jamais à les comprendre.

Bony haussa imperceptiblement les sourcils et eut l'air intéressé. Fred scruta la véranda et le jardin, à la recherche de Mlle Jade.

— Voilà comment c'est, ici, expliqua Fred. Si vous portez pas un col et une cravate, z'êtes un moins que rien. Si vous buvez un coup, z'êtes un paria. Si vous essayez d'êt' gentil, ils vous crachent à la figure. Et si vous leur dites d'aller se faire voir, ils poussent les hauts cris et vont raconter partout les pires mensonges qu'ils peuvent inventer. Si y avait pas Bisker, j'resterais pas là. C'est le seul type civilisé de toute la région. Mince alors ! Faut qu'j'bosse un peu.

Mlle Jade venait de sortir par l'une des portes-fenêtres qui donnaient sur la véranda, et Fred ne perdit pas de temps. Quand Bony agita la main, Mlle Jade le salua gaiement en retour.

Bony franchit le portillon, descendit la pente et avança sur la grand-route, sans se presser. Il ne tarda pas à croiser la route au bord de laquelle on avait dressé des poteaux indicateurs peints en blanc. On avait aménagé un sentier dont la surface, sablée, pouvait garder les empreintes de nombreuses chaussures.

Les premières qu'il reconnut furent celles qu'avaient laissées M. Watkins et sa femme. De temps à autre, elles recouvraient celles que Fred avait faites en venant travailler au *Chalet* ce matin-là. Beaucoup plus loin, il trouva les marques des chaussures de Leslie, l'artiste peintre, et toutes ces traces étaient mêlées à bien d'autres qu'il n'avait encore jamais vues.

La grand-route serpentait sur les contreforts de la montagne, et vers le haut il apercevait ici une maison, là un pré, nettement séparés par des zones de hautes fougères surmontant les troncs lisses et fins des frênes qui s'élançaient comme des mâts. La route contournait maintenant un large ravin. En bas poussaient des masses de fougères géantes dont les nouvelles feuilles se détachaient, vert vif, sur le vert plus sombre des anciennes pousses.

Il aperçut le magasin de fruits bien avant d'y arriver. Une fois là, il aborda un homme qui se tenait sur le pas de la porte, près d'un étalage de pommes, d'oranges, de sodas et de sucettes.

— Est-ce que la maison de M. Bagshott est encore loin ?

— Oh non ! A une soixantaine de mètres. Y a une grande haie autour. Vous pouvez pas la manquer.

— Merci.

Par la porte ouverte, Bony vit plusieurs petites tables flanquées de chaises.

— Auriez-vous du ginger ale pas trop sucré ? demanda-t-il.

— Et comment ! J'ai du vrai de vrai.

L'homme le précéda à l'intérieur et Bony s'installa à l'une des tables.

— Il n'y a pas grand monde sur la route, aujourd'hui, risqua-t-il.

— Il n'y en a jamais beaucoup pendant la semaine. Cet après-midi et demain, les voitures ne manqueront pas... il y en aura des centaines.

Le marchand posa une bouteille de ginger ale et un verre ; sur l'invitation de son client, il apporta un autre verre et une autre bouteille et s'assit en face du policier.

— Vous avez l'intention de rendre visite à Bagshott ? demanda-t-il.

— Non. Je ne le connais pas, répondit Bony. J'ai lu ses livres, et en entendant dire qu'il habitait là-haut, j'ai été curieux de voir sa maison. Pour ma part, j'aimerais bien vivre par ici.

Le marchand eut l'air soulagé.

— Certains de ses livres sont rudement bons, mais d'autres ne sont pas terribles, trancha-t-il. Ça, il sait écrire, mais il est un peu marteau, si vous voyez c'que j'veux dire. Il fréquente personne. Un jour, il m'a dit qu'il tenait tout l'monde à l'écart, et qu'il avait l'intention d'continuer comme ça. J'peux pas le lui reprocher, en fait. Y a des gens bizarres, par ici, et vous pouvez m'croire, parce que ça fait plus d'quarante ans qu'j'habite là.

— Qu'est-ce qu'ils ont donc de bizarre ? s'enquit Bony d'une voix douce.

Le marchand se leva et alla jusqu'à la porte pour cracher. En revenant, il répondit :

— Ben voilà. Les gens d'là-haut, ils sont ni d'ici ni d'ailleurs. J'veux dire qu'ils sont ni d'la ville ni d'la campagne. Y en a de deux sortes. Y a ceux qui sont venus vivre ici jusqu'à la fin d'leurs jours, et y a ceux qu'ont vécu ici la plus grande partie d'leur vie... comme moi. Bagshott, lui, il aime ni les uns ni les autres. Il m'l'a dit. Il s'est fâché, d'ailleurs, en m'le disant. Bien sûr, il a été mêlé à un meurtre, en Australie-Occidentale, il y a quelques années. J'ai jamais vraiment su c'qui s'était passé, mais on m'a raconté qu'il avait poussé un type à commettre un ou deux meurtres.

— Ça alors ! dit poliment Bony. Il aurait été mêlé à un ou deux meurtres ! Est-ce qu'il est allé en prison ?

— J'sais pas exactement. Entre nous, c'est l'genre de bonhomme qui n'hésiterait pas à assassiner quelqu'un pour pouvoir raconter ça dans un livre.

— Hum ! Quel homme étrange. Il ne semble pas être très recommandable.

— Ça, j'vous l'fais pas dire.

— On prétend, ajouta Bony en baissant la voix, que ce Bagshott avait une radio et que pendant la guerre les services secrets seraient venus pour essayer de le coincer pendant qu'il envoyait des messages aux Japonais. Vous croyez que c'est vrai ?

— J'crois qu'oui. Moi, j'étais pas là pendant la guerre. J'étais en bas, en train de fabriquer des munitions. Mais c'est bien l'bruit qui court.

— Et j'ai aussi entendu dire qu'il fréquentait une femme célibataire qui avait un enfant de lui.

Le marchand fit la moue et prit l'air avisé. Puis il cligna les deux yeux, l'un après l'autre, et murmura :

— Ben, personnellement, j'vois rien d'mal à ça. Mais c'est vrai qu'on en a parlé.

— Et même qu'il attrapait des lapins, qu'il les empoisonnait pour les regarder mourir et pour pouvoir se servir de ses observations dans ses livres, insista Bony.

— Oh, ça, c'est vrai, affirma l'homme. J'lui en ai parlé un jour, et il m'a répondu qu'entre deux séances de lapins il prenait parfois un chien du coin. Il teste des trucs sur eux.

— Et qu'il ne laissait jamais sortir sa femme.

— C'est c'qu'on dit, mais j'y crois pas. J'trouve qu'il faut pas noircir les gens. Il est déjà bien assez mauvais garçon comme ça.

— Très mauvais garçon, ajouta Bony d'un ton appuyé. Bon, eh bien, je vais me remettre en route. A un de ces jours, peut-être.

Continuant sa promenade en longeant les poteaux indicateurs, Bony admit que ce Clarence B. Bagshott devait avoir une personnalité peu banale. Il n'y a pas de fumée sans feu et, s'il avait réellement été mêlé à un meurtre — ou plutôt à deux, voire plus —, il pouvait très bien être mêlé à celui de Grumman.

Il passa devant une maison dont la pancarte, sur la grille, indiquait qu'il s'agissait du poste de police, mais il ne vit pas Mason. Puis il longea un garage flanqué de pompes à essence, et arriva finalement près d'une maison dont on n'apercevait que le toit, au-dessus de la haie de hauts cyprès. Il y avait un portail au bout d'un chemin latéral, et un autre devant l'entrée principale. Ce dernier était ouvert et, tandis que Bony s'approchait, une voiture en sortit. L'homme qu'on lui avait désigné dans l'autocar en descendit.

Clarence B. Bagshott était d'âge mûr, grand et mince. Il portait un pantalon kaki de grosse toile, une paire de vieilles chaussures, une chemise de toile, et n'avait pas de chapeau. Lorsqu'il referma le portail, Bony se trouvait déjà près de la voiture. Des yeux noisette pénétrants l'examinèrent. La brise soulevait les cheveux châtain foncé de l'écrivain, qui lui retombaient assez bas sur le front. Bony comprit à ce moment-là que les yeux noisette le reconnaissaient pour ce qu'il était… un sang-mêlé. Il dit :

— Vous avez beaucoup de chance de pouvoir habiter ici.

Bagshott sourit et répondit :

— Ça me change, après avoir trimballé mon balluchon à l'ouest du Paroo. De quelle région venez-vous ?

— D'un coin qui se trouve à l'ouest d'une ligne formée par le fleuve Paroo, au nord, et Longreach, répondit Bony.

— Non ! s'écria Bagshott, le visage rayonnant. Je n'ai pas mis les pieds dans l'Ouest depuis trente-deux. Comment ça va, là-bas ?

— Mal, en ce moment. On a sacrément besoin de pluies. Les troupeaux ont fondu.

— C'est pas brillant pour commencer l'été, hein ? Bon, il faut que j'y aille. (Bagshott fit le tour de la voiture, puis il s'arrêta et regarda par-dessus le capot.) Je me suis promis de passer un mois de vacances à Wanaaring. Vous connaissez ?

Bony fit un signe de tête affirmatif, l'odeur de cet endroit lui revenait aux narines.

— Je me suis promis un mois entier de bière à Wanaaring, poursuivit Bagshott. Pendant la première semaine, je serai obligé de marcher à quatre pattes, mais après je me sentirai très bien. Ça fait longtemps que je ne suis pas allé chez les gens civilisés. A un de ces jours !

Bony éclata d'un rire plein d'allégresse. La voiture recula vers le milieu de la route, puis tourna pour aller rejoindre la grand-route. Bagshott esquissa un sourire en passant et Bony continua à avancer. Il parcourut une centaine de mètres en examinant les pylônes peints. Puis il fit demi-tour, se promenant d'un pas tranquille, jusqu'au portail de Bagshott. Là, il s'arrêta deux secondes. Les traces de pneus étaient nettes sur la terre comprise entre le portail et la route. Les empreintes des chaussures de Bagshott l'étaient également, des chaussures de pointure quarante-six. Leur semelle était en crêpe, on voyait encore la marque, une marque connue. Ces chaussures, ou leurs jumelles, avaient laissé leurs empreintes sur la pente du *Chalet* et autour de la cabane de Bisker.

Satan part en promenade

C'était le samedi matin que Bony avait fait la connaissance de Clarence B. Bagshott et lui avait parlé devant son portail. En revenant au *Chalet*, il entendit le gong du déjeuner au moment où il remontait l'allée. Il était alors une heure et Fred se remettait à tondre la pelouse, après avoir déjeuné. Il avait terminé la partie gauche et il allait s'attaquer à la droite. Lorsque Bony pénétra dans la superbe salle à manger, les autres pensionnaires étaient déjà tous attablés.

— Vous êtes allé vous promener ? demanda Raymond Leslie.

— Oui, répondit Bonaparte. C'était une matinée idéale pour ça. Et il n'y a pas de doute, l'air de la montagne aiguise l'appétit. Je crois que je n'ai encore jamais vu d'air aussi pur qu'aujourd'hui. A propos, ça fait un moment que vous êtes là. Avez-vous fait la connaissance de Clarence B. Bagshott ?

— Non. Ce type est un parfait goujat.

— Avez-vous lu un de ses livres ? insista Bony.

Raymond Leslie se redressa sur son siège, et la pointe de sa barbe brun clair s'éloigna de son étroite poitrine d'un geste qu'il voulait superbement dédaigneux. Pour plus d'effet, il reposa couteau et fourchette avant de dire :

— Mon cher Bonaparte, quand je lis de la littérature, je lis de la littérature, pas de la camelote.

Il prononça ces mots avec tant de force et d'emphase que le couple Watkins cessa son bavardage suraigu sur la pêche à la truite dans un coin quelconque de Tasmanie, et que — Bony s'en aperçut — Mlle Jade dressa une oreille attentive. L'artiste avait capté l'attention de tout le monde dans la salle à manger, et il entendait bien la conserver.

— Les gens cultivés ne lisent pas la prose de Bagshott, poursuivit-il. Personne ne le connaît, hormis les lecteurs de feuilletons. Notre magnifique littérature australienne a dû surmonter bien assez d'obstacles comme ça pour pouvoir s'imposer sans que viennent s'y ajouter les niaiseries de Bagshott. On qualifie ses livres d'australiens, et malheureusement les gens les lisent, et c'est d'après ces échantillons qu'ils jugent la littérature de notre pays.

Leslie fusilla Bony du regard. Ce dernier dit d'un air d'excuse :

— Je vous ai seulement demandé si vous aviez lu ses livres. Pour moi, ce n'est pas le cas, je ne suis jamais tombé sur un de ses titres. Je me suis également permis de vous demander si vous l'aviez rencontré parce que ça fait un moment que vous êtes ici.

— Je n'ai aucun désir de le rencontrer, Bonaparte, lança Leslie non sans grossièreté.

La voix calme de M. Downes s'éleva alors :

— En fait, j'ai lu plusieurs de ses livres. Je les aime bien. Voudriez-vous insinuer que je manque de culture, M. Leslie ?

A la table de Bony, tous les regards convergèrent sur M. Downes, dont les traits étaient dépourvus de toute expression. Leslie allait dire quelque chose quand il regarda M. Downes dans les yeux. Pendant trois longues secondes, il fixa ces yeux sombres. Il sentit un frisson glacé lui glisser dans le dos et il bégaya :

— Euh... non... Downes, je ne dirais pas ça de

vous. Je parlais seulement en général, parvint-il à balbutier.

— Je suis heureux de l'entendre, Leslie, dit Downes en s'affairant avec son couteau et sa fourchette. Naturellement, je peux tout à fait comprendre votre enthousiasme pour la vraie littérature australienne.

Bony avait envie de rire en remarquant l'insistance avec laquelle il avait prononcé l'adjectif possessif.

— J'ai rencontré Bagshott ce matin, dit-il d'un ton léger.

La tension céda, laissant Leslie le bec dans l'eau. Bony lança un regard en coin à Mlle Jade. Elle avait les mains figées, la tête penchée dans un effort de concentration, et essayait d'écouter la conversation.

— Je passais par hasard devant chez lui quand il a sorti sa voiture, poursuivit Bony. J'ai fait une réflexion quelconque sur la région et il m'a semblé réagir avec beaucoup d'amabilité et de jovialité. Il m'a confié qu'il s'était promis d'aller passer un mois bien arrosé à la bière à Wanaaring.

— Pourquoi Wanaaring... quel que soit l'endroit où ça se trouve ? demanda Sleeman, ne cherchant plus maintenant à dissimuler son intérêt.

— Eh bien, voyez-vous, Wanaaring avait trois pubs et une quinzaine de maisons la dernière fois que j'y suis allé, expliqua Bony à l'assistance. Les habitants sont très chaleureux et ils s'y entendent vraiment pour boire de la bière, pas toujours très poliment, peut-être, mais en tout cas avec une grande efficacité. Soit il y fait très chaud, soit il y a des tourbillons de poussière, et le plus souvent les deux choses sont simultanées. Il y a également d'autres avantages.

Lorsque Bony s'interrompit, Sleeman l'encouragea à poursuivre :

— Eh bien, voyez-vous, là-bas, à Wanaaring, qui se trouve à quelques centaines de kilomètres à l'ouest de Bourke, en Nouvelle-Galles du Sud, on se sent libéré de certaines contraintes. Par exemple, un bonhomme ne se demande pas ce que ses voisins vont penser s'il ne porte pas de col. Et puis la police est à la fois aimable et diplomate. S'il vous arrive de vous retrouver à quatre pattes, ils prient vos amis de vous mettre au lit, ou de vous porter jusqu'à la prison locale pour que vous y restiez allongé jusqu'à ce que vous retrouviez vos esprits.

— Comment peut-on aller à Wan... l'endroit dont vous parlez ? demanda Sleeman.

— Vous feriez mieux de ne pas vous y risquer, suggéra Downes, et pour la première fois Bony vit un sourire sur le visage habituellement froid.

— Et Clarence B. Bagshott envisage d'aller à Wan... là-bas ? insista Sleeman. Mince alors ! J'aimerais bien l'accompagner.

Downes reprit la parole, avec le même sourire.

— Je vous assure que vous feriez mieux d'y renoncer, Sleeman. La police ne serait peut-être pas aussi tolérante si elle voyait deux types en train de marcher à quatre pattes en même temps.

— Ce qui veut dire ?

— Bagshott et vous, répliqua Downes, désarmant.

Mais cette idée n'en continuait pas moins à séduire M. Sleeman. Il était avide de renseignements sur Wanaaring et voulait savoir quel était le meilleur moyen de s'y rendre. Raymond Leslie garda le silence que lui avait manifestement imposé le regard de Downes. Le repas, qui avait désagréablement frisé la grossièreté, se révéla finalement parfaitement réussi et Bony se retira sur son fauteuil, à l'extrémité de la véranda, très content de lui.

Il était heureux de ne pas devoir pousser une tondeuse en ce paisible après-midi, heureux de pouvoir rester assis confortablement, de fumer et d'observer les couleurs qui jaillissaient sur les pentes des lointaines montagnes tandis que le soleil amorçait sa descente.

Le bruit de la circulation était plus insistant maintenant que les voitures ronronnaient sur la grand-route pour amener des promeneurs pour le week-end. Bony se rappela le dimanche précédent, où le *Chalet* semblait avoir fait le plein de pensionnaires et où la circulation avait été étonnante. Le marchand de fruits avait prédit une belle journée pour le lendemain, par conséquent, il y aurait encore davantage de voitures.

Bony somnola un peu, mais il ne pouvait pas vraiment s'endormir car il repensait au visage furieux de Leslie, puis à la voix glaciale de M. Downes et à ses yeux pénétrants qui avaient mouché l'artiste. Ce dernier s'était senti aussi penaud que quelqu'un qui voit débarquer sa femme dans son bar favori. Bony se réveilla un instant pour changer de position sur son fauteuil et, à ce moment-là, vit Fred, qui tondait toujours la pelouse, et fut légèrement irrité par la radio du salon, qui présentait une course de chevaux.

Lorsque ses yeux se refermèrent, il essaya à nouveau de se détendre, mais cette fois ce fut Bagshott qui ne cessa de le poursuivre. Il se demandait si les histoires qui circulaient sur son compte étaient vraies. Il se dit qu'il en discuterait avec Mlle Jade, qui semblait faire grand cas des bavardages locaux. Il n'en restait pas moins que Bagshott chaussait du quarante-six et que c'étaient des chaussures de cette pointure qui avaient laissé leurs empreintes sur la pente, la nuit où Grumman avait été assassiné, et autour de la cabane de Bisker, la nuit suivante.

Aujourd'hui, Bagshott ne portait pas les chaussures qui avaient laissé les empreintes, car la marque apposée sur la semelle de crêpe n'était pas identique à celle des chaussures de l'agresseur. Mais il faudrait surveiller Bagshott de près.

Le léthargique Bonaparte eut l'impression qu'il séjournait au *Chalet du Panorama* depuis un bon moment. Il n'était pas allé voir le colonel Blythe depuis maintenant cinq jours, et ce dernier devait avoir reçu au moins une lettre du colonel Spendor pour demander, en termes bien sentis, ce que Bony pouvait bien faire pendant tout ce temps.

Cette demande n'inquiétait pas Bony. Un homme avait été assassiné au cyanure dans cet établissement. Ses effets personnels, qui se trouvaient dans de lourdes malles et valises, avaient disparu. Un type du coin avait « chipé » les secrets inestimables de Grumman, et ce n'était que grâce à l'intervention de Dame Fortune que Bony avait pu mettre la main sur eux. Après l'ébullition, une période de calme avait suivi. C'était étrange, il y avait toujours des périodes de calme dans les enquêtes, et inévitablement elles cédaient la place à une autre période de surexcitation et d'action. Les actes criminels sont les plus étranges manifestations de la psychologie humaine. Ils ne se laissent jamais oublier bien longtemps, surtout les meurtres.

— Je ne peux vraiment pas vous permettre de dormir davantage, monsieur Bonaparte.

Bony ouvrit un œil, puis l'autre. Il fut bientôt debout, souriant en croisant les yeux sombres de Mlle Jade.

— Madame, je vous prie de m'excuser ! dit-il, retrouvant immédiatement son agilité d'esprit. Que je puisse dormir en votre présence est un crime. Est-ce que le toit nous est tombé sur la tête ?

— Non, mais George tombe à point nommé... avec le thé, et je me suis dit que j'allais le prendre avec vous. Vous permettez ?

Bony s'inclina très légèrement, et sa joie se lisait clairement dans ses yeux bleus mobiles.

— Rien ne saurait me faire plus de plaisir, mademoiselle Jade, affirma-t-il avec autant de conviction dans les yeux que dans la voix.

George attendait à côté de son chariot, juste derrière Mlle Jade, et avant qu'elle n'ait eu besoin de le lui demander, il apporta un fauteuil identique à celui que Bony occupait ; il en arrangea le coussin de ses mains expertes et il se hâta d'aller chercher une petite table qu'il disposa entre eux.

Au milieu de la véranda, juste à quelques pas des marches conduisant à l'allée qui séparait la pelouse en deux et arrivait jusqu'au portillon, un petit groupe était déjà en train de prendre le thé. Il y avait là les Watkins, Lee, Sleeman et Downes.

— Vous savez, mademoiselle Jade, murmura Bony, au début de l'après-midi, j'étais très heureux du nombre réduit de pensionnaires. C'était égoïste de ma part. Mais maintenant, j'en suis doublement heureux. S'il avait été plus important, vous n'auriez pas trouvé l'occasion de m'honorer ainsi.

Mlle Jade sourit et Bony l'en aima davantage. Un tel discours prononcé par quelqu'un d'autre aurait pu sembler artificiel, et elle aurait été prompte à en déceler le manque de franchise. Mais de la part de Bony, ces mots lui paraissaient naturels et sincères.

— J'aurais pu avoir d'autres pensionnaires, monsieur Bonaparte, mais après ce qui s'est passé ici, je me suis dit que ce serait injuste pour le personnel de lui imposer trop de monde. Les quelques personnes que nous sommes suffisent à l'occuper sans désorganiser les choses. La semaine prochaine, nous ferons à nouveau le plein. Je ne voulais pas être envahie par une bande de... euh... curieux, vous comprenez.

— Parfaitement. Les curieux qui ont de l'argent sont aussi importuns que ceux qui n'en ont pas.

Bony agita sa main libre pour désigner la scène qui s'étalait sous leurs yeux — Fred et sa tondeuse, au premier plan, se détachant sur le fond constitué par la vallée et les montagnes, maintenant si riches en couleurs que des artistes plus doués que Raymond Leslie n'avaient pas su les reproduire.

— Quel endroit superbe pour y vivre ! Vous savez, mademoiselle Jade, vous êtes une femme très gâtée.

— Oui, reconnut-elle. Il y a quelques années, quand je me suis trouvée au milieu des arbres et des fougères et que j'ai aperçu la vallée et les montagnes à travers les troncs, je me suis dit : c'est là que je vais construire la maison de mes rêves. Et voilà... elle est construite. Je n'ai cependant pas oublié les jours et les nuits que j'ai passés à avoir les pieds douloureux et le dos brisé, à l'époque où j'ai monté ma première pension. Je n'avais qu'une femme pour m'aider, et j'étais à la fois cuisinière, serveuse et gérante.

— Et le secret de la réussite, c'est... la personnalité, affirma Bony.

— Le secret de la réussite, c'est... l'organisation, lui opposa Mlle Jade. C'est savoir étudier chaque détail pour éliminer le travail superflu. Le succès ne dépend pas du physique de la personne qui vous accueille... sauf... sauf peut-être dans un bar.

Bony eut un petit rire.

— Me voilà remis à ma place... ou plutôt dans mon fauteuil. Dites-moi, comment vous entendez-vous avec les gens de la région ?

Les yeux sombres de Mlle Jade s'agrandirent un peu.

— Vous avez parlé aux gens... aux gens d'ici ?

— J'ai un peu papoté, admit-il. Je crois que je comprends maintenant votre réaction lorsque je nous imaginais dans la brousse et vous disais que vous m'appelleriez Bony et que je vous appellerais par votre prénom. Je regrette d'avoir involontairement causé ce petit éclat, au déjeuner, mais j'ai lu pas mal de choses sur Bagshott et j'ai été réellement intéressé en apprenant qu'il habitait là-haut. D'après les gens à qui j'ai parlé de lui — comme j'aurais parlé de n'importe quelle célébrité —, il serait quelqu'un de fort peu recommandable. Je me demande quelle est la part de commérages là-dedans.

— Qu'est-ce qu'on vous a dit ? demanda Mlle Jade, le regard soudain dur.

— Laissez-moi vous énumérer tout ça dans l'ordre. Premièrement, qu'il fréquentait une fille célibataire depuis de nombreuses années, car un enfant de huit ou neuf ans est censé être leur fils. Deuxièmement, que les services secrets avaient fait une enquête sur lui parce qu'ils le soupçonnaient d'envoyer des messages radio au Japon. Troisièmement, qu'il retenait sa femme prisonnière et qu'il était bien capable de la tuer à tout moment, puis de l'enterrer dans le jardin. Quatrièmement, qu'il avait été mêlé à un meurtre, à moins qu'il n'ait été mêlé à deux ou trois. Et cinquièmement, eh bien, je n'arrive pas à me rappeler le cinquièmement. Ce n'était certainement pas aussi spectaculaire que les points un à quatre, autrement je m'en souviendrais.

— Vous parlez sérieusement ? demanda Mlle Jade.

Bony fit un signe de tête affirmatif.

— Absolument, dit-il.

Mlle Jade se carra dans son fauteuil et se mit à rire. Son rire attira l'attention du groupe qui se trouvait près des marches, et parvint jusqu'à Fred qui regarda en direction de la véranda. Il avait tondu les trois quarts de la partie gauche de la pelouse et il s'attaquait maintenant à celle qui longeait la clôture du bas. A cet instant, Bony entendit un sifflement aigu à l'extrémité de la maison, hors de sa vue. Interrompant son travail, Fred leva les deux bras pour faire un signe vigoureux. Puis il se remit à la tâche et Mlle Jade, qui n'avait apparemment pas entendu le sifflement ni vu le geste de Fred en retour, dit d'un ton dans lequel le rire était toujours présent :

— Pour l'amour du ciel, monsieur Bonaparte, n'allez surtout pas poser la moindre question sur mon compte !

— Oh, vraiment ? s'écria gravement Bony. Seriez-vous encore moins recommandable que M. Bagshott ?

— Nous nous valons certainement. Il convient de faire attention quand on habite dans un hameau, vous savez. Il ne faut pas croire tout ce qu'on raconte sur M. Bagshott. C'est parfaitement idiot. Il y a maintenant plusieurs années qu'il habite ici. Les gens que je fréquente n'ont jamais dit de choses pareilles sur lui, à ma connaissance. Que se passe-t-il ?

— Je viens de me rappeler la cinquième chose sur Bagshott. On dit qu'il attrape des lapins et des chiens domestiques et qu'il les empoisonne pour observer leur agonie de façon à pouvoir décrire les effets du poison dans ses livres.

— C'est stupide ! protesta Mlle Jade, et pour la première fois Bony vit de la colère dans ses yeux sombres. J'ai un jour assisté à une réunion à laquelle M. Bagshott a pris la parole. Il m'a donné l'impression de ne pas mâcher ses mots et de n'accorder aucune importance à ce qu'on pouvait penser de lui. Il est fantasque ! Eh bien, moi aussi, je le suis quelquefois.

— Pour ma part, je le suis tout le temps. Dites-moi, est-ce que Bagshott est sociable ?

Mlle Jade regarda Bony de ses yeux calmes à présent.

— Je ne sais pas exactement. Il ne fréquente pas les gens que je connais ici.

— L'avez-vous déjà vu ?

— Seulement à la réunion dont je vous ai parlé.

— Pardonnez-moi. J'avais oublié. (Bony se détourna pour laisser son regard errer sur la pelouse, par-dessus la balustrade de pierre. Fred y était planté, les mains sur les hanches, et il fixait la partie qui montait en pente douce vers la maison.) Oui, poursuivit-il, comme dans tous les coins de campagne, les commérages vont bon train. Les gens de la brousse sont différents, vous savez. On dirait qu'ils ont des choses plus importantes en tête. En outre, ils sont très dispersés, et par conséquent très chaleureux et très humains. Je me demande ce que cet homme regarde avec autant d'attention.

— Il perd son temps alors que je le paie pour travailler, soupira Mlle Jade, qui était redevenue le chef d'une entreprise bien gérée.

Elle se leva et Bony l'imita aussitôt. Tandis qu'ils avançaient vers la balustrade, George quittait l'extrémité de la véranda avec son chariot. Mlle Jade s'exclama alors :

— Mais on dirait des marques de pas, sur l'herbe !

— Effectivement, admit Bony, très intéressé. Elles commencent là, près des marches, et longent l'allée, jusqu'au portail, ou alors jusqu'à l'endroit où Fred s'est arrêté de tondre. C'est assez extraordinaire.

En entendant George débarrasser la vaisselle du thé qui était sur leur table, Bony se retourna et l'appela doucement. Manifestant un intérêt poli, George vint se placer derrière Mlle Jade, un peu en retrait.

— Que pensez-vous de ces marques, George ? demanda Bony.

— Je... je ne sais pas, monsieur, répondit Bony. Elles ont l'air... elles ont l'air...

— Pour moi, elles ont l'air d'empreintes de bottes, insista Bony. Regardez la manière dont elles sont espacées, ici, au bout. Etes-vous souffrant, George ?

— Non, monsieur. Un léger mal de tête, c'est tout.

Les autres pensionnaires s'étaient rassemblés autour d'eux, et George se retira pour débarrasser la table de Mlle Jade et de Bony. Mlle Jade montra les marques étranges sur sa belle pelouse. Tout le monde reconnut qu'elles faisaient penser à des marques de pas, tout simplement.

— L'herbe paraît avoir été brûlée, elle est toute blanche, comme si quelqu'un avait versé de l'acide dessus, remarqua Downes.

— Comme si quelqu'un avait marché dans des chaussures métalliques brûlantes, ajouta Sleeman. Je n'ai jamais vu quoi que ce soit de pareil.

— Ça doit être le diable qui s'est promené, conclut Downes. Franchement, je me demande ce qui s'est passé.

Mlle Jade prit la parole, et il y avait de la colère dans sa voix.

— Alors pourquoi n'a-t-il pas pris l'allée, qui se trouve à un ou deux mètres à peine ? Peut-être l'homme à tout faire sait-il quelque chose là-dessus.

Elle fut la première à quitter la véranda, à descendre les marches, à longer la véranda et à emprunter l'allée qui menait au portillon. La grosse Mme Watkins la suivit avec son mari. Derrière eux venaient Sleeman et Lee. Downes jeta un bref coup d'œil en direction de George. Bony fit de même et vit le serveur debout près de la table, tenant à deux mains la vaisselle du thé, le regard tourné vers la pelouse. Puis Downes descendit les marches et Bony s'avança sur ses talons.

Bagshott fait parler de lui

— Fred, que signifient ces marques ici ? demanda Mlle Jade, foudroyant le malheureux de ses yeux écarquillés.

Fred retira son antique chapeau de feutre, renifla et examina les traces avec une expression de profonde détresse. Puis il leva la tête pour croiser les yeux sombres toujours fixés sur lui.

— J'sais pas, madame, dit-il. J'viens tout juste d'les remarquer.

— Tout juste de les remarquer ! répéta Mlle Jade. Mais enfin, vous avez tondu cette partie de la pelouse tout l'après-midi. Qu'est-ce que vous voulez dire par je viens tout juste de les remarquer ?

C'était une question difficile et Fred ne se risqua pas à y répondre. Il considéra tristement les marques qui traçaient presque une ligne droite sur le velours vert de la pelouse en pente. Puis, semblant soulagé d'une lourde responsabilité, il emboîta le pas à Bony qui s'avançait lentement, les mains derrière le dos, la tête penchée en avant.

Les marques de bottes ou de chaussures étaient aussi nettes que si elles avaient été imprimées dans du sable. La pointure était du quarante-six.

Chaque empreinte était presque parfaite, presque, mais pas tout à fait. De nombreux détails de première importance manquaient. Sur du sable, une telle empreinte aurait révélé à Bony des particularités telles que l'endroit où s'exerçait la pression la plus forte et la manière dont la personne qui avait laissé ces traces levait les pieds. Ces indications étaient vitales. L'herbe ne pouvait pas les révéler... elle était seulement capable de restituer une empreinte dépourvue de relief.

En arrivant à la lisière de la portion de pelouse qui n'était pas encore tondue, Bony comprit pourquoi il n'avait pas remarqué les marques quand il avait remonté l'allée avant le déjeuner. L'herbe qui n'avait pas encore été coupée mesurait environ cinq centimètres et elle poussait un peu dans tous les sens. Les endroits « brûlés » y étaient visibles, mais beaucoup moins nettement que dans la portion tondue. Bony constata que l'auteur de ces traces s'était dirigé vers le portillon, mais avait bifurqué dans l'allée juste avant d'y arriver.

A l'intérieur de la clôture métallique qui surmontait le talus de la route, il y avait une bande d'un peu plus d'un mètre qui n'avait jamais été tondue, et l'herbe, vigoureuse et drue, y atteignait environ vingt-cinq centimètres.

Bony resta à l'intérieur de la propriété et examina la surface de la pente qui menait à la route. La terre y était assez meuble. Il vit les traces qu'il avait lui-même laissées ce jour-là. Celles qu'il avait faites en allant se promener étaient partiellement recouvertes par d'autres, mais celles qu'il avait faites en revenant étaient intactes jusqu'à la route, ce qui indiquait qu'il avait été le dernier à remonter la pente. Il releva les traces de M. et Mme Watkins, celles de Fred, de Lee, de Sleeman, ainsi que de gens qu'il ne connaissait pas. Il apprit que quatre personnes étaient venues voir les Watkins.

Mlle Jade et ses pensionnaires étaient toujours rassemblés en haut de la pelouse. Fred se tenait près de sa tondeuse, indécis. Downes se trouvait entre Fred et lui-même, et il descendait lentement en suivant les empreintes. D'un pas tranquille, Bony marcha à sa rencontre.

— C'est vraiment étrange, remarqua Downes un instant plus tard, lorsqu'ils se retrouvèrent tous les deux au bord de la section qui n'était pas encore tondue.

— Très étrange, reconnut Bony. Je n'y comprends rien. Et vous ?

Downes secoua la tête. Bony s'agenouilla pour regarder les marques de plus près. L'herbe n'était pas brûlée, elle était simplement morte... parfaitement morte, jusqu'au ras du sol. Partout, sur la pelouse, l'herbe était épaisse. Bony sortit un canif d'une poche de sa veste et, avec la pointe de la lame, il se mit à dégager la plante au niveau de la racine. Puis, avec ses doigts, il arracha plusieurs racines, pour constater que près de la surface elles étaient également mortes. Il n'en découvrit de vivaces qu'à trois ou quatre centimètres de profondeur.

Il se releva et se dirigea vers la partie de la pelouse qui n'était pas encore tondue. Là, il s'agenouilla à nouveau près de l'une des empreintes. Il écarta les longs brins vivaces qui recouvraient quelque peu l'herbe morte. Il en préleva un brin, le trouva extrêmement friable, mais pas au point de pouvoir être facilement réduit en poudre dans sa main. L'herbe n'avait certainement pas été brûlée par la chaleur ou l'acide. Elle était simplement morte comme meurt une tige de blé mûr.

Il ramassa une poignée d'herbe morte qu'il montra à Downes, après s'être relevé. Celui-ci en saisit quelques brins, les approcha de ses yeux et les toucha du bout des doigts.

— On ne dirait pas que quelque chose les a brûlés, dit-il de sa voix froide et précise.

— Non, reconnut Bony. On dirait qu'ils sont morts naturellement. Mais ce qui ne peut pas être un phénomène naturel, c'est qu'ils soient morts en dessinant la forme d'une semelle. Voilà qui me dépasse.

— Moi aussi, avoua Downes.

Laissant retomber l'herbe qu'il avait prise des mains de Bony, il se retourna pour s'avancer vers Mlle Jade et les autres pensionnaires. Bony jeta ostensiblement la touffe qu'il avait ramassée, mais il en conserva discrètement une petite quantité qu'il fourra dans une de ses poches.

Fred reprit son travail. Plusieurs personnes demandèrent en même temps quelle pouvait bien être la solution de cette énigme, et Bony comme Downes ne surent que répondre.

— C'est la chose la plus extraordinaire que j'aie jamais vue, explosa Sleeman. Ça doit être le diable qui est venu tout droit de l'enfer pour se promener sur votre pelouse, mademoiselle Jade. Et nom d'un chien, ce qu'il a de grands pieds !

Il plaça l'un des siens sur une empreinte qui débordait largement de tous côtés.

— Quelle est votre pointure ? demanda Downes.

— Du trente-neuf et demi, répondit Sleeman. Oh, ce n'est pas moi qui ai fait ces marques, tout le monde peut le constater.

— Ce sont bien les empreintes d'un homme, n'est-ce pas ? s'écria Mme Watkins d'une voix aiguë.

Son mari l'assura que c'était le cas.

— Je me demande quand on a pu les faire, dit Lee, l'éleveur. Je n'ai jamais rien vu de pareil. Un type qui a cette pointure doit être bien plus grand que moi.

— Ou quelqu'un de plus petit que vous, mais qui a des pieds déformés ou anormaux, ajouta Downes. (Il remarqua George qui se tenait en haut des marches.) S'il vous plaît, George ! appela-t-il.

Le serveur descendit les marches. Son expression avait retrouvé sa politesse placide habituelle.

— Vous connaissez quelqu'un qui ait des pieds

aussi grands ? lui demanda Downes en désignant les marques.

— Non, monsieur, répondit George en regardant son interlocuteur dans les yeux. (Il mit l'un de ses pieds sur une empreinte et dit :) Pour ma part, je chausse du trente-neuf et demi.

— Je serais curieux de savoir depuis combien de temps ces marques sont là, dit Downes. Vous qui êtes de la campagne, Lee, vous devriez pouvoir nous le dire.

— Oui, monsieur Lee, vous devriez pouvoir nous donner une idée approximative, ajouta Mlle Jade.

Lee eut l'air un peu embarrassé.

— Quand la pelouse a-t-elle été tondue pour la dernière fois ? demanda-t-il.

— Laissez-moi réfléchir, murmura Mlle Jade avant de reprendre : Oui, je me souviens, maintenant. C'était samedi dernier.

— Eh bien, dans ce cas, les marques n'ont pas été faites avant samedi dernier, dit Lee en grimaçant un sourire. Ça ne vous aide pas beaucoup, hein ? Et vous, Bonaparte ? Avez-vous une idée ?

— Je ne m'y connais pas en pelouses, avoua Bony. Chez moi, il y a de l'herbe haute et tellement vivace qu'un rouleau compresseur ne lui ferait pas le moindre mal. A mon avis, ces empreintes ont quelque chose à voir avec le gel.

Cette réflexion provoqua d'autres questions, mais Bony les éluda en n'y répondant pas clairement. Il avait son idée sur la manière dont ces empreintes avaient pu marquer la pelouse de Mlle Jade de cette manière indélébile, et il était fortement enclin à penser qu'elles avaient été faites la nuit où Grumman avait été assassiné.

Les réactions de Downes, de Mlle Jade et du serveur présentaient quelque intérêt. Même en comprenant que l'on puisse éprouver une irritation légitime en constatant qu'on a abîmé une pelouse bien entretenue, on pouvait trouver la colère de Mlle Jade un rien exagérée. Bony se dit qu'elle servait peut-être à cacher un autre sentiment, ou bien une information qu'elle ne tenait pas à divulguer, par exemple, le fait que ces marques aient pu être laissées par Clarence B. Bagshott. Que deux hommes aient la même pointure au Mont Chalmers serait vraiment une coïncidence extraordinaire.

La curiosité manifestée par Downes pouvait très bien être provoquée par ce qu'on appelle communément un esprit scientifique. Il se demanda qui était Downes, d'où il venait et décida de prier Bolt de faire des recherches sur lui.

Quant à George, eh bien, son attitude avait de quoi surprendre. En voyant les empreintes, il s'était tout d'abord mis à bégayer et avait eu l'air souffrant. Il avait expliqué qu'il avait un léger mal de tête, mais n'avait pas manifesté la moindre indisposition quand il avait apporté le fauteuil de Mlle Jade et la table.

Et maintenant, nom d'une pipe... pour compliquer encore les choses, Fred était presque en train de courir en poussant sa tondeuse, et il sifflotait « Voici venir les cloches ». Après avoir essuyé une remontrance de la part de sa patronne.

Une fois le dîner terminé, Bony annonça à ceux qui se trouvaient au salon qu'il allait faire une promenade. Il sortit par le hall et par la porte de l'entrée principale, puis il descendit l'allée en fredonnant un petit air. Une fois arrivé à la grille, il fit demi-tour sans emprunter l'allée, en passant sous les arbres. Avant d'arriver à l'espace dégagé qui se trouvait devant l'entrée de la pension, il obliqua vers la cabane de Bisker, la contournant par-derrière et notant qu'elle était plongée dans l'obscurité. De cette manière, il atteignit l'arrière des garages, et enfin la grille ouverte qui menait à la route du haut.

Pour éviter de faire du bruit, il resta au bord de la route jusqu'au croisement avec la route principale qu'il emprunta alors. Il dépassa le chemin qui menait chez Fred, avec, en face, le magasin de fruits dans lequel il était entré le matin.

Il atteignit ainsi le garage et le poste de police. A cet endroit, il y avait un lampadaire électrique sur la route, et il ne pouvait pas être sûr que quelqu'un ne le verrait pas entrer. Dans le bureau, il trouva Mason, l'officier de police adjoint. Celui-ci se dépêcha de se lever et l'accueillit avec un sourire.

— Comment ça va ? lui demanda-t-il.

— Plutôt doucement. Et vous ?

— Plutôt durement, répondit Mason. Vous voulez vous asseoir ?

— Merci. Auriez-vous avoir l'amabilité de fermer la porte à clé, s'il vous plaît ? Vous avez un de vos hommes dans le coin ?... Bon ! Demandez-lui de surveiller le portail pendant que je suis là.

En revenant, Mason trouva Bony occupé à se rouler plusieurs cigarettes.

— Alors, quoi de neuf ? interrogea Bony.

— Rien de bien important, je regrette d'avoir à le dire. Je me demandais comment vous contacter parce que j'ai une lettre du commissariat pour vous. Tenez.

Bony déchira l'enveloppe et, à l'intérieur, il trouva un mot du commissaire Bolt. Il l'informait qu'un buste de plâtre avait été réalisé à partir des photographies de Marcus que la police du Victoria possédait. Un professeur d'anthropologie avait contribué à ce travail et il avait affirmé que le résultat, s'il n'était pas parfaitement exact en ce qui concernait les mensurations, était suffisant pour donner une bonne image de Marcus, ce qui s'ajouterait aux autres éléments d'identification. Lorsque les autres photos arriveraient de Londres, le buste serait modifié si besoin était.

Bony tendit la lettre à Mason au-dessus du bureau et il fuma pendant que le policier la lisait.

— Qu'ont donné les recherches, ici ? demanda-t-il.

Mason fit la moue.

— Je crois que nous n'avons rien négligé, répondit-il. Nous sommes allés chez tous ceux qui résident dans le coin de façon permanente et nous avons contrôlé tous ceux qui louent des meublés. Nous avons découvert une gargote clandestine, quatre tripots et un homme recherché pour vol, mais pas une seule trace de l'ami Marcus.

— Hum ! C'est décevant ! Vous avez un voisin qui s'appelle Bagshott. Vous savez quelque chose sur lui ?

— Des tas de choses, répondit Mason avec un grand sourire. J'ai lu tous ses livres et je sais tout de lui par un cousin qui travaille dans les services secrets à Perth, en Australie-Occidentale. Je suis allé le voir il y a trois jours pour lui faire signer un papier. Il est juge de paix. Quand je lui ai parlé de mon cousin, qu'il connaît très bien, il m'a invité à prendre le thé. J'étais pressé, mais il m'a dit que si je ne restais pas un moment avec sa femme et lui, il allait me secouer les puces.

— Avez-vous remarqué ses pieds ? demanda Bony.

— Pas spécialement. Pourquoi ?

— Il faut toujours faire... spécialement attention aux pieds, Mason. Ils vous en apprennent davantage qu'un visage sur le caractère de quelqu'un. Et puis, les gens ne peuvent pas se déplacer sans eux. Certains pieds peuvent même griller une pelouse parfaitement verte et luxuriante.

— Pardon ?

— Attrapez un stylo et du papier, et griffonnez donc pendant que je vais vous exposer ce qui s'est passé sur la pelouse du *Chalet du Panorama*.

Après avoir décrit les empreintes à Mason, qui prenait des notes, Bony poursuivit :

— J'ai mon idée sur ces empreintes, mais comme il ne s'agit encore que d'une supposition, gardez-la pour vous, s'il vous plaît. En revanche, j'aimerais bien que vous alliez en ville montrer vos notes à l'un des responsables des parcs municipaux. Vous lui demanderez son avis sur ce qui a pu faire ces marques. Il pourrait s'avérer nécessaire d'avoir l'opinion de deux experts. Vous vous rappelez que le corps de Grumman était vêtu d'une robe de chambre enfilée sur un pyjama et qu'il était évident qu'on l'avait descendu dans le fossé parce qu'on voulait l'y dissimuler. Ma théorie, c'est que les empreintes ont été faites par celui qui a transporté le cadavre de Grumman de sa chambre jusqu'au fossé. Le poids des deux hommes s'est conjugué pour exercer une pression considérable sur l'herbe fragilisée par le gel de cette nuit-là, suivi d'un dégel très rapide au lever du jour, de sorte que les brins d'herbe et les racines qui affleuraient ont été écrasés et que toute vie a été exterminée. Si c'est bien ce qui s'est passé, les marques ont été faites par l'assassin de Grumman. Et je commence à me dire que cet assassin est Clarence B. Bagshott.

— Hein ? s'exclama Mason.

— Bagshott chausse du quarante-six, affirma Bony. Et c'est la pointure des chaussures qui ont laissé leur empreinte sur la pelouse de Mlle Jade. Vous admettrez qu'une pointure aussi grande est rare. Mais n'oubliez pas que j'ai dit que je commençais à penser et non que je pensais que l'assassin de Grumman était Clarence B. Bagshott. Il faut que je confronte les empreintes de Bagshott à d'autres que j'ai observées dans la propriété du *Chalet*. Vous voyez donc à quel point il est important d'obtenir l'avis d'experts sur la manière dont ces marques ont pu être faites sur la pelouse.

Mason se carra dans son fauteuil et examina Bony en haussant les sourcils.

— Alors là, c'est vraiment étrange. Ça, on en apprend tous les jours ! dit-il lentement.

— Il n'y a que les imbéciles qui refusent d'apprendre, Mason. Je voudrais que vous fassiez également autre chose. Je ne suis pas très satisfait des renseignements que Bolt possède sur Mlle Jade et sur George, le serveur. Je ne doute pas que ces renseignements aient été vérifiés par vos services, mais je suggère une nouvelle vérification. Et puis il y a deux pensionnaires qui m'intéressent. Le premier est un artiste qui s'appelle Leslie. Il est ici depuis quelque temps et il connaît très bien la région. Trouvez-moi tout ce que vous pourrez sur lui, en plus de la déposition qu'il a faite le jour où le corps de Grumman a été découvert. Le lendemain, quatre nouveaux pensionnaires sont arrivés au *Chalet*. Notez leur nom, je vous prie. (Mason s'exécuta, sous la dictée de Bony.) Parmi eux, Downes paraît être le moins clair. Lee pourrait bien être plus intelligent qu'il ne le paraît. Les Watkins ne cessent de parler de leurs voyages, mais ce travers peut être affecté. Oh, à propos, donnez-moi une enveloppe.

Bony sortit de sa poche les brins d'herbe morte qu'il avait prélevés sur la pelouse de Mlle Jade et les plaça dans l'enveloppe fournie par Mason.

— Le responsable des parcs aura sans doute envie d'examiner ces brins d'herbe, qui ont été pris à l'endroit des marques de chaussures, expliqua-t-il. Dites au commissaire que j'aimerais qu'il envoie le buste de Marcus ici pour que j'y jette un coup d'œil. Et dites-lui également que je suis ravi de mes vacances fort reposantes et que je ne souhaite pas être dérangé. Puis-je utiliser votre téléphone ?

— Mais certainement.

Bony composa Windsor 0101. Il dut attendre trois minutes avant d'avoir le colonel Blythe au bout du fil. Mason l'entendit alors déclarer :

— Bonsoir, mon colonel ! M. Boniski Spiffoski à l'appareil... Oui, l'inspektoriski russiski... Vous n'étiez pas au courant ?... Je vous demande pardon !... Oh ! Le colonel Spendor est ennuyé par quelque chose... qui me concerne tout particulièrement... Oui. Dites-lui que je rentrerai bientôt. Je passe des vacances extraordinaires. Je pensais que ça vous ferait plaisir de le savoir et d'entendre ma douce voix. Non, je vous en prie, ne vous inquiétez pas pour le colonel

Spendor. ...Oui, je sais. ...Demandez à votre femme. Elle sait s'y prendre pour calmer le vieux garnement. ...Un avion !... Mais il n'est pas question que je retourne à Brisbane en avion. ...Non, je vais y retourner en faisant un crochet par Wanaaring. ...Oui, en voiture. Je vais passer un mois arrosé à la bière avec un de mes amis. ...du moins, je l'espère... Bonsoir !

Champignons et espadons

Le lendemain, qui était un dimanche, la circulation fut intense toute la matinée, surtout à partir de deux heures de l'après-midi. C'était un jour que Bony ne devait pas oublier de sitôt.

D'abord, la gel avait blanchi toutes les aires dégagées. La pelouse de Mlle Jade était toute blanche, mais pas les buissons qui la parsemaient. Ce dernier point rappela quelque chose à Bony : Bisker avait dit que les buissons étaient couverts de givre le matin du jour où le corps de Grumman avait été découvert. Depuis, il n'y avait pas eu de gelée.

La vallée était tapie sous un épais brouillard stagnant, un brouillard dont la météo estima ensuite l'épaisseur à plus de trois cents mètres. Lorsque Bony sortit sur la véranda du *Chalet du Panorama*, le soleil était déjà haut au-dessus des lointaines montagnes, et la vue lui coupa le souffle.

Dans la vallée, les nuages de brouillard ressemblaient à un bloc de glace compact. Au-dessus, au nord-ouest, très loin, se dressait une île qui n'était autre que le sommet du Mont Macedon. A l'est, surplombant le bloc de glace, un doigt gigantesque rejoignait le long bras du Mont Saint Leonard. A partir de là, la chaîne de montagnes décrivait un grand arc jusqu'aux Baw-Baws, côte bleue sous un soleil bas qui avait noyé tous les détails d'un large coup de pinceau indigo. Le champ de glace semblait presque atteindre la clôture de Mlle Jade. Sa surface avait une forme variée mais une couleur uniforme, d'un blanc scintillant. Très loin, vers le sud, on avait l'impression de voir voguer d'immenses icebergs qui réfléchissaient la lumière du soleil en un splendide jaune jonquille chatoyant. Vers la côte lointaine, le bloc de glace s'ourlait comme des vagues blanches sur le point de se briser sur un bouclier rocheux. Plus près, il s'étendait aussi plat qu'une pièce de damas de trois mille mètres carrés. Trois mille autres mètres carrés étaient plissés comme la traîne d'une robe de mariée.

Le soleil était chaud à l'endroit où se tenait Bony. Aucun souffle n'agitait les feuilles des arbres proches. Comme s'il provenait du ciel et non de la zone recouverte par la glace, le sifflement d'un train exprimait la douleur de se voir coupé du monde.

Deux heures plus tard, les icebergs du sud fondirent. On aurait dit qu'ils flottaient sur une mer de lait chaud. Les vagues qui ourlaient les lointaines montagnes littorales étaient devenues énormes. On avait l'impression que des soulèvements de terrain transformaient le fleuve de glace en collines et coteaux minuscules, et que le fleuve lui-même dépassait le *Chalet* pour glisser vers Melbourne et vers la baie. Le vent se leva, érigea les formidables masses de glace en remparts et creusa d'immenses et sinistres gouffres d'un noir d'encre.

Enfin, la vallée, les champs, les prés, la forêt émergèrent des gouffres pour venir à la rencontre du soleil, se déroulant sous les yeux ravis de Bony.

La seule fausse note était la voix de Mme Watkins qui ne cessait de s'exclamer : « Oh, comme c'est beau ! »

Le second événement qui rendit ce jour-là mémorable pour Bonaparte survint dans l'après-midi. Après avoir décidé qu'il irait se promener, l'inspecteur remonta la grand-route et arriva au jardin qui se trouvait au fond de la propriété de Clarence B. Bagshott. Cette partie n'était pas entourée d'une haie et, juste au-dessus du grillage, l'auteur de romans policiers en personne creusait la terre.

Bony s'appuya à un poteau métallique de la clôture et posa les coudes sur le haut du grillage. Il voyait la porte du garage légèrement sur la gauche. Devant lui, et derrière Bagshott, il y avait les deux fameux pylônes de TSF, qui avaient fait courir le bruit que l'écrivain aurait été en rapport avec le Japon. Puis Bagshott plongea sa pelle dans la terre compacte et se baissa pour farfouiller avec un bâton. Ce geste accrut tellement la curiosité d'un Bonaparte vigilant qu'il s'écria :

— Qu'est-ce que vous avez trouvé ?

Bagshott se tourna vers Bony.

— Sautez par-dessus la clôture et venez voir, lui cria-t-il.

Ce n'était pas une clôture facile à escalader, mais Bony parvint à le faire sans déchirer ses vêtements. Il s'approcha de Bagshott pour le voir retourner avec son bâton ce qui semblait être un minuscule œuf à coquille molle.

— Vous en avez déjà vu ? demanda l'écrivain sans lever les yeux.

— Non. Qu'est-ce que c'est ?

— Les naturalistes distingués l'appellent *Clathrus gracilis*, mais les gens ordinaires disent « clatre » ou « champignon à grillage ». Quand cette chose, qui ressemble à un petit œuf, « éclôt » ou se rompt, elle lâche une sorte de filet suffisamment grand pour recouvrir une balle de tennis. En même temps, elle dissémine ses spores. Je n'en ai encore jamais vu « éclore », mais je n'ai pas perdu espoir. Je viens de découvrir un filet il y a quelques minutes. Essayons de le retrouver. Par ici.

Bagshott avança sur son terrain, suivi par l'homme plus petit que tous les aspects de la vie fascinaient.

Avec détachement, Bony observa comment Bagshott levait ses pieds chaussés d'énormes chaussures. C'étaient de vieux brodequins qui avaient perdu leur lustre depuis longtemps en raison du rude traitement auquel ils étaient soumis. Les empreintes et les crimes furent néanmoins rapidement rangés dans un placard mental pour faire place au nouveau sujet d'intérêt qui occupait l'esprit des deux hommes.

— Ah... le voilà !

Bagshott s'immobilisa et se baissa. Bony l'imita. Il vit un objet délicat qui ressemblait à un filet capable, en effet, de recouvrir la surface d'une balle de tennis. Il était élastique et tacheté de divers bruns et verts ternes. Aucun fil n'était rompu.

— Si j'ai bien compris, il y a largement plus de cinquante mille espèces de champignons, remarqua Bony en prenant ce nouveau spécimen dans ses mains. Je n'avais encore jamais vu celui-ci. C'est vrai qu'il est extraordinaire !

— Oui. (Bagshott considéra le champignon que tenait Bony.) Je ne m'y connais pas beaucoup moi-même, poursuivit-il. Il y en a de très beaux, qu'on appelle « à rayons » ou « à arçons », et qu'on trouve sous les arbres qui sont tombés, dans les ravins de la région. J'en ai un ou deux chez moi. Il se conservent bien. Mais cette espèce de panier les bat tous. On ne croirait jamais que tout ce filet peut sortir d'un aussi petit œuf, n'est-ce pas ? Il paraît que, quand il sort de la coquille, il disperse ses spores puis enfle car il a la capacité d'absorber l'humidité.

— Il doit y avoir tant de choses merveilleuses sur cette montagne, dit Bony en s'apercevant que les yeux noisette l'observaient. C'est un endroit fascinant. Ce matin, j'ai observé le brouillard dans la vallée pendant près de deux heures. Je n'aurais jamais cru qu'il puisse exister un coin pareil en Australie. Vous savez, vous avez beaucoup de chance de vivre ici. Vous vous intéressez à l'histoire naturelle et à tout ça ?

— Oui... superficiellement. Il y a beaucoup de choses étranges ne serait-ce que dans ce jardin. Parfois, je tombe sur un thylacine [1]. On ne penserait jamais en trouver aussi loin des rivières, et ils sont presque blancs. Et puis, si vous vous promenez loin de la route, la nuit, écoutez donc les vers de terre. Ils font un bruit de succion, comme l'eau d'une baignoire qui se vide. Ils mesurent plusieurs mètres de long. Venez, je vais vous montrer ce champignon à rayons.

Bony quitta le potager consacré à la culture des légumes et des framboises, passa sous une arche ménagée dans la haie et pénétra dans le jardin qui entourait la maison, là où les arbres d'ornement et les buissons en fleurs construisaient un univers retranché. Ses yeux n'en oubliaient pas pour autant la surface des allées. Partout, il vit les marques des chaussures de Bagshott, et pas seulement de celles qu'il portait actuellement. Toutes ces empreintes avaient les mêmes caractéristiques, trahissant quelqu'un à l'esprit énergique, légèrement névrosé, et qui allongeait davantage la jambe droite que la gauche.

Comme il s'était promené dans les jardins botaniques urbains et avait vu beaucoup de parcs arrangés avec un ordre peu naturel, Bony trouva cet endroit original. Ici et là, il vit des perspectives bouchées, dans lesquelles les plantes semblaient pousser exactement comme la nature l'avait décidé, et il se dit que le sacrifice de la vue en valait la peine. En réponse à l'une de ses remarques, Bagshott était en train de dire :

— Oui, c'est une belle région. Mais comme tout le reste, l'animal humain en vient à moins apprécier la beauté au fur et à mesure qu'il se familiarise avec elle. Il y a des jours où j'ai la nostalgie des plaines de pierraille de l'intérieur, et j'ai envie de me fatiguer les yeux à scruter l'horizon infini. J'échangerais bien tout ça contre la brousse. Ici, on risque de devenir trop respec-

1. Mammifère de Tasmanie, de l'ordre des Marsupiaux. *(N.d.T.)*

table. (Il rit tout bas et se retourna pour lancer un coup d'œil à Bony.) Je trouve parfois la respectabilité fatigante. Un de ces jours, je vais filer.

— Vous avez passé de nombreuses années dans la brousse, n'est-ce pas ?

— Une vingtaine, répondit Bagshott. Et j'ai aussi pas mal bourlingué.

— Et vous êtes vraiment décidé à aller passer un mois à Wanaaring ?

— Et comment ! s'exclama Bagshott avec énergie. Ça fait maintenant dix ans que j'ai quitté la brousse. Mes dernières vacances remontent à l'avant-guerre, et je commence à devenir neurasthénique, déséquilibré, menacé d'une sénilité précoce. Vous le seriez vous aussi, si vous habitiez pendant un bon moment dans un endroit comme ça. Entrez donc.

Bony fut conduit dans une petite pièce meublée d'un bureau, d'un divan, de chaises à dossier droit et d'étagères bourrées de livres. Sur les murs, il y avait des illustrations originales, encadrées, tirées des œuvres du romancier. Il y avait également la peau d'un serpent qui paraissait gigantesque.

— Qu'est-ce que vous en dites ? demanda Bagshott en se rendant compte que Bony l'examinait. Beau spécimen, hein ? Je l'ai abattu moi-même. Vous voyez les marques de balles ? Il mesurait sept mètres de long.

Il était magnifiquement strié de lignes vertes qui partaient d'un ruban gris central, tout cela sur fond brun. Bony fut émerveillé.

— Ceci, dit Bagshott, est un morceau d'écorce arraché à un sorbier. On dirait vraiment une peau de serpent, n'est-ce pas ?

Bony dut toucher l'écorce avant de pouvoir le croire.

— Bon, asseyez-vous et soyez sage, lui ordonna Bagshott en indiquant un fauteuil.

Bony fut surpris. Jusque-là, il n'avait pas eu conscience d'être particulièrement turbulent. Puis son regard brilla de gaieté car il comprenait que son hôte voulait simplement le mettre à l'aise. Bagshott lui montra le spécimen de champignon à rayons, légèrement verni et maintenant aussi dur qu'un caillou, paraissant indestructible. Bony le tenait dans ses mains lorsque l'écrivain disparut.

Planté là sans explication, Bony inspecta la pièce dans laquelle étaient concoctées des intrigues policières. Elle était très masculine, confortable, bien que petite ; elle avait vue sur des arbres ornementaux, et au-delà sur la haute haie qui repoussait la grand-route à l'autre bout du monde.

Tout à fait par hasard, il aperçut un hameçon d'une taille exceptionnelle sur le manteau de la grande cheminée.

Il était en train de le tâter quand Bagshott revint. Bony avait l'esprit à mille lieues de là. Il se croyait assis à la poupe d'un bateau, ses mains galvanisées accrochées au-dessus du grand moulinet de la canne à pêche qui guidait un fil solide de plusieurs dizaines de mètres dans l'eau miroitante. Le gros poisson qui avait mordu à l'hameçon faisait sauter le fil. Lorsqu'il revint au moment présent, il s'aperçut que Bagshott l'observait avec une expression étrange.

— Si un jour vous voulez vous sentir vivre pleinement, allez pêcher l'espadon, dit-il.

— Je me suis déjà senti vivre pleinement, déclara Bony.

— Ah bon ? Où ça ?

— Au large de Bermagui. Vous êtes déjà allé par là-bas ?

— Alors là, vous parlez ! hurla presque Bagshott, les yeux animés, brillant d'étranges feux. Venez par ici.

Bony fut pratiquement arraché à son fauteuil et traîné dans une autre pièce. Là, montée sur une plaque, il y avait une tête de marlin. Bony se tenait au milieu de la pièce, levant les yeux vers le spécimen luisant, bleu et vert d'eau, l'un des plus grands poissons belliqueux de tous les océans. Bagshott parlait de pêche au tout-gros, mais ce qu'il disait ne s'enregistrait pas dans l'esprit de Bony, qui était électrisé par la tête et l'épée du poisson, ainsi que par l'énorme hameçon qu'il avait toujours dans les mains. Il sentait l'odeur de la mer. Il sentait tous ses nerfs tendus, attendant le moment de donner un coup sec. Un million d'images défilèrent devant ses yeux, mentalement, et il put revivre les plus grands moments de son existence.

Puis Bagshott et Bony se posèrent mutuellement des questions sans attendre les réponses. Mme Bagshott entra et son mari ne prit pas le temps de la présenter selon les règles. Elle l'avait accompagné dans ses parties de pêche, et elle s'y connaissait aussi bien que lui et que l'étranger qu'ils accueillaient dans leur maison.

Pendant cinq minutes, tout le monde parla en même temps, on montra à Bony des photos de poissons et de scènes de mer, de paysages de la côte qu'il reconnut aussitôt et qui lui remirent en mémoire certains moments de ses propres expériences. Puis il fut ramené dans le bureau par un Bagshott en ébullition. Là, Mme Bagshott avait déposé un plateau avec des gâteaux et du thé. La maîtresse de maison essayait vaillamment de savoir s'il prenait du sucre ou non, du lait ou non, et comme son mari bombardait Bony de questions sur la pêche au tout-gros, ce dernier commençait à ne plus savoir où il en était.

Mais il éprouvait beaucoup de plaisir. Quant à Mme Bagshott, elle ne semblait pas redouter le moins du monde d'être enterrée dans le jardin, bien que la foi puisse déplacer des montagnes, et que l'arsenic accomplisse des prodiges. Il prit congé de ses hôtes au portail du garage et s'en retourna vers le *Chalet*, l'esprit un peu perturbé par le mélange de champignons à grillage et à rayons, les poissons-épées, les peaux de serpent avec écorce et les marques de grandes chaussures imprimées dans la terre.

Il était arrivé à mi-chemin de la pension quand Mason le croisa. Mason revenait de la ville en voiture. Sans descendre, il annonça qu'il avait le buste de Marcus. Bony eut envie de démolir ce buste de Marcus. Mason avait également d'autres renseignements et Bony accepta de passer au poste de police un peu plus tard dans la soirée. L'inspecteur dit qu'il avait rendu visite à Bagshott, et Mason lui demanda s'il avait l'intention de le faire arrêter.

— Arrêter ! répéta Bony. Arrêter... pas question ! Enfin, quoi, je vais aller pêcher l'espadon avec Bagshott et sa femme !

Et il abandonna Mason qui le suivit des yeux à travers la vitre de la portière, une expression de parfaite stupéfaction peinte sur son visage.

Bony et l'art de la conversation

Au *Chalet du Panorama*, le baromètre accroché au mur du hall de la réception commença à descendre à partir de quatre heures, et quand Bony quitta les Bagshott, le ciel était bordé de festons blancs annonciateurs de vent et de pluie.

Il trouva Sleeman et l'artiste peintre au salon et fut invité à se joindre à eux pour boire un verre, mais il n'accepta qu'une tournée, sachant qu'il aurait du travail à faire au poste de police avant de se coucher ce soir-là.

A sa grande surprise, ce fut Alice, la femme de chambre, qui apporta la commande. Lorsqu'on lui demanda où était George, elle expliqua qu'il avait reçu un coup de téléphone de la ville. Il avait obtenu un congé pour le reste de la journée et reviendrait par le premier autocar qui quittait Manton le lendemain matin. Lorsqu'elle présenta son plateau à Sleeman, celui-ci posa un doigt sur le dos de sa main et lui dit :

— Veillez bien à ce que la porte de l'arrière-cuisine reste fermée ce soir, Alice. Il ne faudrait pas nous donner le même choc nerveux qu'hier. Toute cette histoire pour un rat !

La jeune fille rougit.

— Je déteste les rats, dit-elle. Ils me rendent malade de peur. Les serpents, ça, ça m'est égal. J'en ai tué plusieurs chez mon père, mais les rats, j'en ai horreur, monsieur. Merci, monsieur.

Après avoir récupéré la note signée par Sleeman, Alice sortit par la porte de service. Raymond Leslie commença à raconter une histoire qui n'intéressait pas énormément Bonaparte. Ce dernier fut heureux de pouvoir s'éclipser après s'être forcé à sourire au moment du dénouement.

Au dîner, il s'aperçut que Downes était absent. Lorsqu'il en fit la remarque, on l'informa qu'il avait eu des visiteurs dans l'après-midi et qu'il était parti avec eux. On lui dit également que les Watkins avaient quitté la pension. Voyant alors Mlle Jade assise seule à sa table, il se leva, traversa la salle à manger presque déserte et s'inclina devant elle.

— Madame, j'ai une faveur à vous demander, dit-il doucement.

Mlle Jade leva la tête pour croiser les yeux brillants de Bony, et elle se dit qu'il n'essayait pas de jouer la comédie ou de faire de l'humour. De sa main gauche, il indiqua la table à laquelle étaient assis les trois hommes qui étaient restés à la pension.

— Si vous vouliez bien dîner à notre table, mademoiselle Jade, nous en serions honorés et je suis sûr que nous essaierions d'aborder des sujets de conversation intéressants.

Mlle Jade se leva.

— C'est très aimable de votre part, monsieur Bonaparte, dit-elle sur le ton qu'elle employait toujours avec les pensionnaires. J'en serais ravie. Demain, nous allons avoir un afflux de nouveaux pensionnaires et la salle à manger n'aura plus l'air aussi déserte.

— Voilà de bien mauvaises nouvelles, déclara gravement Bony. Une maison remplie de pensionnaires va détourner votre esprit des heureux hommes que vous faites de nous ce soir. (Ils s'approchèrent de la seule table utilisée et Bony dit d'un ton solennel :) Messieurs, Mlle Jade nous fait le grand honneur d'accepter de dîner avec nous. Je lui ai promis que nous aurions une conversation intelligente.

— Nous allons faire de notre mieux, affirma Lee, l'éleveur, en avançant une chaise à Mlle Jade.

Ce dîner, avec Mlle Jade à sa table, fut le troisième élément de cette journée que Bony devait se rappeler pendant longtemps. La présence de la jeune femme fut stimulante pour eux tous, et celle de ses clients fut stimulante pour elle. Elle se montra vive et rivalisa de reparties avec l'artiste peintre et Bonaparte.

Peu après huit heures et demie, Bony pénétra dans le poste de police du Mont Chalmers et il eut la surprise d'y trouver le commissaire Bolt en compagnie de Mason. Lorsqu'il s'avança dans le bureau, Mason s'empressa d'aller fermer la porte d'entrée. Remarquant la tenue habillée de Bony, Bolt dit :

— Ça, il n'y a pas de doute, certaines personnes se débrouillent pour tirer le bon numéro, dans la vie. Vous voilà en train de vous balader toute la journée, de manger et de boire aux frais des contribuables, alors que les gens ordinaires, comme Mason et moi, doivent travailler pour gagner leur croûte.

— C'est un véritable scandale, commissaire, compatit Bony. Mais dites-moi donc pour quelle raison vous êtes venu jusqu'ici ce soir, dans une voiture de police entretenue par les contribuables.

— C'est vous que je voulais voir, Bony, gronda l'énorme bonhomme. Un de vos amis m'a téléphoné et m'a demandé d'aller vérifier que vous n'étiez pas devenu cinglé. Il a l'air de penser que vous déraillez.

— Vraiment !

Bolt fit un signe de tête affirmatif et poussa une enveloppe réglementaire vers Bony.

— De la part du colonel Blythe, expliqua-t-il. Il m'a dit qu'elle contenait un mot que lui a envoyé votre patron, et que je devais m'assurer que vous le lisiez bien. Il a l'air de penser qu'un excès de luxe vous ramollit le cerveau, et il vous suggère de suivre le conseil de votre supérieur et de rentrer chez vous.

Bony, qui était en train de se rouler une cigarette, leva les yeux. Il n'accueillit pas ces paroles par un sourire mais déclara lentement :

— Il y a des fois où mon patron — et d'autres personnes que je ne nommerai pas — me fatigue énormément. Son principal défaut consiste à me confier une affaire et à exiger impatiemment des résultats instantanés. Il m'a mis à la disposition du colonel Blythe et presque aussitôt il a exigé mon retour. Je préfère ne pas penser à ce que ma carrière aurait été si je lui avais prêté la plus légère attention. Allons, remettons-nous au travail... les affaires passent avant le plaisir. Avez-vous de nouveaux développements à annoncer ?

Le commissaire Bolt soupira et secoua la tête.

— Marcus nous a filé entre les doigts, avoua-t-il. Et aucun bagage appartenant à Grumman n'a refait surface, pas le moindre. Je commence un peu à m'inquiéter de ne pas avoir avancé d'un pouce. Notre patron est un peu comme le vôtre, il exige lui aussi des résultats immédiats. Que pensez-vous de tout ça ?

— Qu'il faut s'armer de patience, répliqua Bony. Avez-vous pu vérifier les informations sur les personnes dont j'avais donné le nom à Mason ?

— Oui. (Bolt sortit un carnet d'une poche et il en feuilleta plusieurs pages.) La femme, Eleanor Jade, n'a pas un passé qui pose problème. Elle a commencé modestement et, quand elle a demandé l'autorisation de servir de l'alcool, la police a donné son accord. Tout est clair et impeccable. La même chose ne peut pas être dite du sommelier, George Banks. Il nous a déclaré qu'il était employé chez Mlle Jade depuis trois mois, et qu'auparavant il avait travaillé dans divers hôtels après avoir été libéré de l'armée de l'air. Il a bien travaillé dans divers hôtels pendant les périodes précisées dans les références qu'ils nous a montrées, mais quand nous l'avons décrit à ceux qui avaient rédigé ces références, aucun n'a été capable de le reconnaître. Banks est brun, il a le teint pâle et une taille moyenne. Alors que l'homme qu'ils décrivent tous comme étant le George Banks qu'ils ont employé mesure un mètre quatre-vingts, est mince, a les cheveux blonds et les yeux gris. Nous pensons donc que George Banks n'est pas le vrai nom du sommelier, et qu'il a chipé ou emprunté ces références. Le véritable George Banks n'a pas été retrouvé jusqu'à présent. Je n'ai pas cuisiné le serveur du *Chalet*, en me rappelant notre accord sur nos sphères d'activité respectives.

— Merci, commissaire. Et les pensionnaires ?

— Eh bien, à mon avis, Raymond Lee est assez transparent, poursuivit Bolt. Il est très connu dans sa branche et les vérifications n'ont pas permis de découvrir la moindre faille dans sa déposition. Votre autre ami, Wilfred Downes, n'était pas au *Chalet* le soir du meurtre de Grumman. J'ai envoyé un homme questionner un peu Mlle Jade pendant que vous étiez en train de déjeuner. Elle a déclaré qu'à sa connaissance Downes était rentier. Il est déjà venu dans sa pension de St. Kilda en 1937, et y est resté environ six semaines. Il l'a appelée au téléphone le soir où on a découvert le corps de Grumman. Il lui a dit qu'il avait entendu parler de son nouvel établissement et lui a demandé s'il pouvait retenir une chambre. C'est tout ce que nous savons à son sujet. Nous n'avons pas terminé les vérifications sur Lee et les Watkins.

Bony regarda calmement l'homme corpulent, se pinçant la lèvre inférieure entre le pouce et l'index.

— Merci, commissaire, dit-il. Et vous, Mason, qu'avez-vous appris auprès des responsables de parcs ?

— De quoi appuyer votre théorie, répondit l'officier de police adjoint. Le mélange d'herbe de cette pelouse convient parfaitement à la région. Les deux experts que j'ai interrogés sont d'accord pour dire que les marques ont été causées par un poids anormal au moment où l'herbe était raidie et fragilisée par le gel. Ce poids excessif a écrasé les brins et les racines de surface, puis, pendant le rapide dégel, l'action du soleil a brûlé l'herbe endommagée qui n'a pas pu se remettre des effets du gel, contrairement à l'herbe qui n'avait pas été abîmée.

— Quelle est l'importance de toutes ces sacrées empreintes ? intervint Bolt. Mason m'a raconté ce que vous lui aviez dit, mais à quoi rime tout ça ?

— Eh bien, à mon avis, voilà comment les choses se sont passées, dit Bony en commençant son explication. Après avoir été empoisonné, Grumman a été transporté hors de sa chambre. On lui a fait traverser la pelouse, passer le portillon, et on l'a descendu dans le fossé, là où il a été retrouvé. Grumman pesait environ soixante-dix kilos. Le poids de celui qui a transporté le corps est venu s'y ajouter et tout ce poids était concentré dans les semelles d'un seul homme. Lorsque l'assassin de Grumman a descendu la pelouse avec le corps, il a laissé des empreintes aussi claires que s'il avait marché sur du sable, et les semelles ont marqué l'herbe autant que si elles avaient été passées au fer rouge.

— Ah ! souffla Bolt. Et vous êtes expert en traces de pas, c'est bien ça ?

— Je me débrouille, reconnut modestement Bony.

— Alors vous connaissez la pointure des chaussures ?

— Oh, oui ! Du quarante-six.

— Du quarante-six ! Ce sont les mêmes chaussures, ou les mêmes bottes dont vous avez vu les marques sur la pente la nuit où Grumman a été supprimé.

— Je connais l'homme dont les chaussures ont très probablement laissé ces marques.

— Hein ? s'exclama Bolt. Vous connaissez l'homme qui a fait ces marques ?

— Pardonnez-moi, mais ce n'est pas ce que j'ai dit.

J'ai dit que je connaissais l'homme dont les chaussures avaient très probablement laissé ces marques.

Deux regards plongèrent dans les yeux de Bony. Celui-ci garda le silence.

— Eh bien, parlez donc ! dit le commissaire d'une voix pressante. De qui s'agit-il ?

— Il ne serait pas honnête de ma part de donner le nom de l'homme dont les chaussures ont très probablement laissé ces marques sur la pelouse de Mlle Jade, objecta fermement Bony. Quand je connaîtrai le nom de l'homme dont les pieds étaient dans les chaussures en question, je vous suggérerai de faire le nécessaire pour son arrestation.

— Vous pensez donc que les chaussures qui ont laissé ces marques ont été volées et utilisées pour cette occasion ? demanda Bolt.

— C'est bien possible. Je ne suis sûr de rien. Mason, je vous serais reconnaissant d'aller chez les Bagshott demain pour les avertir qu'il y a dans la région un homme qui prétend ramasser des vêtements et des chaussures à l'intention des victimes de guerre d'Europe. Dites-leur que cette personne a mauvaise réputation et que la police voudrait savoir si elle s'est présentée chez eux et s'ils lui ont donné vêtements ou chaussures. Vous voulez bien vous en charger ?

— Certainement.

— Pourquoi aller embêter les Bagshott avec ça ? demanda Bolt.

— Parce que les traces qui se trouvent sur la pelouse de Mlle Jade ont été laissées par des chaussures ou des bottes de pointure quarante-six et parce que Bagshott a précisément cette pointure.

— Oh... oh ! souffla le commissaire.

— Je soutiens que ce n'est pas parce que les chaussures de quelqu'un ont laissé certaines empreintes qu'il s'ensuit automatiquement que les pieds de ce quelqu'un étaient dans les chaussures quand les marques ont été faites.

— Et vous avez une raison de penser que les pieds de Bagshott n'étaient pas dans ses chaussures quand elles se sont posées sur la pelouse de Mlle Jade ?

— Voilà, commissaire, qui résume bien la situation. Et maintenant, permettez-moi de passer quelques minutes avec le buste de notre cher ami Marcus.

Mason se mit à déballer une caisse de beurre ordinaire.

— Le professeur Phisgig précise bien que le résultat n'est qu'une approximation grossière, signala Bolt. Le visage présente une ressemblance remarquable avec les photographies. C'est la forme de la tête qui n'est pas exacte, selon lui.

Mason posa sur le bureau un buste de plâtre. Il avait des proportions tout à fait normales. Il aurait pu être une copie de sculpture grecque. Les traits possédaient une régularité classique.

Bony le regarda pendant une bonne minute. Pendant presque tout ce temps, il l'examina de profil, puis il l'étudia de dos pendant trois minutes. Finalement, il le déposa par terre et le toisa d'en haut, observant la nuque. Bolt fumait avec impassibilité. Mason ne faisait rien et se contentait de fixer le buste sans mot dire.

— Si Lombroso était encore en vie et pouvait examiner cette tête pour essayer de déterminer la personnalité de ce sujet, il dirait que Marcus était un gentil garçon issu de la haute bourgeoisie, remarqua Bony.

— Au lieu de quoi c'est un mauvais garçon issu d'une famille aristocratique, rectifia Bolt. Ce criminologiste italien se trompait de temps en temps.

— Je suis cependant d'accord avec lui pour dire que le génie est une forme de dégénérescence, déclara Bony. Je ne le suivrai pas plus loin. Chaque règle a toutefois ses exceptions, et la règle c'est que le mal qui existe dans l'esprit s'inscrit dans les traits. Marcus est une exception. A propos, je ne me trompe pas, il est bien indiqué dans vos dossiers que Marcus se trouvait dans le Victoria en 1937 ?

— Oui. Il a tué un dénommé Langdon au mois de juin de cette année.

— Et il n'a pas été arrêté ?

Bolt secoua la tête. Bony se leva.

— Je vais repartir, annonça-t-il. Merci de votre aide, messieurs et chers collègues. J'ai l'intuition que Marcus n'est pas aussi loin que certains faits et hypothèses nous l'ont laissé penser.

Ombres chinoises sur fond de ciel

Il était dix heures moins le quart quand Bony pénétra de nouveau au salon du *Chalet*. Il le trouva occupé par Sleeman, Downes et Lee. Sleeman était endormi, Lee lisait et Downes, assis à une table, rédigeait son courrier. Downes demanda à Bony :

— Vous croyez qu'il va pleuvoir ?

— On dirait bien, répondit Bony. Le vent est au nord et les seules étoiles qu'on voit sont à l'est. Demain, il n'y aura pas de brouillard sur la vallée. Ça valait le coup d'œil, hein ?

— Oui, c'était un beau spectacle. Vous voulez prendre un verre ?

Sleeman se réveilla suffisamment pour grommeler quelque chose et Downes le considéra avec un léger mépris. Bony secoua la tête, sourit, attrapa un magazine et s'installa dans un fauteuil. Downes se remit à écrire.

Mlle Jade ne se montra pas et Bony se demanda où elle pouvait bien être car, en passant dans le hall, il avait vu le bureau plongé dans l'obscurité. Lee se leva alors et vint s'installer à côté de lui. Cet homme corpulent se déplaçait avec une légèreté surprenante.

— Comment ça se passe chez vous, avec les pluies ? s'enquit-il pour amorcer la conversation.

M. Bonaparte, qui se faisait passer pour un éleveur

de l'ouest du Queensland, fut en mesure de répondre à cette question avec une certaine précision, car il avait étudié les bulletins météorologiques des six derniers mois, à tout hasard.

— Nous avons eu une bonne pluie fin juillet, et une autre pendant la troisième semaine d'août, dit-il. Les troupeaux se portent assez bien. Je suppose que vous voudriez bien avoir un peu plus d'eau chez vous.

Ils discutèrent de problèmes d'élevage jusqu'au moment où Downes rangea ses lettres dans sa poche et vint les rejoindre.

— Que diriez-vous d'un verre... avant que Sleeman ne se réveille ? suggéra-t-il. J'aimerais bien en prendre un avant d'aller me coucher.

— Je suis partant, dit Lee.

— Moi aussi, mais j'insiste pour que ce soit ma tournée, dit Bony. Et tout comme vous, un seul me suffira.

Lee éleva une protestation. Downes le considéra de ses yeux tranquilles, un sourire froid aux lèvres. Il murmura :

— Si vous voulez vraiment vous lancer dans une beuverie, je vous suggère de réveiller Sleeman une fois que Bonaparte et moi nous aurons pris notre petit verre avec vous. Toutefois, comme Bonaparte insiste pour que ce soit sa tournée et comme c'est moi qui ai abordé le sujet, nous prendrons deux verres, et je paierai moi aussi une tournée.

— Allez jusqu'à trois, pour contenter tout le monde, implora Lee.

— Mon cher ami, c'est déjà magnanime de ma part d'avoir accepté d'aller jusqu'à deux, répliqua Downes sur un ton qui ôta à Lee toute envie de poursuivre la discussion.

Downes s'avança jusqu'à la sonnette pour commander les boissons et Alice entra avec son plateau.

— A quoi ressemble cet endroit... vous savez, celui dont vous nous avez parlé hier soir, où Sleeman voulait aller se traîner à quatre pattes avec Bagshott, l'écrivain ? demanda Downes à Bony.

— Wanaaring ! répondit Bony avec un grand sourire. Eh bien, comme la plupart des villes de l'intérieur, Wanaaring ne connaît malheureusement plus la même prospérité qu'autrefois. Pourqûoi Bagshott l'a choisie, ça, je n'en sais rien. Plusieurs routes convergent sur Wanaaring, en direction de toutes les exploitations de la région. Et, bien entendu, les éleveurs et les ouvriers agricoles ont une énorme soif à étancher quand ils se rendent en ville.

— Comment ferait Bagshott pour s'y rendre... s'il avait vraiment l'intention d'y aller ? insista Downes.

— Il irait jusqu'à Mildura en voiture, puis il longerait le Darling jusqu'à Wilcannia, et de Wilcannia il se dirigerait vers le nord-ouest en passant par Momba et plusieurs autres grandes exploitations dont j'ai oublié les noms.

— Hum ! murmura Downes. Vous savez, cette balade commence à légèrement me tenter. Je ne me suis encore jamais aventuré au fin fond de la brousse. J'ai bien envie d'acheter une voiture et d'y aller voir. Bagshott décrit bien le coin.

Ce sujet les occupa jusqu'au réveil de Sleeman, lorsque Downes et Bony se levèrent pour se retirer dans leur chambre. Ils laissèrent Lee en compagnie de Sleeman, qui sonna Alice. Ils se dirent bonsoir dans le couloir, la chambre de Downes étant un peu plus loin. Il était alors onze heures moins cinq.

A onze heures et quart, Bony éteignit la lumière et s'assit dans son fauteuil. Il attendit encore un quart d'heure, puis, sans bruit, il releva le châssis de sa fenêtre et enjamba le rebord pour s'enfoncer dans la nuit. Il avait retiré ses vêtements habillés et, au lieu de sa chemise blanche et de son col empesé, il avait un foulard de laine bleu autour du cou. Des tennis de toile noire remplaçaient les souliers fins.

Il n'avait pas de but bien défini en quittant sa chambre par la fenêtre à une heure aussi peu avancée. En revanche, il savait ce qu'il avait l'intention de faire beaucoup plus tard.

Le plan que Bisker avait sommairement tracé de la maison et de ses dépendances était très précis et Bony en avait mémorisé tous les détails. Il connaissait déjà, bien sûr, la disposition des chambres et des salles communes, mais il n'était pas aussi familiarisé avec les chambres du personnel, les réserves, et la raison d'être des dépendances.

Après être passé par la fenêtre, il avança jusqu'à l'angle gauche du bâtiment principal. C'était là que se trouvaient les chambres occupées par le personnel ; le cellier, le garde-manger et la lingerie représentaient la pointe de cet angle.

Chez les pensionnaires qui logeaient de ce côté, à l'arrière, il n'y avait pas une seule lumière, mais il y en avait une dans la chambre de la cuisinière, qui se trouvait à l'extrémité de la partie réservée au personnel. Bony était invisible, car il faisait très sombre, à cause des nuages bas sur la montagne. Il contourna l'aile du personnel et arriva à la réserve de bois de Bisker, qui contenait environ une tonne de bûches. Passant par-derrière, il croisa l'allée qui menait à la grille que Rice avait franchie en venant du poste de police. Ensuite, il contourna l'arrière de plusieurs garages et arriva derrière la cabane de Bisker.

Il n'y avait pas de lumière à l'intérieur. Il ouvrit tout doucement la porte. Un ronflement révéla la présence de Bisker. Tout aussi doucement, il referma la porte. Le store était baissé et il faisait encore plus noir qu'à l'extérieur. Avec difficulté, il alla jusqu'au lit, repéra la caisse sur laquelle il y avait le réveil, les deux pipes, le tabac, le canif, les allumettes, le tire-bouchon et la lampe-tempête. Il tâtonna pour trouver l'épaule de Bisker sous les couvertures et, avec douceur et persévérance, il la tapota jusqu'à ce que l'homme finisse par se réveiller.

— C'est moi, Bonaparte ! N'élevez pas la voix, murmura-t-il.

Bisker, qui commençait à demander qui était là, obéit.

— Qu'est-ce qui s'passe ? Y a du nouveau ? dit-il.

— Non, tout va bien. Je voudrais vous parler un petit moment. Je ne vous retiendrai pas longtemps. Quand est-ce que George est parti ?

— Il a pris l'autocar de trois heures et demie. Il a promis d'être de retour demain matin.

— Vous a-t-il dit où il comptait aller ?

— Oui, répondit Bisker. Il a dit qu'il voulait voir un copain matelot et qu'son bateau restait seulement trois jours au port.

— Vous l'avez vu partir ?

— Oui.

— Comment était-il habillé ?

— Il en jetait. Chapeau mou, costume croisé bleu marine, et tout et tout.

— Est-ce que vous vous êtes trouvé tout près de lui, à un moment ou à un autre ?

— Aussi près que d'vous maint'nant. Pourquoi ?

— Est-ce que ses vêtements sentaient la naphtaline ?

— J'peux pas dire que j'aie fait attention, répondit Bisker.

— Bon ! Nous en resterons là. Est-ce que vous vous êtes déjà trouvé à l'intérieur du cellier ?

— Oui, des tas d'fois, pour y apporter des caisses de bouteilles et parfois pour sortir les caisses vides.

En posant d'autres questions, Bony apprit que le cellier était assez grand et qu'il mesurait environ six mètres sur trois. Il avait été utilisé comme bar, mais on avait cessé d'y admettre des pensionnaires douze mois plus tôt. La réserve de vins, d'alcools et de bière était toujours bien pourvue, d'après Bisker. Et la porte était munie d'une serrure Yale, tandis que l'intérieur des fenêtres était protégé par d'épais barreaux.

— George a une clé, je suppose ? demanda Bony.

— Oui, c'est ça.

— Vous croyez qu'il a remis cette clé à Mlle Jade ou à la secrétaire avant de partir ?

— J'saurais pas vous dire. J'suppose que oui... pour le cas où il reviendrait pas.

— Mais il reviendrait sûrement chercher ses affaires ?

— Bien entendu. J'avais pas pensé à ça.

— Avez-vous une raison de penser qu'il pourrait ne pas revenir ?

— Non. J'ai dit ça comme ça.

— Très bien ! Une dernière question : quel genre de serrure y a-t-il sur la porte de la chambre de George ?

— Une serrure ordinaire. Sa chambre est à côté du cellier.

— Et de l'autre côté, il y a un débarras et les trois pièces où dorment les deux femmes de chambre et la cuisinière. Je ne me trompe pas ?

— C'est exact, monsieur Bonaparte.

Bisker avait envie de poser des questions à son tour, mais, se rappelant l'admonestation de Bony, il garda le silence. Comme Bony ne reprenait pas la parole, au bout de trois minutes, il finit par demander :

— J'peux vous être utile en quoi qu'ce soit ?

— Si vous voulez, je crois que je pourrais vous faire faire quelque chose de très utile.

— Ça m'va. J'peux m'habiller dans l'noir.

— Bien ! Auparavant, dites-moi si vous avez vu revenir M. Downes.

— Oui, et j'l'ai aussi vu partir.

— Est-ce qu'il est revenu avec les gens qui l'avaient emmené ?

— Avec le même type. Il n'y avait qu'un bonhomme et il conduisait la voiture. Il était arrivé à deux heures et demie et ils sont revenus juste avant neuf heures. La voiture était une Studebaker.

Le type qui conduisait était petit. Il m'a envoyé dire à M. Downes que M. Jackson était venu le voir.

— Et ce M. Jackson n'est pas entré du tout dans la pension ?

— Non. Il est resté dans la voiture.

— Bon. Maintenant, passons à M. Leslie. Est-ce que vous l'avez vu sortir après le dîner, ce soir ?

— Oui. Il est sorti peu après huit heures. Il a descendu l'allée qui donne sur la route. Mais j'l'ai pas vu rev'nir.

— Et Mlle Jade ?

— Elle est allée se coucher tôt. J'étais dans la cuisine vers neuf heures, j'buvais une dernière tasse de café, quand la vieille bique est entrée dire à Alice qu'elle allait s'coucher parce qu'elle avait mal à la tête et qu'Alice devait fermer le cellier à onze heures précises et aller au lit.

— Hum ! Bon, je crois que nous avons fait le tour, Bisker. Levez-vous et habillez-vous, et surtout ne parlez pas. Je vais vous demander de monter la garde près de la réserve de bois pour surveiller la porte de l'arrière-cuisine. Et je ne veux rien entendre une fois que nous serons sortis d'ici.

— Chic alors ! J'vais pas mettre plus d'deux minutes pour enfiler mes fringues.

— Et vos chaussures ? Vous avez des semelles de crêpe ?

— Non, mais j'ai une paire de bottes en caoutchouc, et je connais tous les endroits où la terre est molle. J'les contournerai.

— Parfait. Habillez-vous, et bien chaudement.

Bisker annonça bientôt qu'il était prêt et ensemble les deux hommes quittèrent la cabane, Bony en tête. Ils passèrent derrière les garages et la réserve de bois. Il était minuit moins vingt.

Bony s'arrêta à l'extrémité de la pile de bois. De là, on pouvait surveiller la porte de l'arrière-cuisine, l'allée qui menait à la grille du haut et l'entrée principale de la maison, qui était maintenant verrouillée et plongée dans l'obscurité.

— Restez ici et n'en bougez pas, quoi qu'il arrive, souffla Bony. Je reviens dans un moment.

Bisker grommela tout doucement qu'il avait bien compris et Bony s'éloigna, avalé par l'obscurité. La nuit était peuplée de bruits, le vent soufflait par rafales dans les arbres de l'allée et dans ceux qui bordaient la route du haut. Au loin, en haut et en bas du *Chalet*, la bise rugissait dans les cimes avec tant de violence qu'on aurait cru que des géants furieux arpentaient les flancs des montagnes, s'approchant de plus en plus, pour s'éloigner ensuite.

Bisker avait beau porter un gros manteau, il eut froid dans le dos en entendant des pas légers sur la route. Quelqu'un franchit la grille. En broussard expérimenté, Bisker se laissa glisser à terre, sur les copeaux qui encerclaient la pile de bois, de façon à voir la silhouette qui approchait se détacher sur le ciel qui, même s'il était sombre, n'était pas aussi noir que le sol.

Les pas étaient rapides, et presque tout de suite Bisker sut qu'il s'agissait d'une femme. Puis il la vit se détacher très nettement sur le ciel. Elle portait quelque chose sur la tête et, tandis qu'elle était toujours dans son champ de vision, elle s'arrêta, se pencha et retira ses chaussures. Lorsqu'elle reprit sa marche, elle ne fit aucun bruit et Bisker la vit se diriger vers l'arrière-cuisine, marquer une pause, puis ouvrir la porte et entrer dans la maison, refermant à clé derrière elle.

— J'voudrais bien savoir où c'te vieille chipie va courailler à c't'heure d'la nuit ! demanda-t-il mentalement au vent. Attendez un peu que j'réfléchisse. Elle était dehors la nuit où Grumman a été liquidé, et elle était dehors la nuit d'après. Ensuite, elle est pas sortie pendant deux nuits, et là voilà qui s'remet à sortir et à rentrer à c't'heure. Elle était pas sortie jusqu'à ce soir. J'me demande si M. Bonaparte s'doutait qu'elle allait sortir ce soir ? (Bisker ricana silencieusement dans le vent :) Va donc te coucher avec un bon mal de crâne, espèce de fichue grand-mère d'ma tante ! Ah, la vieille chipie ! Encore à traîner dehors à plus d'minuit !

Soliloquer ainsi lui permit de passer le temps et l'aida à ne pas penser au froid qui devenait de plus en plus pénétrant. Une forte rafale amena une averse qui lui paralysa le visage. Lorsque le vent retomba, tel un géant s'éloignant vers la vallée, ramenant une relative tranquillité, le guetteur s'imagina entendre d'autres pas sur la route, de l'autre côté de la grille. Avant qu'il ne pût en être sûr, la tornade du géant suivant arriva, rugissant dans les arbres, si fort qu'elle aurait facilement pu couvrir le bruit d'un tracteur. Le géant passa son chemin et Bisker tendit l'oreille.

— J'ai dû m'tromper, souffla-t-il dans sa moustache. Mince, ben non, j'me trompais pas !

Il vit la silhouette avancer sur la route, une silhouette qui paraissait haute vue d'en bas, du pied de la pile de bois. Il la vit se détacher sur le ciel presque noir. Elle semblait glisser sans le moindre bruit et Bisker en frissonna. Elle s'avança vers l'espace dégagé, devant la porte d'entrée, et disparut de son champ de vision.

— Ça devait être M. Bonaparte, se dit-il. Ben mince alors, on peut dire qu'il sait marcher sans bruit. Comme ces sacrés Aborigènes. Ben ça, on peut pas dire qu'on s'ennuie, ici !

Une demi-heure plus tard, il faillit hurler. Il était allongé sur le dos, pour être en mesure de voir d'éventuelles ombres se détacher sur le ciel, quand il sentit une main se refermer sur une de ses chevilles. Il distingua ensuite une forme qui planait au-dessus de lui comme un vampire. Quelque chose lui cacha le ciel et il vit deux reflets acier. La voix, qu'il était extrêmement heureux d'entendre, semblait être un écho renvoyé par sa propre moustache.

— Vous avez vu cet homme franchir la grille ? demanda Bony.

Bisker sentit l'oreille de Bony lui effleurer la bouche et il souffla :

— Oui. Vous aussi ? Où est-ce qu'il est allé ?

— Il est entré par la porte principale de la maison. Il avait sa clé, je pense. Il est entré et il a refermé derrière lui. C'était fermé quand j'ai vérifié il y a une minute. Vous avez vu quelqu'un d'autre ?

— Oui, Mlle Jade. Elle est revenue il y a une bonne heure. Elle venait d'la route du haut.

— Vous avez pu reconnaître l'homme ?

— Non. Tout c'que j'ai pu voir, c'était une ombre qui avançait. J'crois qu'j'ai entendu des pas sur la route de l'aut' côté d'la grille, mais j'pouvais pas êt' sûr à cause du vent.

— Comment savez-vous que la femme qui est entrée était Mlle Jade ?

La question réduisit Bisker au silence. Bony insista :

— Vous n'êtes pas certain qu'il s'agissait de Mlle Jade, n'est-ce pas ?

— Mais on sait bien qu'Mlle Jade sort tard le soir, pas vrai ? répliqua Bisker pour se défendre.

— Très bien ! N'en parlons plus pour l'instant. C'était une femme, qui, ça, nous l'ignorons. Vous voulez bien rester encore un petit moment ici ?

— Sûr ! Tant qu'vous voudrez.

— Parfait ! Attendez mon retour. Il se peut que je sois absent un bon moment. Je vais entrer dans la maison par la porte de l'arrière-cuisine.

L'ombre qui avait plané au-dessus de Bisker disparut. Il ne vit pas Bony s'en aller et il ne l'entendit pas non plus.

Le rôdeur

S'accroupissant à la porte de l'arrière-cuisine, Bony chercha la clé sous la brique, ouvrit, referma derrière lui et empocha la clé. Là, l'orchestre du vent ne jouait plus qu'avec un violon et un tambour au son étouffé.

A l'intérieur de la maison, le silence était profond. Bony s'appuya contre la porte et s'accorda une bonne minute de méditation. Il était sûr que la femme que Bisker avait vue pénétrer dans l'arrière-cuisine était Mlle Jade. Elle devait maintenant avoir regagné sa chambre et était probablement au lit en train de dormir. L'homme qui était entré par le hall posait un problème bien différent, car il n'était pas possible de risquer un nom. Bony ignorait s'il s'agissait d'un pensionnaire ou d'un cambrioleur. Si c'était l'un des pensionnaires, il pouvait fort bien se trouver dans sa chambre, à présent, il s'était sans doute couché et peut-être même endormi. En revanche, si c'était un cambrioleur, il devait être bien éveillé, quelque part dans la maison, en train de perpétrer ses méfaits. Par conséquent, un cambrioleur représentait un plus grand risque qu'un pensionnaire pour les plans nocturnes de Bony.

Dans la main gauche, Bony tenait une baguette qu'il avait coupée dans les buissons ce soir-là, une baguette verte, souple, qui mesurait environ un mètre vingt de long. Pourquoi un chat a-t-il de longs poils au-dessus des yeux si ce n'est pour qu'ils l'avertissent de toute obstruction surgissant juste devant lui dans l'obscurité totale ? Le bâton de Bony avait la même raison d'être : éviter à qui le tenait de heurter des objets qui pourraient tomber bruyamment, ou de trébucher sur quelque chose, ce qui aurait eu le même résultat. Tâtonnant doucement avec la baguette tendue devant lui, il traversa l'arrière-cuisine et passa le seuil qui la reliait à la cuisine. Il pressentait qu'il ne rencontrerait de cambrioleur éventuel qu'une fois hors de la cuisine. Par conséquent, lorsqu'il sortit dans le couloir, il s'aplatit contre un mur et écouta, écouta pendant soixante bonnes secondes, ce qui, en de telles circonstances, paraît très long.

Il savait que ce couloir mesurait environ sept mètres cinquante de long et qu'à son extrémité se trouvait la porte de service qui donnait dans le salon. Ce couloir était coupé par un autre. Sur la gauche, il y avait le hall de la réception et le bureau, à droite, le cellier, la chambre du serveur, un débarras et les trois chambres occupées par le personnel.

Si l'homme que Bony avait vu entrer dans la pension par la porte principale était un cambrioleur, on avait tout lieu de penser qu'il allait s'attaquer au bureau, puis au cellier, et enfin... eh bien... à n'importe quelle pièce. Bony devait le localiser avant d'exécuter le plan qu'il avait imaginé.

En tâtonnant toujours pour repérer ce qui se dérobait même à ses yeux perçants, Bony avança sans bruit sur le linoléum qui recouvrait le sol du couloir. Parvenu à l'intersection, il emprunta le couloir perpendiculaire qui partait vers le hall de la réception. Il se déplaçait maintenant sur de la moquette. La porte du hall était ouverte, ce qui ne le dérangea pas car il ne l'avait jamais vue fermée, sauf le jour où la police avait procédé aux interrogatoires dans le bureau de Mlle Jade.

La pendule murale de la réception était bruyante et Bony eut beau passer une autre bonne minute à tendre l'oreille, il n'entendit pas d'autre bruit que le tic-tac et le vent, dehors, dans les arbres. Connaissant bien le mobilier du hall, il s'avança vers le bureau et en trouva la porte fermée. Il savait qu'elle avait une serrure Yale. L'oreille collé contre le bois, il écouta attentivement et, finalement, en conclut que l'inconnu ne s'attaquait pas au coffre de Mlle Jade.

Et maintenant, il fallait passer au deuxième objectif. Utilisant sa baguette comme une rapière, il traversa à nouveau le hall. Il constata qu'il avait manqué la porte de soixante centimètres environ et sa baguette lui indiqua qu'il se trouvait devant une chaise à dossier droit. Une fois la porte franchie, il avança dans le premier couloir, puis dans le deuxième, qui menait du salon à la cuisine, et sans s'accorder de détente ni perdre davantage de temps, il atteignit le cellier. Cette porte était elle aussi pourvue d'une serrure Yale. Il colla l'oreille contre le bois froid.

Aucun bruit ne venait de l'intérieur. Hormis le gémissement du vent, à l'extérieur, et le tic-tac de la pendule de la réception, la maison était aussi silencieuse qu'un coffre de banque. Bony essayait toujours de surprendre le moindre son en provenance du cellier quand une porte s'ouvrit doucement, un peu plus loin dans le couloir. Des oreilles normales n'auraient peut-être rien perçu. D'ailleurs, plus tard, quand il se rappellerait cet instant, il se demanderait si c'était un bruit ou un déplacement d'air qui l'avait alerté.

Heureusement, la porte du cellier n'était qu'à un mètre cinquante de l'endroit où les deux passages se croisaient. En deux rapides enjambées, il atteignit l'endroit et jeta un coup d'œil derrière lui, persuadé qu'aucun bruit n'avait trahi sa présence. Il n'entendait plus rien au-delà du cellier… quand il décela bientôt un frottement intermittent de plus en plus net.

Le sang de sa mère lui picotait le cou et la racine des

cheveux ; le sang de son père lui faisait battre le cœur à coups redoublés. La moitié aborigène qui était en lui ouvrait grandes ses narines, dilatait ses yeux, lui conseillait de fuir cette source de terreur invisible ; la moitié blanche le rivait à cette intersection, contrôlant ses membres et son esprit.

Bony connaissait l'origine de ce léger frottement... qui devenait de plus en plus audible. C'était la main d'un homme qui s'approchait dans un silence presque parfait, une main qui glissait le long du mur pour se guider dans l'obscurité totale.

Ne faisant lui-même aucun bruit, même pas le moindre frottement, Bony avança, précédé de sa baguette, jusqu'à la porte de la réception. Là, il se retourna et attendit... l'oreille tendue. Il n'entendait plus rien. Le temps passa. Le tic-tac de la pendule s'était transformé pour lui en coups de marteau et il regretta de ne pas l'avoir arrêtée.

La lueur lui parut tout d'abord aussi brillante qu'un projecteur. Il craignit un instant qu'elle révélât sa présence puis se rendit immédiatement compte qu'elle n'était pas assez forte et qu'elle provenait d'une torche électrique protégée par plusieurs épaisseurs d'un mouchoir de soie plié. Ainsi atténuée, la lumière ne pouvait pas révéler quoi que ce fût au-delà d'un mètre.

La torche s'éteignit, mais auparavant Bony avait vu que l'homme s'apprêtait à s'engager dans le couloir qui menait au salon. Il s'avança rapidement vers le croisement... scruta, retint son souffle pour mieux entendre.

La lumière fut à nouveau allumée, et cette fois Bony aperçut la silhouette qui se dirigeait vers le passage reliant la salle à manger au salon, et de là aux chambres des pensionnaires. La torche s'éteignit à nouveau. Bony compta jusqu'à trois, puis, sans prendre de précaution excessive, puisque le sol était recouvert de moquette, il s'avança jusqu'aux premières chambres.

A cet endroit, il s'aplatit contre le mur et fouilla vainement l'obscurité totale.

La lumière ne se ralluma pas et Bony fut plus ou moins sûr qu'elle n'avait servi qu'à guider l'homme vers sa chambre. Ainsi donc, après tout, c'était un pensionnaire et non un cambrioleur. Mais cet argument ne tenait pas debout ! Si c'était un pensionnaire, il aurait pu quitter la maison en passant par la fenêtre de sa chambre et revenir par le même moyen. Si c'était un pensionnaire qui avait des intentions malhonnêtes, pourquoi avait-il quitté la maison pour y pénétrer ensuite par la porte principale ? S'il ne s'agissait pas d'un pensionnaire, pourquoi avait-il emprunté le couloir qui menait aux chambres ?

Seules cinq des vingt-six chambres étaient occupées par Raymond Leslie, Downes, Lee, Sleeman et lui-même.

Ces questions lui martelaient le crâne presque aussi fort que le tic-tac de la pendule l'avait fait précédemment. Est-ce que l'homme s'était trompé de chemin ? Etait-il en train de revenir sur ses pas ? Bony n'entendait absolument rien. Il attendit, sa baguette brandie devant lui, les jambes prêtes à bondir en arrière dès l'instant où l'extrémité de sa baguette rencontrerait un corps étranger.

Puis il sentit à nouveau un déplacement d'air infinitésimal, et devina que l'homme avait ouvert une porte. Ce déplacement d'air ne se produisit pas une seconde fois et Bony en comprit la raison. Il se dit que l'homme avait dû refermer la porte beaucoup plus soigneusement et lentement qu'il ne l'avait ouverte.

Il avait certainement pénétré dans l'une des vingt-six chambres, dont cinq étaient occupées. Dans laquelle ? Il semblait déraisonnable de penser qu'il était entré dans une chambre vide pour pouvoir quitter la pension par la fenêtre. Cela sous-entendrait qu'il savait lesquelles étaient occupées et lesquelles étaient inoccupées, et seul un pensionnaire pouvait connaître la réponse. Bony ne pensait pas se tromper en supposant que l'homme était bien un pensionnaire. Mais pourquoi était-il passé par la porte d'entrée ?

Convaincu à présent que l'homme avait pénétré dans l'une des chambres, Bony se mit à avancer dans le couloir, du côté où il y avait les portes des cinq chambres occupées, la sienne étant la dernière. Puis il se rappela qu'il pouvait trébucher sur les chaussures des pensionnaires. Une autre pensée lui vint à l'esprit. Si l'homme qu'il avait suivi était un pensionnaire, ses chaussures n'étaient peut-être pas encore sorties devant sa porte pour que Bisker puisse s'en occuper le lendemain matin.

Sa baguette tremblant devant lui, Bony s'engagea dans le couloir, sa main gauche effleurant le mur. Il dépassa une première porte fermée, puis une seconde, une troisième, et il arriva à la quatrième, derrière laquelle dormait, ou devait dormir, Raymond Leslie. Oui, les grosses chaussures de Leslie étaient bien dehors. Bony les enjamba et continua à avancer. Il dépassa la cinquième et la sixième, arriva à la septième, et en tâtonnant avec sa baguette il sentit les grosses chaussures de M. Lee. Il entendait l'éleveur ronfler derrière la porte.

La chambre suivante était occupée par Downes, et une paire de souliers reposait devant le seuil. Bony dépassa trois autres chambres vides et arriva devant la porte de Sleeman. Là, il n'y avait pas de chaussures.

La chambre suivante était la sienne et, par terre, il trouva les chaussures qu'il avait sorties avant de passer par la fenêtre. Il ouvrit doucement et lentement sa porte, entra, se retourna et s'appuya contre l'encadrement pour pouvoir continuer à surveiller le couloir, une oreille dressée en direction de la pièce dans laquelle pouvait bien se trouver le monsieur trop discret à la torche tamisée.

Il était là depuis cinq minutes environ quand, pour la troisième fois, il sentit un déplacement d'air au moment où une porte s'ouvrit. Ce fut tout. Il n'y eut pas de bruit. Pas de lumière. Laquelle de ces vingt-six portes s'était ouverte ? Bony scrutait en vain la nuit, de même qu'il ne pouvait pas savoir si celui qui l'avait ouverte était ressorti dans le couloir pour regagner la porte principale ou s'il s'était enfermé dans sa chambre.

Le seul bruit que ses tympans percevaient était le tic-tac de la pendule qui se trouvait dans sa propre chambre. Le bruit du vent, dehors, semblait très lointain, trop lointain pour empêcher d'entendre ce qui se passait à l'intérieur de la maison.

Bony attendit plusieurs minutes sur le pas de sa porte. Aucune lumière ne vint signaler que l'intrus avait atteint le croisement des deux couloirs, et il se dit que la porte en question s'était ouverte pour déposer une paire de chaussures de façon à la faire cirer par Bisker. Ce ne pouvait être que Sleeman puisque ses chaussures ne se trouvaient pas dans le couloir lorsque Bony était passé.

Bony se remit en route pour tâtonner devant la porte de son voisin. Il sentit une paire de souliers, du bout de sa baguette. La porte était fermée. Bony colla l'oreille au panneau puis l'œil au trou de la serrure. La clé l'empêcha de voir si la lumière était allumée dans la pièce. Lorsqu'il se baissa, il entendit le faible crissement du sommier métallique.

Ainsi donc, c'était bien Sleeman qu'il avait suivi et qui était sorti d'une pièce proche du cellier. Il n'avait sûrement pas rendu visite à l'une des employées ! Leurs chambres se trouvaient dans le passage où il y avait également le cellier, la chambre du serveur et le débarras. Et puis pourquoi Sleeman était-il entré dans la maison par la porte principale ?

Est-ce que l'homme qui était entré par là était bien Sleeman ? Est-ce que Sleeman s'était rendu à un rendez-vous galant, empruntant la porte principale pour y aller et en revenir ? Ou bien s'agissait-il d'un rôdeur qui se trouvait toujours quelque part, dans la pension ?

Ce n'était pas parce qu'il avait lui-même choisi d'entrer par l'arrière-cuisine au lieu d'enjamber la fenêtre de sa chambre qu'il paraissait concevable que Sleeman ait eu une raison similaire pour quitter la pension par la fenêtre de sa chambre et y revenir par l'entrée principale. Bony avait choisi d'entrer par l'arrière-cuisine parce qu'il voulait examiner le débarras et éventuellement la chambre de George. Ces deux pièces étaient plus accessibles par l'arrière-cuisine que par sa chambre. Il décida de s'entretenir avec Bisker.

Refermant sa chambre et glissant la clé dans sa poche, il enjamba la fenêtre pour la deuxième fois de la soirée et, pour la deuxième fois également, il referma la main sur une des chevilles de Bisker.

— Vous avez vu quelque chose ? lui murmura-t-il à l'oreille.

— Rien du tout, sauf une étoile qu'essayait de s'montrer de temps à autre, répondit Bisker. Comment ça s'est passé ?

— Pas mal. Vous n'avez vu personne entrer ou sortir par la porte principale ?

— Non. J'ai rien vu et rien entendu, à part c'fichu vent.

— Vous savez où est la chambre de Sleeman, n'est-ce pas ?

— Numéro dix-sept.

— Quand avez-vous nettoyé ses vitres pour la dernière fois ?

— Y a quinze jours.

— Est-ce que la fenêtre s'ouvre bien ? insista Bony d'une voix pressante.

— Non, répondit Bisker. Le châssis du bas est tellement coincé qu'on peut pas l'relever. Y a qu'une... non deux fenêtres qui marchent comme la vôtre. Mlle Jade voulait les faire réparer, mais l'menuisier est pas v'nu.

Au petit matin

Après être revenu dans l'arrière-cuisine et avoir refermé la porte derrière lui, Bony passa une minute à tendre l'oreille. Puis il traversa la cuisine et sortit dans le couloir. Arrivé à l'intersection, il écouta pendant deux minutes et fut persuadé que personne n'avait remarqué sa présence. Il avait presque, mais pas tout à fait, exclu la possibilité d'un deuxième rôdeur dans la pension.

Ce qui ne l'empêcha pas de coller l'oreille à la porte du cellier. Il ne perçut pas le moindre bruit. La porte suivante était celle du serveur. Il s'y arrêta quelques minutes mais il n'entra pas. Il continua vers le débarras. Là aussi, il s'immobilisa pour tendre l'oreille et s'assurer que personne n'était à l'intérieur. Après quoi il retourna vers la chambre de George.

Il possédait un trousseau de rossignols que lui avait remis le colonel Blythe en lui confiant l'affaire Grumman, mais il constata que la porte n'était pas verrouillée et que la clé était à l'intérieur. Refermant silencieusement derrière lui, il resta planté là un moment à écouter. Puis il alluma sa torche qu'il avait enveloppée dans un mouchoir.

Comme il s'en doutait, il n'y avait personne. Il se retourna vers la porte, retira la clé et dirigea sur la serrure le faisceau lumineux affaibli de sa torche. Il remarqua des traces d'huile, une huile qui n'avait pas été appliquée cette nuit-là. Il introduisit la clé et donna un tour. Le store était baissé. Sur le lit à une place, les couvertures étaient soigneusement repliées au pied et, par-dessus, il y avait les draps pliés eux aussi et les oreillers. Le matelas était roulé à la tête du lit. Bony trouva cela étrange car George ne devait s'absenter qu'une seule nuit.

Cette chambre ne possédait pas de cabinet de toilette. Il y avait une commode sur laquelle se trouvaient un miroir à pied et un nécessaire de toilette et de rasage. Tous les articles étaient d'excellente qualité. Deux brosses à cheveux à manche d'ivoire étaient posées près de la trousse en cuir. Il y avaient des pots de crème à raser et de pommade à cheveux, deux peignes, plusieurs brosses à dent et un tube de dentifrice. Il y avait également trois photographies de groupes dans de petits cadres bon marché.

La disposition de tous ces objets vus à la lueur diffuse de la lampe indiquait que leur propriétaire manquait d'ordre et de soin ; pourtant, George n'avait à aucun moment laissé transparaître ce trait de caractère devant un Bony très attentif. Sur le lit, les draps et couvertures étaient pliés avec un soin extrême alors qu'il ne semblait pas vraiment nécessaire de se donner cette peine. Sur la commode, au contraire, régnait le plus grand désordre. Bony examina le contenu des quatre tiroirs. Il y avait là des sous-vêtements, des chemises, des cols, des chaussettes et une tenue de sport. Les chemises étaient lavées et repassées. Il y en avait cinq et la blanchisseuse les avait pliées comme si elles devaient être exposées dans un magasin. Bony les sortit toutes du tiroir et les examina attentivement... pour s'apercevoir que les plis n'étaient pas au bon endroit. Les chemises avaient été déballées, puis repliées sans aucun soin avant d'être rangées dans la commode.

Ensuite, Bony consacra son attention à une malle de cuir, vieille mais encore en bon état. La serrure était visiblement cassée et le couvercle était maintenu à l'aide d'une seule des trois courroies. A l'intérieur se trouvaient d'autres vêtements : une robe de chambre, d'autres chemises déjà portées, un costume de serge bleu marine, plusieurs paires de chaussures, des livres et des photographies non encadrées de bateaux et de gens pris sur des bateaux. Le contenu de cette malle dégageait une forte odeur de naphtaline.

Bony étudia le costume bleu marine de plus près. Le pantalon avait un pli bien marqué, tout comme les manches du veston. L'antimite était le même que celui qu'il avait senti sur le costume de l'homme qui les avait attaqués, Bisker et lui, et qui avait emporté les stylos vides.

Après avoir replacé les affaires dans la malle, Bony referma le couvercle et dirigea sa torche vers les coins de la pièce, sous le lit et sous la commode. Sous le lit, il y avait une autre paire de souliers ordinaires et une paire de tennis de bonne qualité. Sur des crochets fixés à la porte étaient suspendus un manteau et un vieux chapeau de feutre. Que de questions affluaient ! Appuyé au mur, dans l'obscurité, car il avait éteint sa lampe, Bony se les posait et cherchait les réponses.

Est-ce que le costume bleu marine qui se trouvait dans la malle était celui que l'homme armé avait porté ? Il semblait identique. L'antimite avait la même odeur que celui qui avait imprégné les vêtements de l'homme armé, alors qu'il en existe plusieurs variétés. Et le vieux feutre n'était pas sans rappeler le chapeau qu'il avait porté.

Que cet homme armé ait été George, ça, Bony en était moralement sûr, même s'il n'avait pas retrouvé le mouchoir utilisé comme masque et le caoutchouc introduit dans la bouche pour déguiser la voix. Il n'avait pas découvert non plus le pistolet de l'homme ni son propre automatique.

Il y avait quelque chose d'autre qui présentait un grand intérêt dans cette chambre. Bony avait eu largement l'occasion d'observer le serveur du *Chalet* et il était certain de ne pas se tromper en le jugeant méticuleux. Il était persuadé que George n'aurait pas laissé ses affaires de toilette traîner sur la commode, convaincu aussi que George n'aurait pas déplié toutes ces chemises si bien repassées pour les replier ensuite grossièrement. Même en faisant abstraction de la psychologie et des habitudes de George, quel besoin avait-il de replier ces chemises ?

Et puis il y avait le lit. Il devait s'absenter pour une seule nuit et les couvertures étaient repliées et arrangées comme si la chambre devait rester longtemps inoccupée. George faisait probablement son lit et son ménage avec soin. Maintenant, la pièce était en désordre en dépit des couvertures pliées et du matelas roulé.

S'il ne doutait pas que George était bien l'homme armé, il croyait aussi que Sleeman était venu dans cette pièce pour y chercher quelque chose. Au lieu de refaire le lit, il avait plié les couvertures et roulé le matelas, peut-être pour donner l'impression que l'une des femmes de chambre avait fait le ménage... Sleeman avait apparemment été incapable de refaire le lit après l'avoir mis sens dessus dessous pour fouiller le matelas.

Les brosses à cheveux devaient sans doute se trouver dans la trousse de cuir et Sleeman avait oublié de les replacer, tout comme il avait oublié de ranger correctement chaque objet.

S'agissait-il bien de Sleeman ? Il avait utilisé une lumière pour se guider le long de couloirs avec lesquels même un malfaiteur amateur aurait pu se familiariser au bout de vingt-quatre heures passées à la pension. Il était venu piller une pièce et il avait fait de stupides tentatives pour dissimuler son œuvre.

Oui, s'agissait-il de Sleeman ? Pourquoi s'intéressait-il à la chambre de George ? Et si c'était lui qui était rentré bien après minuit et avait utilisé la porte principale, où était-il allé et pourquoi revenait-il si tard ?

Avec quelques motifs de satisfaction, Bony quitta la chambre de George et avança dans le couloir jusqu'au débarras. La porte de cette pièce n'était pas fermée à clé elle non plus. La clé était à l'intérieur et, après examen, il s'avéra qu'elle avait été récemment graissée, ainsi que la serrure, mais pas cette nuit-là.

L'intérieur de la pièce était rempli aux trois quarts de vieux meubles, de caisses, de rouleaux de linoléum, de vieux stores à lattes démodés et de cadres dorés ornementés. Les meubles, bien que vieillots, étaient de bonne facture et très solides, témoins d'une époque lointaine, bien avant que cette pension moderne ne vînt s'implanter dans ce lieu de villégiature.

La poussière retint tout d'abord l'attention de Bony.

Il n'avait pas particulièrement interrogé Bisker sur ce qu'on entreposait là, et il n'avait pas cherché à savoir depuis combien de temps on s'en servait de débarras, mais en parlant avec Bisker il avait eu l'impression que ça faisait un bon moment. Pourtant, la couche de poussière qui recouvrait les meubles était si fine qu'elle ne devait pas avoir plus d'un mois.

Intéressant. Bien, maintenant qu'il était là, autant voir ce qu'il y avait à voir.

Les meubles étaient empilés les uns sur les autres. Il posa sa torche sur une étagère qu'il plaça près de la porte pour profiter de la lumière. Il n'y avait pas de store, mais à présent il était prêt à prendre le risque d'être observé de l'extérieur.

Il se mit à descendre chaises, tables et sofas, décidé à se frayer un passage jusqu'au mur opposé. Il dut travailler avec un soin extrême, car la chambre contiguë était occupée par l'une des femmes de chambre. Il avait beau être peu habitué à ce genre de labeur, tout comme il était peu accoutumé à ce genre d'enquête, il ne fit pas le moindre bruit. Au bout de vingt minutes, il se mit cependant à fredonner un petit air sans même s'en rendre compte, car il était de plus en plus surexcité.

Dans l'un des coins, au fond, il trouva deux énormes malles, trois grosses valises, un petit sac de cuir et des clubs de golf. Chaque bagage portait les lettres B.G. Les malles et les valises arboraient les étiquettes de compagnies maritimes et ferroviaires. Voilà donc pourquoi la poussière était si fine sur les meubles. Ils avaient été parfaitement époussetés avant que les bagages de Grumman ne fussent rangés dans ce coin. La poussière s'y était déposée une fois les bagages amenés, de sorte qu'il ne trouverait pas de marques de mains et d'empreintes digitales si celui qui les avait amenés n'avait pas eu la stupidité de travailler sans gants.

Bony commença à remettre le mobilier en place. Il utilisa son mouchoir pour épousseter chaque objet qu'il replaçait. Il le secoua plusieurs fois dans l'espoir de soulever autant de poussière que possible pour qu'elle retombe et masque son propre travail.

S'il avait chaud en quittant la pension par la porte de l'arrière-cuisine qu'il referma derrière lui, c'était à cause des efforts physiques qu'il avait déployés, pas à cause des efforts mentaux, car la surexcitation lui refroidissait le cerveau. Il murmura à Bisker :

— Avez-vous du thé et du sucre dans votre cabane ?

— Non, répondit Bisker. J'ai une bouilloire, et y a un robinet pas loin.

— Bien ! Retournez à votre cabane, faites du feu et remplissez cette bouilloire. Je vais chiper du thé, du sucre et de quoi manger dans la cuisine. Où est-ce qu'on range tout ça ?

— Vous trouverez le thé et le sucre sur une étagère, au-dessus de la cuisinière électrique. Les boîtes sont pas bien grandes, et j'pourrai les remettre en place en y allant demain matin d'bonne heure, précisa Bisker.

Dans le placard, près d'la fenêtre, y a une boîte de biscuits. J'ai vu la cuisinière les mett' dedans hier soir.

— Parfait ! Je vais aller chercher tout ça. Faites bien vite bouillir cette eau.

Pour la troisième fois de la soirée, Bony pénétra dans la cuisine, n'y resta que quelques minutes, et pour la dernière fois il ressortit par l'arrière-cuisine. Il laissa la clé sous la brique et apporta son butin à la cabane de Bisker.

Des flammes léchaient déjà avec détermination le pourtour de la bouilloire noircie et Bisker, debout, regarda, fasciné, Bony qui déroulait un torchon dans lequel il y avait un demi-gigot de mouton, une miche de pain, du beurre, un couteau à pain, des boîtes de thé, du sucre et du lait.

— Ça alors, vous êtes un sacré bonhomme ! s'exclama-t-il.

— J'ai très faim, reconnut Bony. Le travail de nuit me creuse toujours l'appétit. Quel temps fait-il maintenant ?

— J'suis prêt à parier qu'il va pas pleuvoir, après tout, dit Bisker. Le vent a tourné au sud-est et les étoiles sont en train de sortir. Ça vous va ?

— Absolument. Et maintenant, ne parlons plus jusqu'à ce que cette eau bouille. Faites du thé bien fort.

Bisker acquiesça et se mit à retirer ses deux manteaux, son cache-nez, son feutre usé et ses bottes en caoutchouc. De temps à autre, il jetait un coup d'œil à Bony pour le voir se rouler une cigarette et s'adosser au mur, assis sur une caisse de pétrole, près de la table.

Bisker se sentait heureux... réellement heureux. Il avait eu froid, malgré ses deux manteaux, et la chaleur de plus en plus perceptible du feu accroissait encore son bonheur. L'intérieur de la cabane, la « bouffe » volée à la cuisine, tout cela le transportait bien loin, dans sa région.

Bony fumait les yeux fermés et Bisker se dit qu'il

était épuisé. Epuisé ! L'esprit de Bony avait la clarté du cristal et la rapidité d'un cheval de courses.

Dans la bouilloire, l'eau se mit s'agiter furieusement. D'un geste nonchalant, Bisker y jeta deux poignées de thé, laissa bouillir quatre secondes, puis retira la bouilloire du feu et la posa par terre pour que les feuilles puissent infuser. Le bruit tira Bony de sa méditation. Il se leva, trancha du pain, le beurra généreusement et découpa de la viande pour faire des sandwiches. Bisker ouvrit une boîte de lait condensé en creusant un trou sur la partie supérieure avec son canif. Il versa du lait, puis du thé dans deux gobelets en fer-blanc bien astiqués.

— Ça rappelle le bon vieux temps, pas vrai ? dit Bony.

— Pour ça oui ! reconnut Bisker en se mettant à siroter bruyamment le liquide brûlant.

— A propos, auriez-vous remarqué le numéro de la voiture qui a emmené et ramené M. Downes ?

— Oui. NX 052 B.

— Formidable, Bisker. Merci. Et maintenant, entre deux bouchées, dites-moi si vous êtes déjà entré dans le débarras qui se trouve à côté de la chambre de George.

— Oui.

— Quand y êtes-vous allé pour la dernière fois ?

Bisker réfléchit puis répondit :

— Y a deux mois. La vieille chipie m'a d'mandé de passer l'aspirateur partout. La fois d'avant, c'était une fille qui s'appelait Joan qui l'avait fait. Elle était femme de chambre ici. Elle est partie peu de temps après, j'me souviens.

— Savez-vous quand les meubles ont été entreposés là-dedans ?

— Non. C'était avant qu'j'arrive. Mais depuis qu'j'suis là, on fait la poussière tous les trois mois, à peu près.

Ils continuèrent à manger un moment en silence puis Bony demanda :

— Est-ce que vous vous souvenez d'un lourd coffre en acajou, près de la porte ?

Bisker eut un grand sourire.

— Et comment ! répondit-il. Il m'a fait envie dès qu'j'l'ai vu. J'ai d'mandé à Mlle Jade si elle voulait pas l'vendre, et c'te vieille chipie me l'a coupée avec un non catégorique. Ça, c'est un beau coffre. J'aimerais bien y ranger mes vêtements... et une ou deux bouteilles au cas où j'gagnerais aux courses.

— Quand vous l'avez épousseté, je suppose que vous avez soulevé le couvercle pour regarder à l'intérieur ?

— Oui.

— Est-ce qu'il y avait quelque chose dedans, quand vous avez regardé ?

— Non, rien du tout.

— Pas de vieilles godasses ?

Bisker secoua la tête et fixa Bony pendant un bon moment. Celui-ci était en train de préparer un autre sandwich pour chacun.

— On dirait que Mlle Jade aime bien ces vieux meubles, dit Bony en remarquant le regard de Bisker posé sur lui.

— Probable. Elle les fait régulièrement épousseter et cirer. J'me d'mande bien pourquoi !

— Moi aussi.

Après un autre moment passé à manger en silence, Bony s'enquit :

— Est-ce que vous êtes entré dans la chambre de George depuis qu'il travaille ici ?

— Oh, oui, souvent. De temps en temps, on s'fait un petit poker, tous les deux. George sait bien jouer, et j'suis pas trop mauvais moi non plus. On joue avec des allumettes, vu qu'j'me retrouve toujours sans argent, comme qui dirait.

— Hum ! Alors, dites-moi. (Bony considéra Bisker d'un regard paisible mais pénétrant.) Quand vous êtes allé dans la chambre de George, vous a-t-il fait l'impression d'être peu soigneux ?

— Peu soigneux ! répéta Bisker avec du mépris dans la voix. Au contraire, George est l'type le plus maniaque qu'je connaisse pour c'qui est d'ses affaires. Tout doit être à sa place. Quand on jouait aux cartes sur la commode, une fois qu'on avait fini, il ramassait toutes les brosses et les trucs qu'on avait enlevés avant de s'mettre à jouer, et il passait un bon moment à les arranger comme ceci ou comme cela. Pareil pour son lit. Un jour, j'me suis assis dessus. Il s'est fichu en rogne et il l'a complètement refait.

— Ça fait un peu plus de trois mois qu'il est ici. Combien de fois est-il allé en ville ?

— Hier, c'était la première fois. Il m'a dit qu'il économisait ses sous.

— Donc, vous ne savez pas s'il a des amis ?

— Oh, mais si ! Il a un pote qui s'appelle Mick, répondit Bisker. Mick est venu le voir deux ou trois fois. C'est un Irlandais, il a l'âge de George, à peu près. Laissez-moi réfléchir ! Oui, Mick est venu le voir y a environ trois semaines. Il est arrivé dans l'après-midi. Il est venu en voiture et il s'est arrêté sur la route. Le chauffeur a klaxonné plusieurs fois et George est descendu à la rencontre de son copain qu'était en train d'remonter l'allée. Ils ont taillé une bavette pendant plus d'une demi-heure, et puis la vieille chipie s'est déchaînée parce que c'était l'heure de servir le thé.

— Si George revient par le premier autocar ce matin, quel train doit-il prendre à Melbourne ?

— Çui qui part à huit heures et demie.

— Eh bien, merci, Bisker, conclut Bony avec satisfaction en se roulant une cigarette. J'ai beaucoup apprécié ce petit casse-croûte. Votre réveil indique cinq heures moins vingt et j'ai encore du travail à faire. Si vous voulez bien continuez à garder l'œil ouvert, ça me rendrait bien service. Faites attention aux chaussures de M. Sleeman quand vous les cirerez et si quelqu'un vient voir M. Downes ou M. Lee, observez-le attentivement et retenez le numéro de la voiture. Vous savez comment vous y prendre pour ne pas trop vous faire remarquer.

Bisker l'assura qu'il aurait le bec aussi fermé qu'une huître et l'œil aussi vif qu'un martin-pêcheur. A cinq heures et demie, dans l'air froid de l'heure qui précédait l'aube, Bony appuya sur la sonnette de nuit du poste de police. Mason, qui apparut en pyjama et en robe de chambre, le fit entrer et le conduisit au bureau.

On n'aurait jamais cru que le visiteur avait déplacé des meubles ou fait la poussière, ni même qu'il était resté debout toute la nuit. Il est vrai qu'en quittant Bisker Bony était retourné dans sa chambre en passant par la fenêtre. Après s'être lavé et rasé, il avait enfilé un beau costume et une paire de souliers fins. Le chapeau qu'il avait posé sur le bureau était impeccable... et son imperméable n'était nullement froissé.

— Je regrette de venir vous déranger aussi tôt, Mason, dit-il d'une voix paisible et aimable. Mais il le faut bien, quand ce sont les criminels qui mènent la danse. Qui est de service de nuit au central téléphonique ?

— L'un de nos hommes, répondit Mason.

Bony prit le téléphone et le passa à l'officier de police adjoint.

— Demandez-lui qui était de service hier après-midi.

En raccrochant, Mason dit :

— Le receveur des postes.

— Parfait ! Maintenant, je vais empiéter sur votre territoire, Mason, parce que j'ai une bonne raison de le faire. Pouvez-vous contacter le commissaire Bolt ?

Mason répondit que oui et il fut prié de s'exécuter. En attendant la communication, Bony lui dit :

— Voulez-vous, je vous prie, appeler le service des immatriculations et demander qui est le propriétaire d'une Studebaker qui a le numéro NX 052 B. Puis, dès que vous en aurez la possibilité, vous interrogerez les Bagshott sur ce prétendu ramasseur de vêtements et de chaussures. Je repasserai dans le courant de la journée. Il y a... Merci.

Bony prit le combiné que lui tendait Mason et se carra dans son fauteuil. Mason l'entendit dire :

— Ah... bien le bonjour, commissaire. Bonaparte à l'appareil... Euh... c'est au sujet de George Banks. ...Vous vous souvenez sans doute de ce nom. ...Oui, oui. C'est exact !... Vous savez, je me suis dit que vous devriez l'arrêter pour avoir falsifié ses références. ...Pas assez grave ?... Eh bien, peut-être pas, mais je pense que ça vaudrait mieux. J'ai plus ou moins l'impression qu'il a sorti certains bagages et effets personnels de la chambre qu'occupait le défunt M. Grumman.

Bony cessa de parler et Mason, qui l'observait, vit un sourire s'élargir lentement sur son visage. Au bout d'un petit moment, Bony reprit la parole.

— Mason n'est pas en mesure d'effectuer une arrestation matinale. Banks est allé en ville hier après-midi et il a promis à sa patronne de revenir ce matin par le premier autocar. Pour ce faire, il doit attraper le train de huit heures et demie en ville. Je pense qu'il sera très probablement en possession d'armes dissimulées. J'emploie à dessein le pluriel parce que je crois qu'il sera en possession de mon propre pistolet. J'aime ce pistolet et je voudrais beaucoup le récupérer, vous comprenez ? Je l'ai si bien en main !

« Qu'est-ce que je sais ? Très peu de chose, au bout du compte. ...Non, je ne suis pas d'accord. Si Banks échappe à vos hommes, ou s'il rentre en voiture, je ne veux pas qu'on vienne l'arrêter au *Chalet*. Il suffirait de le garder quelques jours. Vous comprenez, Mlle Jade a déjà eu suffisamment de remue-ménage dans sa pension. ...Oh, je sais, mais il se trouve que les policiers, les vrais, j'entends, ceux dont je ne fais pas partie, selon mon patron, sont tout à fait dans leur élément dans un poste de police, un commissariat ou même un tribunal. Mais on ne peut pas dire qu'ils s'adaptent aussi bien à une pension touristique du niveau du *Chalet du Panorama*. D'abord, leur proximité trouble la cuisinière, et ensuite je ne veux pas que mon amie, Mlle Jade, soit dérangée plus qu'il n'est strictement nécessaire. Par conséquent, si vous pouviez agrafer George sans faire de vagues, je vous en serais reconnaissant. Mais pas d'arrestation ici, je vous en prie. Mes nerfs ne le supporteraient pas.

George ne revient pas

Une famille de neuf martins-pêcheurs géants nichait dans les arbres qui se trouvaient à proximité immédiate du *Chalet du Panorama*. Ces oiseaux très malins connaissaient chaque crevasse du jardin, chaque pouce de la pelouse, chaque branche d'arbre, et ils ne permettaient à aucun martin-pêcheur étranger de pénétrer dans leur domaine. A peine toléraient-ils les opossums, qui dormaient toute la journée. Lorsque Bony arriva à la grille du haut, quatre d'entre eux étaient postés sur la réserve de bois de Bisker et les cinq autres étaient perchés à proximité, attendant les restes du petit déjeuner.

Le temps était nuageux. Il n'y avait pas de brouillard dans la vallée. Le soleil ne s'était pas élevé au-dessus des montagnes et le vent était froid et sec. Juste devant la grille, le gravier de la route se perdait dans la terre molle qui longeait le bord du talus. Là, on distinguait nettement les empreintes des chaussures de Mlle Jade et celles, plus grandes, de M. Sleeman. M. Bonaparte n'eut aucune difficulté à les reconnaître.

En sortant de la pension, Sleeman et Mlle Jade avaient tout deux marché sur le côté droit de la voie goudronnée. Au retour, ils avaient quitté la route et foulé la terre avant d'atteindre l'allée de gravier et de pénétrer dans la maison. Bony avait envie de savoir où ils étaient allés. Il avança au milieu de la route.

Il avait parcouru quelques mètres à peine quand il repéra les traces de Sleeman au bord du talus. Mlle Jade avait continué à marcher sur la route. Sleeman, lui, avait avancé sur le sol plus meuble du bord.

Bony atteignit alors un carrefour. Comme Sleeman avait tourné à gauche, il l'imita. La route montait et Sleeman n'en avait pas quitté une seule fois le bord. Bony ne vit pas d'autres empreintes de Mlle Jade jusqu'au moment où, se trouvant en face d'une maison bien isolée par une haie serrée de sapins, il s'aperçut qu'elle avait quitté la route pour pénétrer dans cette propriété.

Sleeman avait continué son chemin. Bony suivit ses traces. L'homme avait parcouru cinquante mètres, s'était arrêté, puis avait fait demi-tour et était allé s'asseoir sur une borne, en face du portail de la maison.

Après avoir parcouru huit cents mètres, Bony rebroussa chemin et, dépassant la maison protégée par les sapins, il revint au *Chalet*.

Il comprenait toute l'histoire. Mlle Jade avait quitté la pension très tard pour se rendre dans cette maison. M. Sleeman l'avait suivie, et il s'était assis sur la borne pendant qu'elle était à l'intérieur de la maison, puis il était tranquillement retourné à la pension, dans laquelle il avait pénétré par la porte principale pour effectuer une « descente » dans la chambre du serveur avant d'aller se coucher.

Il fallait manifestement que Bony révisât l'opinion qu'il avait de Sleeman.

Celui-ci fut le dernier des cinq pensionnaires à se présenter à la table du petit déjeuner.

— On dirait que Sleeman a du mal à se lever, ce matin, fit remarquer Downes en fixant Lee de son regard pénétrant.

L'éleveur eut un large sourire, puis gloussa.

— Hier soir, il ne voulait pas aller se coucher, dit-il. Alice nous a dit qu'elle avait reçu l'ordre de fermer à onze heures précises. Ça m'arrangeait parce que notre ami avait soif, mais pas moi... plus à ce moment-là.

— C'est un type sympathique, affirma Raymond Leslie, ce que personne n'essaya de contester.

Sleeman entra dans la salle à manger et fut accueilli cordialement. Il avait l'air soigné et aussi gai qu'à l'ordinaire. Il salua chacun individuellement et commanda son petit déjeuner sans se soucier particulièrement de sa digestion.

Quel âge avait-il ? Bony ne trouvait pas aisé de répondre à cette question. Il pouvait avoir entre quarante et cinquante ans. Il avait l'air en forme et son « petit faible » ne se lisait pas vraiment sur ses traits. Comme Downes, et contrairement à Lee et à Leslie, il n'avait jamais beaucoup parlé de lui.

— Quel temps va-t-il faire aujourd'hui ? demanda-t-il en jetant un coup d'œil par la baie qui offrait une vue magnifique.

— Beau, je pense, répondit Leslie. Je vais descendre le Sentier des Mille Pas, comme on l'appelle. Nous en avons parlé l'autre jour, vous vous rappelez ? Il y a un endroit, à mi-pente, où le chemin traverse une forêt de fougères géantes. Elles doivent bien mesurer trois mètres cinquante, voire plus, elles sont donc sûrement très vieilles. Quand je vois ça, je ne peux pas m'empêcher de penser aux illustrations de l'époque carbonifère, avec les monstres préhistoriques dressés sur leurs pattes de derrière pour atteindre les jeunes pousses de fougères qui dépassaient de la cime des arbres en ce temps-là.

Lee proposa d'accompagner l'artiste peintre. Sleeman dit qu'il devait rester à la pension pour écrire des lettres d'affaires. Downes attendait de la visite. Bony annonça qu'il allait s'installer dans un fauteuil pour lire.

Après le petit déjeuner, Bony enfila un manteau

léger et sortit avec un livre sur la véranda où il occupa un siège dans sa position favorite. Il aurait préféré retourner dormir dans sa chambre.

Peu avant dix heures, l'homme du Riverina et l'artiste peintre débouchèrent de l'extrémité de la pension et descendirent l'allée qui menait au portillon. Leslie portait une sacoche contenant son matériel à esquisses. Ils avançaient lentement tout en discutant des Empreintes du Diable qui défiguraient la pelouse de Mlle Jade et, finalement, ils disparurent derrière la grille en empruntant la pente qui menait à la route.

A dix heures, Bony aperçut le toit de l'autocar de Manton au moment où le véhicule s'arrêta devant l'allée. Une ou deux minutes plus tard, il vit remonter Bisker, chargé de valises. Il était suivi par un couple assez âgé. George ne se montra pas. A onze heures, Alice, la femme de chambre, lui apporta une tasse de thé et des biscuits. A onze heures et demie, Downes descendit l'allée, en manteau et chapeau. Il était sorti de son champ de vision depuis quelques minutes à peine quand Bony entendit le bruit d'une voiture qui gravissait la côte. Elle s'arrêta quelque part, hors de sa vue, et repartit d'où elle était venue. Puis il vit Bisker surgir entre les arbres qui bordaient l'allée. Nonchalamment, il quitta son fauteuil et descendit les marches de la véranda. Il resta un moment sur la pelouse à regarder les Empreintes du Diable, puis il se dirigea vers l'entrée de la pension. Il trouva Bisker occupé à laver les dalles du perron.

— Même numéro d'immatriculation. Même conducteur, l'informa Bisker.

Bony lui fit un signe de tête pour le remercier et sortit par la route du haut. Il tourna à gauche et atteignit la grand-route qu'il suivit jusqu'au magasin de fruits. Puis il continua cette voie sinueuse et la quitta pour entrer au poste de police.

— Où est l'officier de police adjoint ? demanda-t-il à un agent de police.

— M. Mason m'a chargé de vous dire qu'il était parti à Manton, monsieur. L'homme qui devait être arrêté ne s'est pas présenté pour prendre le train de huit heures et demie et M. Mason a pensé qu'il reviendrait probablement en voiture à son lieu de travail. Les policiers de Manton ne connaissent pas le suspect mais ils ont une description de lui. Je suis chargé de vous demander si vous souhaitez que j'aille questionner les Bagshott au sujet de l'affaire dont vous avez parlé avec M. Mason.

Bony pinça les lèvres, étudia la situation, puis dit :

— Appelez le commissaire Bolt. Je vais vous donner un message que vous lui lirez.

L'agent de police décrocha le téléphone et Bony rédigea rapidement un mot sur un bloc qu'il poussa sur le bureau. Ils durent attendre cinq minutes pour avoir la communication. Puis l'agent de police prit la parole, énonçant son nom et celui de sa localité.

— Un message pour vous, monsieur le commissaire. Je commence : « Suggère de chercher le suspect dans tous les bateaux en partance. » Fin du message. ...Très bien, monsieur le commissaire.

— Je vais rester ici pendant que vous irez voir les Bagshott. Ce sera un élément primordial de l'enquête.

Bony lui expliqua ce qu'il désirait et l'agent de police se mit en route. Il resta absent un quart d'heure environ. Au cours de sa mission, il avait récolté les informations suivantes : un homme s'était présenté chez les Bagshott quinze jours plus tôt, soi-disant pour ramasser vêtements et chaussures à l'intention des réfugiés d'Europe. Il avait exhibé une carte qu'il prétendait officielle et délivrée par le comité Vêtements pour l'Europe du Victoria. C'était Mme Bagshott qui l'avait reçu. Selon elle, c'était un homme bien bâti qui avait un léger accent irlandais. Elle lui avait donné plusieurs vêtements et chaussures, y compris une paire de bottillons qui appartenait à son mari.

L'agent de police ouvrit un tiroir de bureau et sortit une feuille de papier.

— Vous vouliez connaître le nom du propriétaire d'une certaine Studebaker immatriculée NX 052 B, monsieur, dit-il. Il s'agit de M. William Jackson, 17 Myall Road, Southeast Camberwell.

— Ah ! Oui, merci, dit Bony qui marqua une pause avant d'ajouter : Après mon départ, attendez une heure, contactez le commissaire Bolt et demandez-lui de me transmettre tous les renseignements dont il dispose sur ce William Jackson. Dites également au commissaire que je l'appellerai vers neuf heures du soir. Et informez Mason que je reviendrai ce soir et qu'en attendant je passe de très bonnes vacances et souhaite ne pas être dérangé.

D'humeur pensive, Bony quitta le poste de police et s'engagea sur la route, adressant un cordial « bonjour » au marchand de fruits en passant devant sa boutique. Il arriva au *Chalet* à temps pour entendre la cloche du déjeuner.

Downes n'était pas revenu. Lee et Leslie avaient dit à Mlle Jade qu'ils déjeuneraient ailleurs. Par conséquent, Bony et Sleeman déjeunèrent seuls à leur table, une autre table étant occupée par un M. et une Mme Phelps, qui venaient d'arriver par l'autocar du matin. On attendait d'autres pensionnaires pour l'après-midi.

— J'imagine que Mlle Jade doit être un peu fâchée, dit doucement Sleeman à Bony. George n'est pas encore rentré et il y a des tas de gens qui vont débarquer aujourd'hui et demain. Il lui avait juré qu'il serait de retour ce matin. Vous êtes allé vous promener ?

— Oui. J'ai fait deux ou trois kilomètres sur la route. C'est une belle route et le cadre est magnifique, vous ne trouvez pas ?

Sleeman hocha la tête.

— Superbe, reconnut-il. Je vais sans doute sortir cet après-midi. Vous voulez m'accompagner ?

Tout en souriant, Bony lui dit qu'il regrettait, mais qu'il avait l'intention de se reposer et de lire un roman. La conversation devint assez décousue, Sleeman ayant l'air un peu gêné de se retrouver seul avec Bony, et Bony se sentant un peu fatigué après avoir passé toute la nuit à travailler.

Plus tard, un manteau sur le dos et une couverture sur les jambes, Bony s'installa sur la véranda et se mit à réfléchir à Sleeman. Etait-ce bien lui qui avait fouillé ses affaires la nuit où il était allé apporter le contenu des stylos au colonel Blythe ? Il avait peine à le croire, parce que la personne qui s'en était chargée était experte, tandis que le travail qu'avait accompli Sleeman dans la chambre de George était celui d'un amateur. Mais attendez ! Si Sleeman savait que George ne reviendrait pas au *Chalet*, il s'était peut-être dit qu'il n'avait aucun besoin de tout remettre soigneusement en place.

Bon, bon ! Pourquoi s'inquiéter ? Le temps apporterait la réponse. Le temps dévoilerait toute l'histoire. En attendant, il restait deux heures avant le thé de l'après-midi. Dans l'air pur et frais du Mont Chalmers, Bony sombra dans le sommeil du juste.

Les bavardages des nouveaux pensionnaires le réveillèrent. Dix ou douze étrangers s'appuyaient à la balustrade de la véranda et admiraient la vue. Il se sentit reposé, l'esprit en éveil. Qu'était-il donc en train de se dire à propos de Sleeman ? Ah oui ! Sleeman savait-il hier soir que George n'allait pas revenir au *Chalet* ?

Cette possibilité lui traversa l'esprit pendant que Mlle Jade le présentait aux nouveaux pensionnaires à l'heure du thé. Ensuite, il partit à la recherche de Bisker.

— Vous avez aperçu George ? lui demanda-t-il.

Bisker secoua la tête, puis dit :

— M. Downes n'est pas de retour, lui non plus.

— Vous n'aviez pas l'impression que George risquait de ne pas revenir, n'est-ce pas ?

— Non. Il semblait tout prêt à rentrer de bon matin, répondit Bisker. J'me d'mande c'qui lui est arrivé.

— Moi aussi. Mais il va falloir être patient.

Ce soir-là, les pensionnaires occupaient presque toutes les tables de la salle à manger. Downes était revenu vers cinq heures et, peu de temps après, Lee et l'artiste peintre étaient arrivés. Le Sentier des Mille Pas et les beaux paysages qu'ils avaient vus constituèrent la plus grande partie de la conversation. Downes et Bony écoutaient le peintre avec beaucoup de plaisir car il était aussi doué pour manier le verbe que le pinceau. Quant à Sleeman, son intérêt allait plutôt à Wanaaring.

Peu après huit heures, Bony s'éclipsa et se rendit au poste de police. Bolt l'y attendait en compagnie de Mason.

— Qu'est-ce que tout ça veut dire ? demanda sans préambule l'énorme commissaire.

— Ah... bonsoir, commissaire, répliqua Bony, souriant d'un air naïf en croisant le regard dur. Bonsoir, Mason. Il fait bien chaud, ici, c'est agréable. Alors, avez-vous repéré notre ami ?

— Non, lâcha Bolt. Il n'est pas revenu au *Chalet* ?

— Non.

Bolt fixa le petit sang-mêlé qui, avec un calme agaçant, était en train de se rouler une de ses horribles cigarettes. Puis il explosa :

— Qu'est-ce que vous savez au sujet de ce George Banks ? Allons, Bony, crachez le morceau !

— Est-ce que vous vous souvenez d'un dénommé Mick ? Soixante-dix kilos, taille moyenne, yeux marron, léger accent irlandais ? demanda Bony.

Bolt secoua sa grosse tête. Puis il s'exclama :

— Attendez ! Ça pourrait être Mick-le-baratineur.

Mais il a quitté le pays au début de la guerre et on l'a aperçu à Londres en quarante-trois, il me semble.

— Quelle était sa spécialité ? demanda Bony.

— Extorquer des secrets militaires aux femmes d'officiers, en premier lieu. Pas très loin derrière, il y avait le chantage. Qu'est-ce qu'il vient faire dans cette histoire ?

— Il pourrait tout simplement être l'ami de notre George Banks. Si vous contactez le colonel Blythe, il vous en dira peut-être davantage sur ce Mick-le-baratineur.

— Bon, d'accord ! fit Bolt d'un ton sec. Mais commencez par le commencement et déballez toute l'histoire. Que se passe-t-il avec les bagages de Grumman ? Que savez-vous au sujet de ce George Banks ?

— Plus je vous vois et plus je trouve que vous ressemblez au colonel Spendor, commissaire, se désola Bony. On ne gagne rien à se montrer impatient. Et en plus, c'est mauvais pour la tension. Et maintenant, écoutez-moi bien calmement. Ce Mick — il peut fort bien s'agir de votre Mick-le-baratineur — est passé voir Mme Bagshott, en prétendant être le représentant d'une organisation qui rassemble vêtements et chaussures, et elle lui a donné plusieurs paires de chaussures, y compris une paire qui appartenait à son mari.

« Je me suis beaucoup intéressé aux traces de pas qu'on peut voir autour du *Chalet du Panorama*. Ce sont des chaussures de pointure quarante-six qui les ont faites. Ces chaussures ont laissé sur la pelouse de Mlle Jade ce qu'on a baptisé les Empreintes du Diable. Je vous en ai parlé la dernière fois que vous êtes venu. Comme vous vous en souvenez sans doute, je doutais que les pieds de Bagshott aient pu se trouver dans les chaussures qui ont laissé ces empreintes. Les chaussures dont Mme Bagshott s'est débarrassée, celles qui ont laissé ces marques autour du *Chalet* et sur la pelouse, se trouvent maintenant à l'intérieur d'un coffre, dans un débarras du *Chalet*. Dans ce même débarras, il y a aussi les bagages de Grumman. Et dans la malle de George, j'ai retrouvé un costume bleu marine que pouvait fort bien porter l'homme au masque et au pistolet lorsqu'il nous a attaqués, Bisker et moi, dans la cabane, et en a profité pour me voler deux stylos.

— En a profité pour vous voler deux stylos ! aboya le commissaire Bolt.

— Oui. C'étaient de beaux stylos. Je veux les retrouver. Ils sont à moi. J'en ai promis un à ma femme et l'autre à Charles, mon fils aîné.

Bolt considéra Mason d'un regard désespéré.

— Passez-moi une sèche, Mason, grommela-t-il avant de dire à Bony : Continuez comme ça. Nous pourrons facilement trier tout ça, Mason et moi… pas de problème.

— Parfait ! Je pensais bien que vous en étiez capables, murmura Bony en souriant toujours. Mais pour l'instant, tout est encore assez vague. Il y a de fortes présomptions qui pèsent sur Banks, mais je n'ai encore aucune preuve. Elles suffiraient à le faire arrêter, mais il est trop tôt pour vous remettre un rapport. C'est pourquoi je vous ai suggéré de l'accuser d'usurpation de références professionnelles, de façon à pouvoir le faire tenir tranquille pendant un ou deux jours. Et puis il y a d'autres points à régler, l'un concernant notre ami Marcus.

— Marcus ! (Bolt regarda fixement Bony. Puis il ajouta en hurlant presque :) Que savez-vous à son sujet ?

— Pas grand-chose, je dois l'avouer, commissaire, rien qui permette de toucher au but. Revenons à ce Mick-le-baratineur. Avez-vous une photo de lui dans vos fichiers ?

— J'en sais rien. Il doit bien y en avoir une. (L'exaspération de Bolt fit place à un moment de paisible férocité.) Ecoutez, Bony, je vais vous parler en ami. Marcus, c'est de la dynamite. Vous amuser avec lui revient à faire joujou avec de la dynamite. C'est une bête féroce. S'il se doute un tant soit peu que vous en avez après lui, il vous enverra *ad patres*... aussi vite que le pauvre Rice.

Bony se leva. Il considéra le sommet d'un magnifique dôme crânien avant d'abaisser son regard sur de petits yeux marron qui ne cillaient pas.

— Merci, commissaire, dit-il d'une voix égale. Je ne suis pas encore tout à fait prêt à boucler cette enquête, mais la fin approche. Alors soyez chic et accordez-moi encore quelques jours. Entre-temps, occupez-vous du copain de Banks. Nous supposerons qu'il s'agit bien de ce Mick-le-baratineur. Attrapez aussi Banks. C'est lui qui a dû cacher les bagages de Grumman dans le débarras, et c'est lui, ou son copain, qui a dû transporter le corps dans le fossé, après avoir chaussé une paire de souliers appartenant à Bagshott. Nous en saurons plus quand le filet se sera refermé sur eux. Ces deux hommes sont responsables de la mort de Grumman. Si vous avez une photo de Mick-le-baratineur, vérifiez si Mme Bagshott est capable de le reconnaître. Laissez-m'en une ici, je la prendrai demain matin. Je voudrais la montrer à quelqu'un qui a vu ce fameux Mick. Mais pas de policiers au *Chalet*, s'il vous plaît, pas encore !

Bolt se détendit et poussa un formidable soupir.

— J'ai sacrément envie de vous arrêter, Bony, pour vous mettre en sûreté, gronda-t-il. Je vous connais bien, je connais bien votre dossier, et je sais que ce type de criminel roublard et beau parleur sort de votre domaine de compétence.

— C'est ce qui rend cette affaire d'autant plus intéressante, répliqua Bony. Avez-vous trouvé quelque chose sur ce William Jackson, le propriétaire de la Studebaker ?

Bolt lança un regard furieux à Mason et celui-ci sortit un feuillet.

— Rien à signaler contre Jackson, lut-il. Possède

une entreprise de peinture. Les bureaux sont à Flinders Lane. Travaille à East Richmond.

— Est-ce que votre dossier indique s'il a une maison dans la région ? demanda Bony.

— Non. Mais... j'ai la liste de tous les propriétaires du Mont.

— Cherchez-y William Jackson.

Mason s'affaira avec un fichier, parcourant la succession de noms du bout du doigt. Puis il dit :

— Ah oui ! William Jackson possède une maison qui s'appelle la Haute-Montagne. Je la connais. Elle se trouve à trois kilomètres sur la grand-route.

— On dirait que vous vous en doutiez, grommela Bolt en observant le sourire plein d'allégresse qui envahit les yeux bleus de Bony. Nom d'un chien ! Ça me donne encore plus envie de vous mettre à l'abri !

— Commissaire... si vous faites une bourde, vous ne reverrez pas votre cher ami Marcus, l'avertit Bony avant d'ajouter à l'adresse de Mason : Sur la route du *Chalet du Panorama*, avant de tourner à gauche, il y a une maison derrière une haie de sapins. Qui y habite ?

L'esprit de Mason s'emballa.

— Une femme qui s'appelle Mme Elridge et sa fille. La fille est handicapée.

— Merci, Mason. Et vous aussi, commissaire. (Bony mit son chapeau.) Je vais y aller. Je passerai vous voir demain à la même heure. Bon courage !

— Une minute ! lâcha Bolt en se levant lui aussi. Vous voulez bien nous laisser poster un homme dans ce *Chalet du Panorama*, juste pour veiller sur vous quand vous aurez le dos tourné et vous éviter de prendre une balle ? J'ai un type qui sait très bien jouer au play-boy.

Bony secoua négativement la tête. Il sourit en croisant le regard inquiet de Bolt.

— Ne vous en faites pas pour moi, commissaire. Demain soir, je serai peut-être en mesure de vous apporter de quoi frapper un grand coup.

L'histoire de Mick-le-baratineur

Le lendemain soir, vers onze heures, alors que le commissaire Bolt et l'officier de police adjoint Mason commençaient à croire que Bony ne se présenterait plus au poste de police du Mont Chalmers, ils entendirent sa voix. Il était en train d'affirmer à la femme de Mason qu'il pouvait se débrouiller pour trouver son chemin jusqu'au bureau.

— Il a dû passer par la porte de derrière, fit remarquer Mason.

— Il peut bien passer par la cheminée si ça l'amuse, du moment qu'il vient, grommela Bolt. (Il poussa l'un de ses formidables soupirs, puis ajouta :) Je commençais à m'ennuyer. Tenez-vous tranquille et écoutez-le bien. Il laissera peut-être échapper une indication quelconque sur l'identité de Marcus.

La porte s'ouvrit et Bony entra. Il jeta un coup d'œil à l'horloge bon marché accrochée au-dessus de la cheminée et décocha un sourire rayonnant aux deux hommes qui l'attendaient impatiemment depuis plus de deux heures. Mason le considéra d'un air impassible ; l'homme corpulent le fusilla du regard. Bony dit :

— Je regrette d'être en retard, mais un pensionnaire a réussi à me persuader de jouer aux dames avec lui. Il jouait très bien et je n'ai pas pu terminer la partie avant dix heures et demie.

— Une partie intéressante ?

— Très, dit Bony en s'asseyant en face du commissaire, devant le bureau. Mon partenaire savait à merveille se servir de ses dames. Je suis sûr que vous seriez ravi de le rencontrer. Je vous le présenterai, un de ces jours. Il aimerait sans doute faire une ou deux parties avec vous.

— Je ne m'intéresse pas beaucoup aux dames... pour l'instant, dit Bolt avec brusquerie.

— Vous devriez vous y intéresser tout le temps, jour et nuit, répliqua Bony en se roulant une cigarette. C'est fantastique pour faire travailler son cerveau et ça permet également de mieux connaître son prochain. Bien, bien, bien ! Qu'est-ce que vous avez à m'annoncer ce soir ?

— Un de vos amis est bouclé et un autre est à la morgue.

— Hum ! On progresse un peu, hein ? J'espère que ce n'est pas l'ami Marcus qui est à la morgue.

— Ce matin, en faisant sa ronde, un laitier a découvert le corps d'un homme à l'intérieur d'une propriété, juste devant la grille, à Coburg. Les occupants de la maison déclarent qu'ils ont entendu une voiture s'arrêter dans la rue vers trois heures du matin et comme ils affirment ne pas connaître le défunt, nous supposons qu'il a été déposé par cette voiture. La grille, à propos, se trouve à mi-chemin entre deux lampadaires. Le corps est celui de votre copain George Banks.

Pendant que Bolt parlait, Bony le fixait, les sourcils légèrement haussés. Si le commissaire espérait voir la surprise abaisser ces beaux sourcils, il fut sans doute déçu. Comme Bony ne faisait pas de commentaire, il poursuivit :

— Dans ses poches, on a retrouvé des références professionnelles concernant George Banks, deux lettres signées Mick, qui lui fixaient rendez-vous à des dates passées. Il y avait également une paire de fins gants de caoutchouc, un portefeuille qui contenait cinquante-trois livres en billets de banque, quelques pièces d'argent et un lourd étui à cigarettes en or massif, avec les initiales B.G. gravées dessus.

— Pas de pistolets, bien entendu ? intervint Bony.

— Pas de pistolets.

— Et la mort a été causée par… ?

— Une balle dans la tête… après une bonne raclée.

— Seigneur !

Les petits yeux marron du commissaire plongèrent dans les yeux bleus grands ouverts de l'inspecteur Bonaparte. Bolt dit :

— S'ils lui ont fichu une raclée, c'est manifestement pour lui soutirer des renseignements.

Bony hocha la tête pour signifier son accord et dit :

— Soit parce qu'ils en avaient désespérément besoin, soit parce qu'ils étaient très déterminés à les obtenir. L'étui à cigarettes portant les initiales de Grumman est intéressant. Les gants de caoutchouc aussi. Quel est l'ami à moi que vous avez arrêté ?

— Mick-le-baratineur. Nous l'avons appréhendé sur un bateau de la Black Funnel qui devait partir demain. Nous l'avons emmené voir le corps. Après ça, il s'est effondré et il nous a fait une déposition. En voilà une copie.

Bony prit les feuilles sans mot dire, alluma une cigarette et se carra dans son fauteuil pour commencer sa lecture.

« Mon vrai nom est Michael Francis O'Leary et je suis né à Sydney en 1907. Mon père était irlandais et ma mère anglaise. J'ai un frère, Daniel, qui est né à Londres en 1911.

« Au début de l'année 1945, je suis allé en Allemagne pour y accomplir une mission secrète, étant à l'époque au service du gouvernement britannique. Si on m'avait confié cette mission, c'était parce que j'avais terminé mes études en Allemagne et que j'avais ensuite beaucoup voyagé dans les pays européens. Je parlais donc l'allemand sans accent et je connaissais bien la mentalité allemande. On m'a choisi aussi parce que j'ai toujours su y faire avec les femmes.

« Au cours de cette mission, j'ai rencontré la maîtresse d'un officier supérieur de l'armée, un dénommé Lode, et par cette femme, j'ai appris que Lode faisait partie de l'état-major général allemand. Il était amoureux de cette femme et comme elle s'est amourachée de moi, je me suis retrouvé en position de force.

« En mars de cette même année, l'état-major général allemand a compris que l'effondrement de l'Allemagne était inévitable. Le général Lode a donc été chargé de sortir du pays certaines formules ultra-secrètes de drogues et d'explosifs, ainsi que d'autres renseignements qui étaient d'une immense importance pour le haut commandement allemand. Ses membres savaient qu'ils seraient forcés de dissoudre l'état-major général pendant plusieurs années, à cause de la défaite et de l'occupation alliée. Il pourrait être réorganisé à une date ultérieure et se verrait confier la tâche de préparer la prochaine tentative de conquête du monde.

« L'éventualité de la défaite avait apparemment été envisagée avant les hostilités. On estimait que Hitler allait se lancer dans une guerre que le pays n'était pas prêt à livrer.

« Aux Etats-Unis, il y avait un homme qui s'appelait Grumman, un Allemand qui avait été naturalisé américain peu après la Première Guerre mondiale. Il est venu en Allemagne en 1937 ou 1938 on s'est aperçu qu'il ressemblait étonnamment à Lode. Le plan suivant a donc été imaginé :

« L'état-major général a décidé de faire sortir du pays ses documents secrets pour les mettre à l'abri jusqu'à sa réorganisation. Il a fait photographier et réduire à la taille de têtes d'épingle les formules et les plans. Ce microfilm devait être enroulé sur des bobines et inséré dans deux stylos à encre. Deux autres copies devaient être faites et remises à deux autres officiers qui allaient quitter le pays avant la débâcle. Je ne sais rien à leur sujet.

« Lode a quitté l'Allemagne en sous-marin et a accosté quelque part en Floride. Grumman l'a accueilli, lui a remis toutes ses pièces d'identité et ses effets personnels, et il lui a communiqué des renseignements sur ses affaires. Grumman est monté à bord du sous-marin et il est reparti en Allemagne. Lode a pris l'identité de Grumman, citoyen américain.

« J'ai quitté l'Allemagne en avril 1945, après avoir rempli la mission que m'avait confiée le gouvernement britannique. Certains agents ont mal accepté ma désertion, mais je ne leur ai pas laissé le temps de se venger.

« Au début de cette année-là, je suis arrivé en Australie sur le même bateau que Grumman. Pendant la traversée, je me suis lié avec cet homme, qui n'était autre que Lode, et je lui ai recommandé le *Chalet du Panorama*, sur le Mont Chalmers, en lui disant que c'était un endroit agréable, beau, calme et retiré. Je l'ai fait parce que je savais que mon jeune frère y travaillait comme sommelier. Je me disais qu'à nous deux, nous arriverions à arracher à Grumman ses documents secrets. Le prix que nous réussirions à en tirer suffirait à nous permettre de vivre dans le luxe jusqu'à la fin de nos jours.

« Grumman a accosté à Sydney. Moi aussi. Sans me faire remarquer, je l'ai surveillé pendant toute la semaine qu'il a passée à Sydney. Aucun Allemand ne l'a contacté. Il est arrivé à Melbourne en train. J'avais pris le même. Pendant une semaine, il a logé à l'*Australia*. Moi aussi. Encore une fois, personne ne l'a contacté. Puis il a suivi mon conseil et il s'est rendu au *Chalet du Panorama*. Je suis allé dans la région et j'ai logé dans une autre pension.

« Mon frère me tenait informé des faits et gestes de Grumman. Ce dernier devait se sentir en parfaite sécurité car il n'avait pris aucune mesure pour se protéger d'une agression ou d'un vol éventuels. Le soir, quand il s'absentait pour faire une courte promenade avant d'aller se coucher, mon frère Daniel fouillait ses affaires. Il était expert en la matière. Il n'a pas trouvé les stylos, je n'espérais d'ailleurs pas qu'il les trouve. Bien sûr, il était toujours possible qu'ils aient été glissés dans le cuir d'une de ses malles ou dans les semelles d'une paire de chaussures qu'il ne portait pas à ce moment-là.

« J'étais sûr qu'il était encore en possession des stylos, qu'il ne les avait remis à personne, et qu'il ne le ferait pas avant qu'un membre de l'"Ordre des Epées", une organisation secrète prussienne qu'on prétend encore plus haut placée que l'état-major général allemand, ne le lui ordonne.

« Daniel m'a dit que peu de temps après l'arrivée de Grumman, un certain Sleeman s'était également présenté au *Chalet du Panorama*. Daniel a compris le jeu de Sleeman quand il l'a vu sortir par la fenêtre de la chambre de Grumman pendant que l'Allemand était allé faire sa petite promenade coutumière. Nous n'arrivions pas à savoir qui était Sleeman... un escroc ordinaire, à l'affût de n'importe quel coup, ou un membre d'une organisation qui cherchait à mettre la main sur les documents secrets de Grumman. Daniel m'a dit qu'il buvait pas mal le soir, mais c'était le genre de bonhomme qui tient la forme quand il a ingurgité du whisky. D'ailleurs, il jouait au poivrot, feignant d'être à moitié soûl alors que ce n'était pas le cas.

« J'étais sûr que Grumman avait encore les stylos. Ses supérieurs avaient choisi d'y dissimuler les microfilms tout d'abord parce que les stylos sont des objets très usuels, et surtout parce qu'on les glisse généralement dans une poche de poitrine et qu'on ne peut manquer de les remarquer en changeant de vêtements, exactement comme on remarque une chaîne de montre qui vous barre l'estomac. J'étais sûr que quand Grumman retirait ses vêtements, il épinglait l'étui des stylos à la poche de sa veste de pyjama.

« Quand Grumman a reçu la visite de deux hommes et de deux femmes, j'ai commencé à me faire du souci. Depuis qu'il était en Australie, c'était la première fois que des amis sortaient d'on ne sait où pour le contacter. J'ai donc décidé qu'il ne fallait pas tarder davantage.

« La nuit où Grumman a été assassiné, Daniel a ajouté un peu de bromure de potassium au dernier verre qu'il a bu avant d'aller se coucher. Il a versé la même chose dans le verre de Sleeman. C'était avant onze heures, l'heure à laquelle on éteint la lumière de la véranda.

« A onze heures, quand elle a été éteinte, je suis monté de la route et j'ai attendu sous les fenêtres de Grumman. Au bout d'une heure environ, Daniel a ouvert les portes-fenêtres de l'intérieur. Je suis entré, j'ai baissé les stores, tiré les rideaux, et j'ai allumé la lumière. Au lieu de trouver Grumman endormi par le bromure, nous l'avons trouvé mort. Il n'est pas mort à cause du bromure, parce que Sleeman a eu la même dose et n'en a pas souffert.

« Nous ne savions pas qui avait tué Grumman, mais à ce moment-là, j'ai pensé — et je pense toujours, d'ailleurs — que Sleeman avait mis du poison dans l'eau de la carafe. Grumman en avait en effet versé un peu dans un verre et l'avait bue... Sleeman avait l'intention de l'examiner ensuite sous toutes les coutures comme nous voulions le faire nous-mêmes après lui avoir donné le bromure. En tout cas, pensant que Sleeman avait empoisonné Grumman et sachant que Sleeman dormirait pendant au moins quatre heures, nous avons fouillé le corps et nous avons trouvé les stylos épinglés à la poche du pyjama. Daniel a pris les stylos et comme nous étions tous deux bouleversés par cette mort, je n'ai pas pensé à les lui reprendre quand je suis reparti à travers la pelouse pour rejoindre la route.

« Le lendemain matin, un homme que je ne connaissais pas est venu voir Grumman et a tué un policier. Daniel a commencé à avoir la frousse et quand il est allé verrouiller la porte d'entrée pour maintenir les pensionnaires à l'écart jusqu'à l'arrivée de la police, il a fourré les stylos et leur étui dans le bac d'un arbuste. Il avait peur que la police ne procède à des fouilles.

« Le soir, une fois l'excitation retombée et l'examen des lieux terminé, Daniel s'est aperçu que l'homme à tout faire s'intéressait particulièrement à ce bac. Donc, quand il est allé chercher les stylos, à la nuit tombée, et qu'il s'est aperçu qu'ils n'étaient plus là, il a naturellement supposé que c'était l'homme à tout faire qui les avait pris parce qu'il l'avait vu les y enterrer.

« Il est arrivé à la cabane au moment où un pensionnaire nommé Bonaparte y entrait. Il s'est dit que ce pensionnaire voulait que l'homme à tout faire lui rende un service ou lui fasse une course le lendemain. Une fois Bonaparte ressorti, Daniel a menacé l'homme à tout faire de son arme, mais celui-ci a juré que Bonaparte lui avait pris les stylos. Daniel l'a assommé, puis il s'est aperçu qu'il avait dit la vérité, parce que les stylos n'étaient pas sur lui. Il a voulu aller voir Bonaparte, mais il l'a aperçu qui revenait vers la cabane. Au bout d'un petit moment, Daniel a réussi par la ruse à lui faire ouvrir la porte. Il a menacé Bonaparte de son arme et il a récupéré les stylos.

« J'ai oublié de préciser qu'avant d'aller menacer l'homme à tout faire, Daniel avait passé un vieux costume et s'était masqué le visage avec un mouchoir.

« Bonaparte est parti tard cette nuit-là et il n'est revenu au *Chalet* que le lendemain après-midi.

« Finalement, après avoir attendu que la police se calme un peu, j'ai téléphoné à Daniel et il a pris ses dispositions pour venir en ville. Nous nous sommes donné rendez-vous dans un café et Daniel a sorti les stylos. Au bout de chacun d'eux, il y avait une vis qui, je le savais, était fixée à une bobine autour de laquelle était enroulé le microfilm.

« Le pensionnaire qui s'appelle Bonaparte avait dû retirer les microfilms pendant qu'il s'était absenté de la cabane de l'homme à tout faire, et il avait dû les emmener en ville pour les remettre à quelqu'un.

« J'ai vu le corps de mon frère Daniel. L'horrible traitement qu'on lui a fait subir avant de le tuer ressemble bien aux sévices que pratiquerait l'"Ordre des Epées" allemand pour découvrir où se trouve le contenu des stylos. J'ignore pour le compte de qui travaillent Sleeman et Bonaparte, mais je suis sûr que ni l'un ni l'autre n'appartient à l'"Ordre", car ils ne remplissent pas les conditions. »

Bony reposa la déposition sur le bureau et sans faire de commentaire, il se confectionna une cigarette. Bolt demeura silencieux jusqu'au moment où l'inspecteur craqua une allumette. Il dit alors :

— Eh bien, qu'en pensez-vous ?

— Avez-vous vu le colonel Blythe et lui avez-vous montré cette déposition ? demanda Bony.

— Oui. Il dit qu'O'Leary était bien un agent secret au service du gouvernement britannique et que la première partie de cette déclaration peut parfaitement être vraie, pour l'essentiel.

— C'est également mon point de vue, commissaire. Mais plusieurs points de la deuxième partie me font penser que cette déclaration est loin d'être exacte. O'Leary nie toute participation à l'empoisonnement de Grumman et dit que son frère a ajouté un somnifère au dernier verre qu'a bu Grumman. Pourtant, quand il a traversé la pelouse pour repartir, il portait quelque chose de très lourd, ce quelque chose étant le corps de Grumman. Ces détails peuvent néanmoins attendre pour l'instant. Le destin de son frère présente un intérêt plus immédiat.

— D'accord ! acquiesça Bolt. Vous ne savez vraiment pas qui a pu le tuer ? Et ce Sleeman ?

— Sleeman peut y être mêlé, mais il n'a pas quitté le *Chalet* sauf quelques heures pour aller se promener hier après-midi. Imaginons un scénario fictif à partir des maigres éléments dont nous disposons. Certains individus supposent que George — c'est le nom que nous donnerons à Daniel O'Leary — a tué Grumman et a volé les stylos. Ils kidnappent George en ville, une fois qu'il a quitté son frère — lequel, entre parenthèses, ne précise pas ce qui est arrivé aux stylos quand il s'est aperçu que les microfilms en avaient été retirés. Ils trouvent les stylos sur George et constatent que les secrets qu'ils renfermaient se sont évanouis. Qu'est-ce que George a fait des microfilms ? George ne veut pas parler. Ils le torturent et peut-être George raconte-t-il l'aventure qu'il a eue avec Bisker et moi. Ils trouvent que c'est un peu fort. Qui était l'homme qu'il a rencontré en ville ce jour-là ? George ne veut pas le dire. Ils le torturent davantage. George ne parle toujours pas, ne voulant rien dire qui puisse mettre ses tortionnaires sur la piste de son frère. Donc, à la fin, ils le tuent. Je suis tenté de croire que George est mort en héros.

« Bon, après avoir tué le serveur obstiné, ils se rappellent l'aventure qu'il prétendait avoir eue avec Bisker et moi, et ils vont sans doute essayer de la vérifier. Hum ! Voilà qui risque d'être intéressant.

— S'ils vous les appliquent, vous trouverez sans doute leurs méthodes de persuasion intéressantes, dit lentement Bolt, d'un ton appuyé.

Pour la première fois, Mason fit une observation.

— Est-ce que ceux qui ont attrapé George ne pourraient pas être les amis de notre Marcus ? dit-il. Marcus est bel et bien venu voir Grumman au *Chalet*. Il le connaissait.

Bolt attendit que Bony lui oppose des arguments.

— C'est tout à fait vraisemblable, bien que nous

n'en ayons pas la preuve. O'Leary n'y fait aucune allusion dans sa déposition. Il ne devait pourtant pas ignorer que l'assasin de Rice était venu voir Grumman. Mais aucun des deux frères ne devait savoir ce que nous connaissons au sujet de Marcus. Même sans preuve, je suis très tenté de croire que Marcus est effectivement derrière le meurtre de George.

— Ce qui voudrait dire que vous n'allez pas y couper, Bisker et vous, conclut Bolt.

— Laissez-moi réfléchir, demanda Bony.

— Ne réfléchissez pas, insista Bolt. Dites-nous plutôt où est Marcus, si vous le savez.

Bony sourit et Bolt eut envie de se pencher par-dessus le bureau pour lui flanquer une claque.

— Dites-moi, comment êtes-vous arrivé à convaincre O'Leary de faire cette déposition ? demanda Bony.

— Eh bien, nous l'avions embarqué pour l'interroger au commissariat quand le cadavre de George est arrivé à la morgue. J'y ai conduit O'Leary pour voir s'il pouvait l'identifier. Quand il a vu le corps, il s'est effondré, je serais d'ailleurs le dernier à le lui reprocher. Au bout d'un moment, il s'est calmé, il m'a dit que c'était son frère et qu'il allait faire une déposition pour pouvoir se retrouver à l'abri derrière les barreaux. Pour sa part, il croit fermement que les gens qui ont tué George sont des membres de cette organisation secrète allemande, cet « Ordre », qui protège Grumman depuis son arrivée aux Etats-Unis.

— Et il pourrait bien avoir raison, commissaire, ajouta Bony. Non, nous n'allons pas encore sauter sur Marcus. Et nous n'allons pas non plus nous en prendre à notre M. Sleeman. Pas pour l'instant. Nous allons laisser à ces sinistres personnages une chance de se découvrir.

L'énorme commissaire se pencha par-dessus le bureau et fixa un regard furieux sur Bony. Quand il prit la parole, sa voix évoqua la tôle ondulée quand on la découpe.

— Supposons qu'ils vous coincent et qu'ils se débarrassent de vous une bonne fois pour toutes, à ce moment-là, comment pourrons-nous cueillir Marcus ? Si vous savez qui il est et où il est, dites-le-nous avant que ce soit votre tour d'être piégé, torturé et liquidé.

Soutenant le regard sinistre de Bolt sans ciller, Bony articula lentement :

— Je serais très surpris d'être liquidé, ça ne m'est encore jamais arrivé. Allez, bonne nuit. Et surveillez bien votre tension.

Trois larrons en foire

Bisker n'était pas le seul membre du personnel de Mlle Jade à avoir été doté d'un réveil. L'autre était Mme Parkes, la cuisinière. Contrairement à Bisker, elle était incapable d'exprimer la haine qu'elle vouait aux réveils, à Mlle Jade et à l'univers en général, pour la bonne raison qu'elle ne dormait jamais avec son dentier et que de toute façon, elle ne prononçait pas un seul mot avant de s'être humecté le gosier avec du thé chaud.

Ce matin-là, en ouvrant la porte de la cuisine, elle fut éberluée de trouver la pièce plongée dans une obscurité totale. Non seulement les lampes n'étaient pas allumées... mais les feux non plus... et il n'y avait pas de thé préparé par Bisker qui l'attendait... d'ailleurs, il n'y avait pas de Bisker du tout.

Après ce choc indéniable, Mme Parkes se dit que son réveil avait dû sonner trop tôt. Puis, en jetant un coup d'œil à l'horloge de la cuisine, elle vit qu'il ne lui avait pas joué de tour. Il était bien six heures cinq.

Six heures cinq ! Et toujours pas de feux allumés... pas de thé prêt... et les chaussures de la quarantaine de pensionnaires qu'il fallait cirer ! Pas de thé ! Cet idiot de Bisker devait avoir oublié de régler la sonnerie de son réveil et en ce moment même, il gaspillait sans doute le peu de cervelle qui lui restait à roupiller.

Sans dents, maintenant dans une colère noire, Mme Parkes traversa la cuisine à grandes enjambées, alluma la cuisinière électrique, posa la bouilloire sur la plaque et partit réveiller Bisker. Elle frissonnait en marchant dans l'obscurité totale qui précédait l'aube, et les muscles de ses bras se tendaient et se relâchaient pour se préparer au dur labeur qu'ils allaient devoir accomplir.

A son vif étonnement et regret, elle trouva le lit de Bisker vide. Elle ne savait pas s'il y avait dormi cette nuit-là car il faisait son lit une fois par mois.

De retour dans la cuisine, Mme Parkes s'aperçut que la bouilloire « chantait » sur la plaque électrique, mais même ce bruit réconfortant ne réussit pas à atténuer la fureur qui lui étreignait l'esprit. De la cuisine, elle s'avança lourdement dans le couloir qui menait aux chambres du personnel et réveilla les deux femmes de chambre, qui, d'ordinaire, ne se levaient pas avant sept heures. Quand elles pénétrèrent dans la cuisine, Mme Parkes avait allumé les feux des fourneaux et elle buvait son thé en fumant sa première cigarette.

— Que l'une de vous aille dire à Mlle Jade qu'on commence à n'plus avoir de cœur à l'ouvrage, dit-elle avec une vigueur qui n'était pas vraiment nécessaire, avant d'ajouter : George est toujours pas revenu et voilà qu'Bisker est parti, lui aussi. Il faudra qu'les pensionnaires s'cirent les souliers tout seuls, pour une fois.

Pour ajouter encore au tragique de ce début de journée, l'une des femmes de chambre se mit à glousser et fila. La vue de la cuisinière aux proportions majestueuses, l'état de sa toilette, son visage carré et blanc, avec, au milieu, le nez qui rappelait une sébile de jeu de puce, et, de surcroît, sa bouche caverneuse édentée, enfin la tasse de thé tenue d'une main levée haut tandis que l'autre main brandissait une cigarette, voilà qui en était trop pour Alice.

Cinq minutes plus tard, Mlle Jade entra dans la cuisine. Elle portait une robe de chambre en soie écarlate et des chaussons en fourrure de lapin bordée de satin blanc.

— Que se passe-t-il, Mme Parkes ?

Il fallut un peu plus de deux minutes à Mme Parkes pour relater ses malheurs. Mlle Jade l'écouta sans tenter de l'interrompre, et quand le mécanisme s'épuisa de lui-même, elle se contenta de dire :

— Quand Bisker se montrera, vous me l'enverrez.

Ce sont de tels détails qui font chanceler et s'écrouler les empires.

Lorsque la femme de chambre frappa à sa porte avec la tasse de thé matinale, Bony se glissa hors de son lit et retira de devant la porte l'amoncellement de boîtes de tabac vides destinées à l'avertir de toute irruption nocturne indésirable. Il apprit que Bisker ne s'était pas présenté à son poste. Mlle Jade lui transmettait ses compliments et ses regrets. Dans ces circonstances regrettables, est-ce que M. Bonaparte accepterait de cirer lui-même ses chaussures ce matin ?

Bony alluma le radiateur électrique et s'assit à côté pour siroter son thé et fumer une cigarette.

Il n'avait pas vu Bisker depuis l'après-midi précédent.

En robe de chambre, une serviette de bain sur l'épaule, Bony quitta sa chambre avant d'avoir terminé sa cigarette. Il avança d'un pas nonchalant dans le couloir qui menait aux salles de bains. Il ne croisa aucun autre pensionnaire et finalement, il traversa le hall de la réception et sortit par la porte principale qu'on venait d'ouvrir.

C'était une belle journée. Le soleil éclaboussait de couleurs les arbres et le jardin. Au fond de la vallée naviguaient de petits lambeaux de brouillard, qui faisaient penser à de la laine sur le sol d'un hangar à tonte. Pas un nuage ne voguait dans le ciel pur et bleu vif. Pas un souffle ne dérangeait une seule feuille.

En arrivant au chemin cendré qui menait à la cabane de Bisker, Bony y lut la dernière édition des nouvelles.

Il vit la large empreinte des pantoufles de la cuisinière. Il vit les traces des brodequins de Bisker. Elles indiquaient que la dernière fois qu'il était passé par là, c'était pour quitter sa cabane. Il n'y avait pas d'autres marques récentes.

Bony entra dans la cabane. Le store n'était pas baissé, mais cela ne signifiait pas grand-chose, car Bisker le baissait rarement. Le lit était défait, comme il a été indiqué plus haut, mais Bony passa la main dans les couvertures et décida que Bisker n'y avait pas dormi cette nuit-là. Sur la caisse, près du lit, se trouvait le réveil, mais rien d'autre, sauf la pipe qui était habituellement bourrée avec le culot des autres, pour être fumée de bon matin.

La pipe raconta sa petite histoire à Bony. Le fourneau était vide. Bisker devait la bourrer juste avant de se coucher. Il ne l'avait pas fait, par conséquent, Bisker n'était pas revenu dormir chez lui.

Bony contourna la cabane avant de revenir à l'espace dégagé qui se trouvait devant les garages. Il ne vit pas de traces de pas récentes, il n'y avait que celles de Bisker et de la cuisinière sur le chemin. Lorsqu'il s'habilla, il avait l'esprit ailleurs.

Est-ce que ceux qui avaient torturé et tué George s'étaient emparés de Bisker ? Si tel était le cas, ses chances de s'en sortir étaient très faibles. Il y avait, bien sûr, la possibilité que Bisker fût allé dans un hôtel pour y passer la nuit. Son copain, Fred, qui tondait la pelouse, savait peut-être quelque chose.

Bony alla prendre son petit déjeuner. En pensant à Bisker, il n'avait pas la conscience tranquille. Il retrouva l'artiste peintre, Downes, Lee et Sleeman, ainsi qu'un autre homme qui était arrivé la veille. Le nouveau venu était grand, robuste et hâlé, et Bony se demanda si c'était un homme que Bolt avait envoyé malgré leurs accords.

— Ça ne m'a pas gêné, disait l'éleveur. J'ai l'habitude de cirer mes souliers moi-même.

— L'absence de George ne facilitera pas la vie à Mlle Jade, remarqua Sleeman. Il est peut-être allé au pub pour boire un bon coup et il n'a pas eu le courage de s'en aller.

Lee raconta qu'il avait employé des broussards qui ne pouvaient pas flairer l'odeur de l'alcool sans demander leur paye pour se précipiter vers le bar le plus proche. Downes écouta mais parla peu, se contentant de dire que les hommes à tout faire ne devaient pas manquer si on voulait en engager un nouveau.

Après le petit déjeuner, Bony alla voir Mlle Jade dans son bureau.

— Comment se fait-il que Bisker soit absent ? demanda-t-il.

— Il a filé, tout simplement, monsieur Bonaparte. Il savait pourtant bien que nous étions déjà à court de personnel, puisque George n'est pas revenu et que la maison est pleine de pensionnaires.

Mlle Jade était furieuse, sincèrement furieuse, et il se dit que ce matin, elle était plus belle que jamais.

— Il est peut-être à l'hôtel, suggéra-t-il.

— Non, je viens de parler au directeur. Ils n'ont pas vu Bisker depuis quinze jours.

— Est-ce qu'il lui est déjà arrivé de partir sans demander l'autorisation ? insista Bony.

— Jamais. Je dois lui reconnaître ça : il ne s'est jamais absenté le matin, et il s'est toujours réveillé à l'heure. (Mlle Jade sourit, du bout des lèvres uniquement.) Cet homme a beaucoup de qualités, il faut lui rendre justice, mais toutes ses qualités se retrouvent d'un seul coup balayées maintenant que ma maison est pleine et que le serveur a lui aussi déserté.

— C'est très regrettable, murmura Bony.

— Mme Parkes — vous savez, ma cuisinière — est furieuse, dit Mlle Jade. (Elle réussissait parfaitement à se maîtriser, mais la colère flamboyait dans ses yeux.) Les bonnes cuisinières sont difficiles à trouver et difficiles à garder, poursuivit-elle. Les hommes à tout faire aussi sont difficiles à trouver en ce moment. Il va falloir que je me renseigne dans toute la région pour dénicher quelqu'un.

— Et Fred ?

— Il accepterait peut-être de venir... si j'arrivais à mettre la main dessus. Mais il travaille un peu partout.

— Si vous me disiez où il habite, je pourrais aller voir. Il est peut-être chez lui. S'il n'y est pas, j'essaierai de vous le retrouver.

— Oh, monsieur Bonaparte, vous feriez ça ? (Mlle Jade était sincèrement soulagée.) Vous montez jusqu'à la grille du haut et vous descendez jusqu'à la grand-route. Là, vous remontez jusqu'au magasin de fruits et vous prenez à gauche vers le ravin. La petite maison de Fred est sur la droite, près du ravin.

— Parfait. Je vais aller me promener par là immédiatement, l'assura Bony en souriant.

La gratitude poussa Mlle Jade à lui étreindre l'avant-bras.

Bony s'inclina en lui disant :

— Puis-je utiliser le téléphone avant de me mettre à la recherche de Fred ?

— Bien sûr. Tant que vous voudrez. Je vais vous laisser tranquille et aller prendre mon petit déjeuner.

Mlle Jade lui adressa un nouveau sourire, et il s'inclina encore une fois. Elle referma la porte du bureau derrière elle. Il appela le central téléphonique et demanda le poste de police du Mont Chalmers. L'agent de police lui répondit.

— Je voudrais parler à l'officier de police, s'il vous plaît.

— M. Mason ? Qui est à l'appareil ?

— Ne vous occupez pas de ça, répliqua Bony. J'appelle du *Chalet*.

L'agent de police bondit mentalement.

— Oh ! Oui, monsieur, je vous passe M. Mason tout de suite.

La ligne fut silencieuse pendant trente secondes. Puis Mason s'annonça. Bony lui dit tout doucement :

— Vous m'entendez ? (Après une réponse affirmative, il poursuivit :) Je voudrais que vous appeliez le commissaire pour lui dire qu'il peut cueillir à la fois son ami Marcus et un pensionnaire qui s'appelle Sleeman. Le dernier nom en date de Marcus est Downes. Vous avez bien compris ? Que le commissaire procède comme il l'entend.

— D'accord ! Je vais venir avec quelques hommes.

— Attendez, Mason, recommanda Bony. Ne faites rien avant d'avoir contacté Bolt. N'oubliez pas que la pension est pleine. N'oubliez pas non plus que si vous laissez Marcus s'échapper, votre carrière sera fichue. Aucun de vous ne connaît Downes. Attendez que je vous le désigne.

— Hum ! Bon, admettons. D'accord ! Je vais contacter le commissaire. Où peut-on vous toucher en cas de besoin ?

— Ça ne va pas être possible, dit Bony. Vous souvenez-vous de l'ami de Marcus... comment s'appelle-t-il, déjà... celui qui habite la Haute-Montagne, en bas de la grand-route. Je suggère de faire une descente immédiate dans cette maison. Avez-vous eu des nouvelles de Bisker ? Attendez !

La porte du bureau s'ouvrit.

— Eh bien, merci, poursuivit Bony en élevant très légèrement la voix. (Il vit Downes sur le seuil.) Oui, je vais prévenir Mlle Jade. ...Oui, merci beaucoup !

Bony raccrocha le combiné et de sa main libre, il tendit la main vers la poignée pour appeler le central téléphonique.

— Mlle Jade est allée prendre son petit déjeuner, dit-il à Downes.

— Oh ! murmura Downes. Je suis venu pour téléphoner. Je ne savais pas que vous étiez là. Vous avez fini ?

— Non. Mais je ne vais pas être long.

Les yeux de Marcus étaient légèrement plissés. Il sortit et la porte se referma. Bony tourna la poignée de l'appareil. Il était sûr que derrière la porte, Marcus, alias Downes, pourrait entendre ce qu'il dirait s'il parlait normalement. Le central répondit et lui passa le propriétaire du service d'autocars. Il lui demanda s'il savait où Fred travaillait, baissant la voix à dessein.

Il ne put avoir le renseignement. Les voix de plusieurs pensionnaires résonnèrent dans le hall de la réception et Bony fut sûr que Downes n'allait pas rester derrière la porte, si tant est qu'il l'avait fait en sortant du bureau. Mais il attendit tout de même en se roulant une cigarette, puis il quitta la pièce et n'apercevant pas Downes, il se dirigea tranquillement vers la porte principale, puis vers la grille du haut.

Sur la bande de terre molle qui se trouvait entre la propriété et la voie publique goudronnée, il releva les empreintes des brodequins de Bisker. Elles indiquaient qu'il se dirigeait vers la grand-route.

Bony continua à marcher tranquillement vers le croisement. Là, il fit une pause pour admirer la vue, se retournant de temps à autre vers la route secondaire qu'il venait de descendre. Il ne vit pas Downes.

N'apercevant personne, ni d'un côté ni de l'autre de la grand-route, il reprit sa promenade et grimpa la côte. Il était à mi-chemin entre le croisement et le magasin de fruits quand il entendit une voiture derrière lui. Elle roulait vite et avant qu'elle n'arrive à son niveau, il quitta la route d'un air dégagé et s'appuya au tronc d'un magnifique sorbier. A l'approche du véhicule, il se recula encore, prêt à sauter derrière l'énorme tronc au premier signe d'attaque. Il n'y avait cependant que le conducteur dans la voiture, et celui-ci ne vit pas Bony.

L'inspecteur regagna le milieu de la route. Là, les mains au dos, il leva les yeux vers l'arbre immense. Le rugissement de plus en plus lointain du moteur était le seul bruit qui troublait la tranquillité de cette scène sylvestre. Après avoir admiré l'arbre pendant un petit moment, il se remit en marche sur la grand-route, se retournant de temps à autre pour regarder derrière lui.

En arrivant au magasin de fruits, qui n'était pas encore ouvert, Bony prit la petite route toute droite qui descendait en forte pente. Elle était recouverte de gravier et sur la droite, elle était bordée d'un sentier pour piétons. Là, il distingua les traces des brodequins de Bisker.

Ces traces soulagèrent énormément Bony car, à l'évidence, quand Bisker les avait laissées, il s'apprêtait à rendre visite à son ami Fred. Bony commença à siffloter, pressant le pas, et il était arrivé à mi-chemin quand il aperçut deux silhouettes en bas, sortant de derrière les arbres, au milieu de la route.

— La maison de Fred ne doit pas être loin, dit-il tout haut. A voir la démarche de ces deux bonshommes, elle doit être juste là...

Il sifflota à nouveau, puis s'arrêta et se mit à rire tout bas. Les deux hommes remontaient la route, se dirigeant vers lui. Tantôt ils étaient tout près l'un de l'autre, tantôt ils s'écartaient. L'un était grand, l'autre petit. L'un était mince, l'autre bien rond. Le grand portait une lampe-tempête.

La lampe était allumée et fumait.

Bony s'arrêta près d'un arbre et attendit.

Les deux hommes ivres avançaient. Le soleil chaud narguait la flamme minuscule de la lampe mais il ne pouvait masquer la colonne de fumée qui s'échappait par le haut. Bisker trébucha et Fred gémit :

— Pourquoi qu'tu r'gardes pas devant toi ? A quoi ça sert d'emmener une lampe si t'es pas capable de voir la bûche qu'est devant toi ?

— Faudrait d'abord qu' t'éclaires correctement avec c'te fichue lampe, répliqua Bisker. Comment qu'tu veux que j'voie ces satanées bûches et tout si t'arrêtes pas d'balancer la lampe comme si tu voulais faire signe à une p'tite poulette derrière sa fenêtre.

Les deux hommes titubaient sur la route parfaitement régulière et dépassèrent Bony qui quitta son arbre et les suivit.

— J'ai rud'ment envie d'pas rentrer avant d'main matin, grommela Bisker, ayant beaucoup de difficulté à s'exprimer. Combien d'bouteilles de scotch qu'il reste, Fred ?

— Quatre de scotch et près d'deux douzaines de bières, répondit Fred. Elles vont s'garder, t'auras qu'à venir demain soir pour une autre beuverie. Mince alors ! Quelle soirée qu'on s'est payée, Bisker ! Quelle soirée !

Bisker eut un hoquet, puis il fut pris d'un fou rire.

— C'est la meilleure soirée qu'on ait jamais passée, Fred, dit-il (aucun des deux n'avait remarqué que Bony était seulement à deux pas derrière eux). T'sais pas, Fred, quand j't'ai annoncé qu'Prince noir avait gagné, samedi après-midi, et qu' j't'ai vu agiter les bras, j'me suis dit, comme ça : « Qu'est-ce qu'on va s'payer comme cuite, Fred et moi. Cent dix livres, c'est pas mal, comme fric », que j'me suis dit. « De quoi s'offrir pas mal de bonne gnôle », que j'me suis dit.

— Et... hic... comment, Bisker ! approuva Fred.

Bisker s'immobilisa brusquement.

— J'rentre pas à la maison, annonça-t-il. La vieille chipie a qu'à aller s'faire pendre. J'vais retourner goûter encore un peu d'cet élixir. D'abord, on n'est même pas soûls.

— Si, qu'on l'est, lui opposa Fred. Regarde donc où tu mets les pieds ! Tu vois donc pas c'te bûche devant toi ?

Ils s'arrêtèrent pour considérer avec une grande solennité une branche de deux centimètres et demi de diamètre, qui s'était détachée d'un arbre et était tombée sur la route. Fred en approcha la lampe, puis il sauta bien haut pour passer par-dessus. Il se retourna alors et tendit la main à son compagnon. Bisker la lui prit, bêtement, et sauta bien haut, lui aussi. Bony était tout près d'eux, mais ils ne s'en doutaient pas.

— Il est temps qu'ces fichus types d'l'entretien des forêts te prennent quelques jours pour nettoyer c'chemin, Fred, dit Bisker.

Fred lui fit remarquer qu'il était déjà engagé par une centaine de gens pour les deux années à venir.

Lentement, les deux hommes remontèrent en direction de la grand-route. Puis Bisker se redressa, regarda autour de lui et aperçut Bony.

— Hé, Fred, c'satané soleil est l'vé. Eteins donc c'te fichue lampe.

— Comment ça l'soleil est l'vé ?

— Oui, messieurs, le soleil s'est levé et nous avons encore beaucoup de route à faire, déclara gravement Bony.

Bisker s'abrita les yeux d'une main sale.

— Ben mince ! dit-il, sans rien ajouter.

— On a besoin de bois pour les feux, poursuivit Bony. Mlle Jade est très inquiète à votre sujet, Bisker.

— Bien fait ! lança Bisker avec un mépris cinglant.

— La vieille...

— Je vous en prie, Fred. Mlle Jade n'est pas vieille.

— Bien sûr que non, s'empressa de déclarer Bisker. C'est une amie à vous, monsieur Bonaparte ?

— Une grande amie, Bisker.

— Alors, c'est une amie à moi. Tous vos amis sont mes amis. Allez, Fred. Qu'est-ce t'attends ? Monte avec moi et donne-moi un coup d'main pour couper du petit bois pour Mme Parkes.

— Merci, messieurs, dit Bony. Je savais que vous ne laisseriez pas tomber une dame pour une histoire de petit bois. Tenez, prenez mon bras et rentrons à la pension.

Bisker se cramponna à son bras droit et Fred à son bras gauche. De sa main libre, Fred tenait la lampe toujours allumée et toujours fumante. Les trois hommes arrivèrent à la grand-route qu'ils dévalèrent en trébuchant et en chantant à pleins poumons.

Ils rencontrèrent une voiture. Son conducteur s'arrêta. C'était l'officier de police adjoint du Mont Chalmers. Il avait les yeux aussi ronds que des petits potirons. Bony cessa de chanter, le temps de lui dire :

— Il faudra que Bolt soit prudent.

L'officier de police adjoint les suivit du regard, Bony au milieu... dirigeant le chœur, entonnant la chanson d'une vieille jument grise qui se reposait à la ferme.

L'erreur de Marcus

Bony déjeuna avec ses compagnons de table habituels. Il était de fort bonne humeur.

Ayant accompli sa BA de la journée, il avait été largement récompensé par un sourire très appuyé de Mlle Jade. Ce souvenir allait rester longtemps gravé dans l'esprit de l'impressionnable Bonaparte.

En approchant de la grille du *Chalet*, Bony avait freiné l'ardeur des chanteurs, puis, lorsqu'ils étaient arrivés à la réserve de bois, il avait usé de toute sa diplomatie pour mettre ses compagnons de route au travail, faisant appel à la notion de concurrence en suggérant à Bisker qu'il aimerait peut-être s'asseoir et laisser Fred couper du bois pour Mme Parkes. Le résultat, bien sûr, fut que Bisker refusa de rester inactif et que Fred ne voulut pas demeurer assis sans rien faire, de sorte que quand la cloche du déjeuner sonna, il y avait assez de bois pour plusieurs jours.

Une fois cette tâche accomplie, Bony emmena ses nouveaux amis à la cabane de Bisker, revint voir Mlle Jade pour lui demander un reconstituant en bouteille, l'administra aux deux hommes et veilla à ce qu'ils restent bien couchés dans le petit lit tout l'après-midi. Entre-temps, Mlle Jade s'était assuré les services d'un homme de la région pour remplacer George, et une fois de plus, le *Chalet du Panorama* tournait avec efficacité.

Après le déjeuner, une bonne partie des invités partit se promener. D'autres, surtout des personnes âgées, se retirèrent dans leur chambre pour faire la sieste. Une voiture de location arriva pour emmener un troisième groupe dans les montagnes, et après leur départ, il ne resta plus qu'une dizaine de personnes sur la véranda.

Bony était de ceux-là et il occupait son fauteuil favori, tout au bout. Un groupe était formé par Sleeman, Lee et le nouveau pensionnaire qui mangeait à leur table et s'appelait Tully. Downes était assis entre eux et de nouveaux clients et clientes.

La journée était toujours belle et agréablement tiède. Les martins-pêcheurs géants se taisaient mais de temps à autre, dans un ravin, au loin, les oiseaux-moqueurs lançaient leurs notes singulières. Sur le sol de la vallée, la « laine » éparpillée avait été balayée par la chaleur du soleil, et en ce début d'après-midi, les montagnes lointaines se paraient de leur manteau multicolore. La seule chose qui gâtait cette vaste vue superbe, c'étaient les Empreintes du Diable sur la prairie de Mlle Jade.

S'assoupir était bien entendu impossible pour Bonaparte. Son esprit était chargé d'électricité car il s'attendait à voir apparaître Bolt et ses hommes pour appréhender Marcus. Il se demandait si la maison qui appartenait à Jackson avait été perquisitionnée et comment la police se préparait à procéder à l'arrestation. Bolt ne laisserait rien au hasard. Il réquisitionnerait la moitié des forces du Victoria et les policiers convergeraient vers le *Chalet du Panorama* avec la précision d'un mécanisme d'horloge.

Un martin-pêcheur se mit à rire paresseusement. Il était haut perché dans le feuillage d'un sorbier, près de l'entrée principale, et Bony se demanda si l'oiseau avait aperçu quelque chose d'inhabituel. A l'exception de ce rire mi-moqueur mi-satanique, il n'y avait pas le moindre bruit. On aurait dit qu'un magicien avait immobilisé l'air, afin que rien ne vînt troubler le charme de la vallée et le calme des lointaines montagnes.

Bony avait décidé de ne pas se mêler de l'arrestation de Marcus, à moins d'y être forcé par les circonstances. Tout d'abord, il ne faisait pas partie de la police du Victoria et il ne travaillait même pas pour elle. Et ensuite, il avait accepté de coopérer avec Bolt et il lui avait indiqué l'assassin d'un policier du Victoria, un criminel qui passait en outre dans le monde entier pour un vrai dur et dont la capture serait très prisée.

Bony avait l'impression que le temps se traînait. Puis la première chose digne d'intérêt depuis qu'il s'était allongé dans ce fauteuil incitant à la paresse se produisit. Downes se leva et passant derrière Sleeman et ses compagnons, s'approcha de Bony avec la souplesse d'un chat.

— Vous n'avez pas envie de faire une partie de dames ? demanda-t-il. Ce n'est peut-être pas le bon moment pour jouer mais je ne tiens pas à dormir... ni à lire.

Bony posa les pieds par terre et s'assit.

— Oui, je veux bien, dit-il. Où ? Ici ?

— C'est peut-être aussi bien. Je vais aller chercher le damier, il est au salon.

Downes s'éloigna, passant à nouveau derrière Sleeman, Lee et Tully, le type costaud. Bony remarqua que Tully et Sleeman suivaient Downes des yeux jusqu'au moment où il disparut derrière les portes-fenêtres du salon. Tous deux firent mine de ne pas regarder dans cette direction quand Downes réapparut, portant le damier et la boîte de pions. Il attrapa une petite table de jeu en passant et la posa près de la balustrade. Avant que Bony ne pût l'aider, il avait installé deux fauteuils de part et d'autre de la table. Il occupa le siège qui faisait face à la pelouse et Bony dut se contenter de celui qui lui tournait le dos. Tous ces préparatifs furent effectués avec une politesse décontractée.

— A vous de choisir votre couleur, dit Downes d'un ton égal en arrangeant les pions.

— Alors je choisis les noirs. Je ne veux pas prendre de risque cet après-midi... pas avec un partenaire tel que vous.

— Moi, je ne prends jamais de risque, quel que soit le partenaire, déclara Downes avec un léger sourire. Les dames, comme tous les jeux, et comme la vie, du reste, ne sont pas à prendre à la légère. Une erreur se rattrape rarement, surtout quand elle intervient au début.

— Tout à fait d'accord. A vous de commencer.

Downes se mit à jouer sans affectation. Quand il avait Bony comme adversaire, il n'utilisait pas de tactique défensive. Il se lança dans l'action, puis se carra dans son fauteuil en attendant le tour de Bony. Ce dernier prit le temps de réfléchir, puis avança un pion avec la plus grande circonspection. Sous quelle aisselle Marcus cachait-il son arme ? Il portait des vestons à simple boutonnage, qui ne bâillaient pas et étaient très épaulés. Ni l'une ni l'autre de ses poches ne paraissait alourdie.

Ce fut au tour de Marcus d'étudier le damier. Son visage blême était dénué de toute expression. Ses mains reposaient sur la table, de part et d'autre du damier, et ne trahissaient pas le moindre signe d'énervement. Pas une fois il ne se caressa le menton, ou la moustache, qui était si parfaite que même à la lumière du jour, Bony n'aurait pu affirmer qu'elle était fausse.

Bony joua après avoir passé plusieurs minutes à étudier le damier et à essayer de comprendre pourquoi Marcus avait avancé ce pion-là. Ce n'était pas ce qu'il avait prévu. Dommage qu'il n'ait pas pu repérer sous quelle aisselle se trouvait l'arme. Il aurait alors su de quelle main Marcus allait se servir.

Quand vint son tour, Marcus ne mit que trois secondes à trouver une parade. Il força Bony à lui prendre deux pions, puis il lui en reprit trois et perça sa ligne de défense. Attention ! Bony devait cesser de penser aux aisselles, aux armes et aux mains, et se concentrer sur le jeu. Il était temps que Bolt arrive et justifie son salaire. Mais il n'arriverait peut-être qu'après le dîner. Allons, Bony, oublie tout ça et joue !

Ah... Marcus avait laissé une brèche ! Mais attendez un peu ! Ce n'était peut-être qu'un piège. Si Bony avançait ce pion, Marcus avancerait celui-là, et alors, il pourrait bouger cet autre. Non, son centre resterait trop vulnérable. Il valait mieux essayer de percer le flanc gauche de Marcus. Son adversaire avait l'air de s'intéresser davantage à la vue qu'au jeu, comme s'il était sûr de gagner la partie.

Bony joua et se carra dans son fauteuil. De la fumée lui passa devant le visage. Il n'aimait pas cet arôme. Il venait de la pipe de Tully. Ce dernier rêvassait, bien enfoncé dans son fauteuil d'osier, les mains derrière la nuque. L'après-midi était toujours aussi paisible. Seule une voiture était passée devant le *Chalet* depuis le début du jeu, mais elle ne s'était pas arrêtée et avait descendu la grand-route.

Soudain Marcus déplaça un pion de manière stupide. Pourquoi avait-il fait ça ? Voilà qui ne lui ressemblait pas. Les minutes passaient et Bony étudiait toujours le damier... jusqu'au moment où il fut raisonnablement sûr que son adversaire n'avait pas eu d'idée derrière la tête en déplaçant ce pion. Qu'est-ce que cela voulait dire ? Est-ce que son esprit vagabondait ? A quoi pensait-il ?

Que voyait-il ?

Bony laissa planer sa main au-dessus de la table, puis la retira, examinant encore un peu le damier. Marcus s'était carré dans son fauteuil, il avait l'air détendu et regardait quelque chose au-dessus de sa tête, au-delà de la balustrade. La tentation de se retourner devint très forte pour Bony mais il ne devait pas agir aussi bêtement que son adversaire venait de le faire. S'il se retournait pour vérifier ce qu'il regardait, il trahirait sa nervosité et il était essentiel d'endormir les soupçons de Marcus jusqu'à l'arrivée de Bolt. Mais que regardait-il donc ? Bony déplaça son pion, tirant profit du coup précédent.

— Hum ! On dirait bien que j'ai fait une erreur en début de partie, grommela Downes en se voyant contraint de prendre deux pions à Bony et de subir des pertes beaucoup plus conséquentes. Désolé, Bonaparte, je ne me sens pas très bien. Je crois que c'est une indigestion.

Downes se leva, lentement, les deux mains reposant sur la table.

— Marcher un moment vous ferait peut-être du bien, suggéra Bony en s'appuyant au dossier de son fauteuil et en se tournant de quatre-vingt-dix degrés, ce qui lui permit d'être dans l'axe de la balustrade et de voir Sleeman, Lee et le grand type qu'on appelait Tully.

Downes recula et s'éloigna de la table. Bony le vit bomber le torse, ce qui écarta les pans de son veston. Puis il aperçut Bolt et Mason, ainsi qu'un troisième homme, sur la pelouse.

Les trois policiers étaient à mi-chemin de l'allée. Le commissaire montrait les Empreintes du Diable en avançant lentement, avec quelque prudence, vers les marches de la véranda.

Nonchalamment, Bony s'éclaircit la gorge et ramassa sa blague à tabac et son papier sur la table. Downes reculait sans se presser. Sleeman observait les policiers qui approchaient. Tully était assis sur le bord de son fauteuil et fixait intensément Bony. Bony était plus certain que jamais que Tully était un policier chargé de le protéger.

— Je vais chercher un comprimé, annonça Downes d'un ton sec. Je ne serai pas long. N'oubliez pas que c'est à vous de jouer.

Bony fit un signe de tête. En parlant, Downes avait gardé les yeux fixés sur Bolt et ses compagnons. Puis, l'espace d'une minute, il croisa le regard de Bony, qui vit une lueur écarlate dans les pupilles noires.

Bolt et les deux hommes qui l'accompagnaient étaient maintenant à six mètres des marches de la véranda. Downes fit demi-tour et commença à avancer entre Tully et l'alignement de portes-fenêtres. Puis Mason désigna quelque chose, à l'extrémité de la maison, et Bolt ralentit sa marche. Mason parla et Bolt s'arrêta pour voir ce qu'il lui montrait. Bony ne pouvait pas distinguer ce qui intéressait Mason, mais en fait, ce ralentissement avait permis à l'inspecteur Snook et à ses hommes d'atteindre l'entrée principale. D'autres policiers en civil arrivaient de l'entrée du haut afin d'investir la pension en passant par la porte de l'arrière-cuisine. Derrière la clôture du *Chalet du Panorama*, une centaine de policiers encerclaient la propriété.

Les yeux toujours fixés sur Bony, Tully se leva. D'un simple mouvement de la tête, il désigna Downes. Bony fit de même. Puis Tully se tourna avec désinvolture sur la droite et dit à Downes :

— Vous feriez mieux de ne pas bouger... pendant une ou deux minutes. On dirait que la maison est encerclée.

La main droite de Tully était enfoncée dans la poche de sa veste de tweed. Il était maintenant bien campé face à Downes, qui s'immobilisa, légèrement sur la pointe des pieds, les bras ballants. Bony remarqua que les doigts de ses deux mains étaient écartés, comme ils l'avaient été lorsque tout le monde s'était précipité dans la cuisine en entendant les hurlements d'Alice.

Bony avait à présent le regard fixé sur la scène. Il entendit des pas lourds sur les marches de la véranda, presque derrière lui. Il agrippa la table à deux mains, se penchant en avant, reposant à demi sur la pointe de ses pieds. C'est alors que Downes s'élança à une vitesse incroyable.

Son corps sembla s'élever et se déplacer de cinquante à quatre-vingt-dix centimètres sur la gauche en une fraction de seconde. Un coup de feu déchira le silence de l'après-midi. Tully avait tiré, la main toujours dans la poche. Avec une rapidité telle que Bony eut du mal à suivre ses gestes, Downes changea de place de sorte que la balle alla s'enfoncer dans le mur, derrière lui. Sa main droite se leva brusquement et retomba à demi. Elle était vide quand elle s'était levée et quand elle retomba, elle tenait un pistolet automatique.

L'homme avait maintenant un sourire diabolique. Ses yeux étaient grands ouverts... et rouges. Bony avait l'impression qu'ils devenaient de plus en plus grands à chaque seconde qui passait. Sur ce visage, on lisait l'exultation du tueur. Downes marqua une pause comme pour savourer un frisson avant de faire feu. Ce fut cette pause qui sauva la vie à Tully.

Downes tira, dans l'intention de le tuer d'une balle entre les deux yeux, comme il avait tué Rice et d'autres, mais au moment où il pressa la détente, la table sur laquelle il avait joué aux dames vint s'écraser contre ses jambes. Elle n'était pas lourde, mais le choc suffit à l'empêcher de bien viser. La balle atteignit Tully à l'épaule droite.

Après avoir jeté la table et envoyé les pions pardessus Mason et Bolt, qui grimpaient les marches de la véranda quatre à quatre, Bony se précipita sur le fauteuil de Tully. Avant même que Tully ne s'écroulât, le fauteuil volait vers Downes. Celui-ci se baissa et tira sur Bony, qui s'abrita derrière un autre fauteuil. Une femme hurla. La grosse voix de Bolt rugit, on aurait cru entendre l'un des dieux du vent. Downes tira à nouveau sur Bony au moment où il disparut dans le salon en passant par une porte-fenêtre ouverte.

Traversant le salon en courant, Downes gagna l'intersection des couloirs. Il aperçut des policiers à la porte de la cuisine. Il tourna à droite, se précipita dans le salon de la réception, vers la porte d'entrée... pour voir Snook et d'autres hommes pénétrer dans la pension. Il tourna à gauche... et entra dans le bureau de Mlle Jade.

La journée n'avait pas été bonne pour Mme Parkes, elle avait d'ailleurs mal commencé. La cuisinière n'avait trouvé ni Bisker ni thé pour l'accueillir dans cette pièce froide et sombre. Alice et ses rires sous cape n'avaient pas amélioré son humeur et quand, un peu plus tard, dans la matinée, Mme Parkes avait aperçu Bisker et Fred en train de travailler sous la surveillance d'un pensionnaire, sa journée en avait été définitivement gâchée.

Les femmes de chambre n'avaient pas eu la vie facile non plus, car elles avaient dû se charger du travail de George. Pendant le déjeuner, les colères sourdes avaient grondé, ne demandant qu'à exploser, et lorsque le personnel s'était assis pour prendre son repas, une guerre ouverte s'était déclenchée.

Pendant toute la journée, Mme Parkes avait ressenti le besoin de faire de l'exercice... un exercice violent, qui la soulagerait des tensions mentales et physiques accumulées du fait de sa claustration. Quand la deuxième femme de chambre la traita d'« horrible vieille enflée », la coupe déborda.

Tout en s'évertuant à trouver ses mots, Mme Parkes retira son tablier, le jeta par terre et marcha dessus. Puis, l'index de sa main droite fusillant les deux jeunes filles, elle réussit à articuler :

— J'arrête, vous entendez ? J'arrête, vous pouvez m'croire. Vous n'aurez qu'à faire la cuisine toutes les deux. J'voudrais pas rester dans cette baraque infestée de rats pour tout l'or du monde. Allez-y... tout... tout l'tremblement est à vous. Vous n'avez qu'à aller vous faire... espèces de... de...

Son énorme masse pivota sur ses pieds comparativement petits et chaussés de pantoufles, et Mme Parkes s'éloigna en martelant le sol du couloir, tourna à gauche, pour déboucher enfin dans le hall de la réception. Sans frapper, elle entra dans le bureau où Mlle Jade était assise, en train d'écrire une lettre.

— Mme Parkes ! s'exclama Mlle Jade, outrée par l'irruption de la cuisinière en vêtements de travail dans cette partie de la maison qui voyait souvent défiler les pensionnaires. Que venez-vous faire ici ?

— J'arrête, annonça Mme Parkes d'un ton dramatique. Personne ne me traitera plus d'horrible vieille enflée. J'm'en vais. J'arrête. Vous pouvez me payer c'que vous m'devez jusqu'à hier soir. J'vais prendre le car de quatre heures et demie.

Mlle Jade en fut pétrifiée. Assise à son bureau, elle dévisagea la furie. Elle s'obligeait à lutter contre la peur engendrée par la perspective de rester sans cuisinière, une calamité bien plus énorme que la perte d'un serveur et de Bisker. D'un élan, elle se leva, se tenant là dans toute sa royale minceur. Mme Parkes explosa à nouveau et Mlle Jade essaya vainement de l'arrêter pour obtenir une réelle explication. Puis la porte fut ouverte et claquée, et les deux femmes se retournèrent pour se trouver face à face avec un pistolet automatique menaçant, au-dessous d'une paire d'yeux noirs qui lançaient des éclairs de braise.

— Reculez ! hurla Downes. Dans ce coin, là, sinon, je vous troue la peau.

La menace que renforçait le pistolet était moins effrayante que les yeux de l'homme. Les deux femmes réagirent différemment. Le désespoir grandissant de Mlle Jade fut remplacé par une bouffée de colère, une colère qu'elle ne s'expliquait pas elle-même. En revanche, la fureur de Mme Parkes eut tôt fait de retomber tandis que dans son cerveau échauffé se dessinait une froide résolution, un état d'esprit qui s'emparait souvent d'elle quand son mari avait besoin d'une bonne correction.

— Reculez dans ce coin, cria Downes. Je ne veux pas prendre de risque.

Quelqu'un frappait de grands coups sur la porte. On entendait les voix de plusieurs hommes. Par une bizarrerie acoustique, ou parce qu'elles étaient surexcitées, les deux femmes n'avaient pas perçu l'échange de coups de feu sur la véranda, et cette soudaine menace de mort les atteignit de plein fouet. Mlle Jade eut envie de hurler mais elle se rendit compte qu'elle en était incapable. Elle se souvenait d'yeux de braise et du corps du policier qui s'écroulait. On aurait dit que le mur, dans son dos, était une main géante qui la maintenait debout pendant qu'on allait la fusiller. Elle ne voyait pas Mme Parkes, mais elle la sentait à côté.

La porte résista à un choc effrayant. Le choc se renouvela. Downes tira dessus... une fois. Elle recommença cependant à trembler sous la pression d'un objet, de l'autre côté. Cette fois, il y eut un bruit de bois qui se fend. Downes attendait, un pistolet dans chaque main, et ce fut à ce moment-là qu'il fit une erreur fatale.

Il arrive à tout le monde, même aux plus grands, de commettre une erreur de temps à autre. Plus l'homme est intelligent, plus l'erreur est grossière. Marcus était fameux dans sa branche et pourtant, il fit une erreur tellement énorme que sa carrière se termina sur une note bouffonne. Même Bisker ne l'aurait jamais commise. Et Marcus n'avait aucune excuse, car il avait vu de ses propres yeux Mme Parkes arrêter la course d'un rat d'un coup de fer à repasser.

Il osa tourner le dos à Mme Parkes.

Il y avait un projectile à portée des énormes mains de cette femme, c'était la machine à écrire portable de la secrétaire. Cette machine était un peu trop grosse pour qu'une main normale puisse l'attraper et pour qu'un bras normal puisse la lancer, mais la main qui la saisit n'était pas ordinaire, et l'avant-bras qui la prolongeait, aussi large que la cuisse d'un homme, était bien plus musclé.

La machine frappa Marcus à la nuque. Il s'écroula sur le tapis d'une manière aussi soudaine que Rice, sa dernière victime. Etonnamment agile, Mme Parkes ramassa la machine à écrire et la tint à bout de bras, plantée au-dessus d'un des hommes les plus dangereux de la planète. Un léger sourire voltigeait sur son large visage, comme si elle avait envie que le pauvre Marcus se relève pour en redemander.

Mlle Jade partit d'un rire hystérique. La porte fut enfoncée. Des policiers apparurent à la fenêtre. Bolt, Snook et Mason faillirent s'écrouler en passant la porte endommagée. Bony entra sur leurs talons. Ils virent Mme Parkes lâcher la machine à écrire sur les reins de Marcus, avec calme et mépris, puis se retourner et prendre une Mlle Jade surmenée dans ses bras, pressant la tête brune contre son énorme poitrine. Ils l'entendirent répéter :

— Allons, allons, ma chère petite ! Faut pas vous en faire comme ça. Tout va bien ! Quand j'jette quelque chose, j'le jette !

Le rebelle va à la pêche

— Mon colonel, vous serez sans doute intéressé de savoir que l'ami du commissaire Bolt, connu localement sous le nom de Marcus, se remet gentiment du coup de machine à écrire qu'il a reçu. Ce n'était pas une machine énorme. Rappelez-vous le récit de Mme Parkes.

— Une femme étonnante, cette Mme Parkes, convint le colonel Blythe.

Il y avait quatre jours qu'elle avait lancé la machine, et Bony faisait sa visite d'adieu à Blythe. Il poursuivit :

— Il semble que Marcus ait été très lié avec le vrai Grumman. Vous avez lu la première déposition de Mick-le-baratineur. Vous vous rappelez que cet Américain avait cédé son identité au général Lode et, qu'apparemment, il était allé s'installer en Allemagne.

« Marcus ignorait tout cela. Quand il a entendu dire qu'un Américain dénommé Grumman séjournait au *Chalet du Panorama*, naturellement, il a voulu le voir. Comme il habitait au Mont Chalmers avec son ami Jackson, il a donc commencé par téléphoner à l'ex-général Lode. Lode ne se souvenait pas d'un certain Marcus qui aurait été l'ami de Grumman et il s'est efforcé de l'éconduire, mais Marcus n'est pas le genre de bonhomme dont on peut se débarrasser facilement.

« La Haute-Montagne, la maison dans laquelle il

habitait avec son ami Jackson, se trouve à trois kilomètres à peine de la route du *Chalet*. Ayant quelque raison de supposer qu'il ne rencontrerait pas de policier en chemin, il n'a pas pris la peine de se déguiser. Il s'était seulement rasé la moustache... plusieurs semaines auparavant.

« Dans ces circonstances qui, bien que peu banales, n'ont rien d'impossible, personne n'a noté le numéro d'immatriculation de la voiture dans laquelle Marcus s'est fait conduire au *Chalet*. Qu'il n'y ait eu personne dehors pendant sa visite n'est en soi pas extraordinaire, si on tient compte de l'heure. Bisker, l'homme à tout faire, était dans le bureau de Mlle Jade, en train d'attendre le chef du poste de police. Après avoir quitté le *Chalet*, Marcus s'est collé au plancher de la voiture jusqu'à ce que Jackson arrive devant leur maison. Marcus est descendu et Jackson a continué jusqu'à son bureau, en ville. Il a dû passer avant que les routes ne soient barrées.

« Marcus s'est ensuite transformé en Downes. Il est allé en ville par l'autocar, il y a téléphoné à Mlle Jade pour réserver une chambre, puis il s'est rendu au *Chalet*, toujours en car. Il se disait qu'il ne serait nulle part aussi en sécurité. En outre, il voulait essayer de comprendre ce qui était arrivé à son copain Grumman.

— Ce type a un sacré toupet, remarqua le colonel.

— Oh, ça, on peut le dire, reconnut Bony. Demandez à Bolt de vous montrer son dossier. Se doutant que George Banks savait ce qui était arrivé aux bagages de Grumman, et, par conséquent, à Grumman lui-même, Marcus a décidé de le faire parler. Il a confié cette tâche à son ami, Jackson.

« Jackson et deux acolytes ont chopé George au moment où il venait de quitter son frère, Mick-le-baratineur. Ils l'ont emmené à l'entreprise de Jackson, et là, ils se sont mis à soutirer des renseignements à leur victime. Ils ne voulaient pas seulement savoir ce qu'étaient devenus les bagages, mais aussi pourquoi et comment Grumman avait été tué. Après avoir abattu George, ils se sont débarrassés de son corps, comme vous le savez.

« Ce qui est intéressant, c'est que Banks ne leur a pas dit qu'il avait caché les stylos dans le bac à arbustes, et il ne leur a pas révélé ce qu'ils contenaient. On a retrouvé les stylos sur Jackson, quand on l'a arrêté, et ils sont maintenant en ma possession. Je les apprécie énormément.

« Bolt et ses hommes ont travaillé vite et bien après leur descente dans la maison de Jackson, au Mont Chalmers. Tout ce que je viens de vous raconter, c'est ce que la police du Victoria a appris de Jackson et de ses complices. Leurs dépositions comblent les lacunes du récit de Mick-le-baratineur et Bolt dispose maintenant de tous les éléments de l'histoire.

« Les frères avaient décidé de mettre du cyanure dans la carafe d'eau qui se trouvait dans la chambre de Grumman, puis d'enlever le corps et les bagages pour faire croire que Grumman avait filé à l'anglaise de façon à ne pas payer sa note. Mick devait voler un camion qui était généralement garé devant une maison louée par un transporteur de bois. Cet endroit se trouvait à trois kilomètres, plus haut, sur la grand-route, et le camion était garé de telle sorte que tout ce que Mick avait à faire pour que le véhicule descende jusqu'au *Chalet*, c'était lâcher le frein à main. Il n'avait pas besoin de mettre le moteur en marche. Les bagages et le corps auraient été transportés jusqu'à une crevasse, en bas de la côte, où ils auraient pu rester cachés pendant des mois.

« Après avoir trouvé les stylos dans la chambre de Grumman, Mick est allé chercher le camion. Chaussé de bottillons appartenant à Bagshott, George a porté le corps jusqu'à la route. Le camion qu'il attendait n'est pas arrivé, pour la simple raison que le transporteur avait accidentellement abîmé une roue la veille. Il avait fait remorquer son véhicule jusque chez lui, il avait démonté la roue et l'avait envoyée en réparation.

« Les deux frères ont donc décidé de cacher le corps de Grumman dans le fossé et de venir le rechercher la nuit suivante. Mais il leur fallait travailler dans l'obscurité et leurs efforts pour dissimuler le cadavre n'ont pas été couronnés de succès. Ils ont déposé les bagages dans un coin du débarras, derrière des meubles que Mlle Jade avait au rebut.

« Ce qui représentait un travail fabuleux, mon colonel, poursuivit Bony. Rendez-vous compte. Dans une maison pleine de pensionnaires et d'employés en train de dormir, ils ont transporté de lourdes malles dans des couloirs et ont déplacé des meubles sans réveiller personne. Ils avaient bien prévu leur coup, il faut le reconnaître. Ils ont même pensé à enfiler une paire de chaussures appartenant à Bagshott, à cause de leur grande taille, au cas où la police s'intéresserait au départ de Grumman, mais ils n'avaient pas prévu le problème de roue.

« Je crois que nous avons fait le tour de la question, il ne me reste plus qu'à régler un compte avec vous. Je m'étais entendu avec Bolt pour qu'il me laisse libre d'enquêter à ma guise au *Chalet du Panorama*, mais Bolt a rompu notre contrat en plaçant un dénommé Tully à l'intérieur de la pension. Il était censé me protéger des assassins de George Banks, qui, selon Bolt, allaient s'apercevoir que j'avais retiré les microfilms des stylos. Le résultat, c'est que Tully a été grièvement blessé. Quant à vous, vous ne m'aviez pas dit que vous aviez déjà envoyé quelqu'un au *Chalet* avant de me faire venir de Brisbane, de sorte que non seulement cette personne a été grièvement blessée par Marcus pendant la fusillade de la véranda, mais en plus, elle m'a créé beaucoup de problèmes et m'a fait perdre du temps.

— Mon cher ami, de qui diable voulez-vous parler ? demanda Blythe.

— Je veux parler du commandant Sleeman, qui travaille pour les services secrets de l'armée et a été chargé d'enquêter sur Grumman. Le commandant Sleeman avait pris pension au *Chalet du Panorama* avant mon arrivée.

Le colonel Blythe agita les bras en feignant le désespoir. Puis il appuya sur un bouton pour demander au capitaine Kirby de venir.

— Kirby, savez-vous quoi que ce soit au sujet d'un certain commandant Sleeman qui aurait séjourné au *Chalet du Panorama* ? demanda-t-il à l'ancien employé de Scotland Yard, qui venait d'entrer.

— Non, mon colonel.

— C'est bien ce que je pensais. (Blythe se leva, très en colère. D'un ton méprisant, il ajouta à l'adresse de Bony :) Prenez tous les idiots du village que compte le pays et comparez-les à ces soi-disant agents secrets. Vous vous apercevrez que les idiots du village sont dix fois plus intelligents.

— Je suis vraiment désolée que votre séjour ait été aussi perturbé par les événements extraordinaires qui viennent de se produire, dit gravement Mlle Jade à Bony. J'espère que vous reviendrez un jour.

— Merci, mademoiselle Jade. J'espère bien revenir, et amener ma femme. Mon séjour a été charmant et c'est avec un sincère regret que je retourne à Brisbane. Je vais vous confier un petit secret. Je suis en réalité inspecteur de police et j'étais en mission.

Les sourcils de Mlle Jade se haussèrent considérablement et elle s'exclama :

— Monsieur Bonaparte... vraiment !

— Oui, c'est la vérité, et sans que vous n'en ayez eu conscience, j'ai usé de ma petite influence pour que votre nom ne soit pas mêlé aux enquêtes et procès qui vont suivre. M. Sleeman est officier des services secrets de l'armée. Il s'intéressait à M. Grumman et il s'est aperçu que vous alliez rendre visite à des gens qui habitent un peu plus haut. Il m'a chargé de vous demander pourquoi vous vous y rendiez aussi tard.

— Mais... mais... ça n'a rien à voir avec M. Grumman ! protesta Mlle Jade, une lueur de frayeur passant dans ses yeux.

— C'est possible. Personnellement, je ne pense pas que vos visites dans cette maison aient le moindre rapport avec l'affaire Grumman, mais M. Sleeman n'est pas du même avis. Je me suis cependant débrouillé pour que ma parole suffise à mettre un point final à toute enquête sur vous. Voyez-vous, l'affaire Grumman va beaucoup plus loin que le meurtre de ce monsieur.

Mlle Jade se renfonça dans son fauteuil et considéra le visage sombre et les yeux pleins de sympathie de Bony. Comme toutes les femmes qui faisaient la connaissance de cet homme doux et presque trop sérieux, elle s'apercevait qu'elle pouvait lui faire confiance. Tout naturellement, elle voulait oublier les événements récents et se remettre paisiblement à gérer sa pension sur ces paisibles montagnes. Elle posa à Bony une étrange question :

— Quel âge me donnez-vous ?

— Trente-quatre ans, trente-cinq, peut-être, se risqua-t-il à dire.

— J'ai quarante et un ans, lui confia-t-elle. Je n'ai jamais été mariée, mais à vingt-cinq ans, j'ai eu une petite fille. (Mlle Jade parlait à voix basse et ne le regardait plus.) Son père n'a pas refusé de m'épouser, il ne m'a pas quittée, non, ce n'était rien de tel. Tout était prêt pour le mariage. Mais voyez-vous, la veille du jour où nous devions nous marier, il a été tué dans un accident de voiture.

« A cinq ans, la petite a été atteinte de paralysie infantile et elle n'a jamais récupéré, malgré tous les traitements qu'elle a subis. C'était avant que je ne monte une pension à St. Kilda. J'avais loué une maison et je l'avais meublée avec ce que mon futur mari et moi avions acheté grâce à nos économies. J'ai embauché une femme pour y vivre et s'occuper de la petite, qui n'est pas tout à fait normale. Quand je suis venue ici et que j'ai fait construire cette maison, on m'a mise en garde contre certaines personnes, qui étaient à l'affût du scandale, mais je voulais avoir ma fille près de moi. J'ai donc acheté cette maison, en haut de la route, et j'y ai installé mon mobilier. Une partie. Le reste, je l'ai entreposé ici. Je le garderai toujours car il a été acheté par l'homme que j'aimais, le père de ma malheureuse petite fille. Voilà, c'est tout, monsieur Bonaparte. Il n'y a rien de plus. Si j'étais prudente en allant là-bas, c'est que je voulais éviter que tout cela ne se sache.

Pendant un moment, le silence s'installa entre eux. Puis Bony murmura en posant la main sur le poignet de la jeune femme :

— Votre secret sera bien gardé. Et étant donné votre raison de garder le silence, j'imagine que Clarence B. Bagshott respectera votre souhait.

— Merci, Bony.

Il eut l'air rayonnant. Elle se rendit compte du mot qu'elle avait lâché et se mordit la lèvre inférieure.

— Oh, je regrette, monsieur Bonaparte ! s'exclama-t-elle. Je n'avais pas...

— Mais où est le mal ? Tout le monde m'appelle Bony... depuis mon commissaire jusqu'à mon plus jeune fils. Vient un temps dans la vie où on a besoin d'un ami, et vous pouvez me considérer comme votre ami. D'après ce que j'ai compris, vous n'allez pas accepter de pensionnaire jusqu'à la fin de l'été. En fait, je dois vous remercier de ne pas m'avoir mis à la porte. Vous avez bien mérité de prendre un peu de vacances. Venez donc à Brisbane, vous resterez avec ma femme. Le printemps est très joli, là-bas. Je vais lui demander de vous envoyer un petit mot. Nous vivons très tranquillement. Rien n'est aussi luxueux qu'ici, mais nous avons un grand cœur, je suis heureux de pouvoir le dire. Ah... Il me semble que c'est Clarence B. Bagshott.

Ils se levèrent en entendant des coups de klaxon qui ressemblaient à du morse. Bony lui tendit la main, elle la prit et le regarda avec des yeux humides. Il lui adressa un sourire et elle se força à le lui rendre. Puis il s'inclina, avança vers la porte-fenêtre et s'inclina encore une fois. Elle lui dit :

— Au revoir [1], Bony ! Et merci... merci beaucoup.

Il quitta la véranda et descendit l'allée qui longeait les Empreintes du Diable. Des nuages de brouillard virevoltaient autour de lui. A mi-chemin, il se retourna pour agiter la main en direction de Mlle Jade. Il vit qu'elle répondait à son geste. Une fois arrivé au portillon, il ne put plus la distinguer.

Bisker se tenait près d'une voiture, en bas de l'allée.

— Toutes vos affaires sont chargées, monsieur Bonaparte, lui dit-il.

— Merci, Bisker, et au revoir. Le jour où vous voudrez vraiment quitter Mlle Jade — et je trouve que vous seriez bien fou de le faire — vous n'aurez qu'à écrire à l'exploitation de Windee. Le propriétaire vous enverra le montant de votre voyage.

Il serra la main sale de Bisker et monta en voiture à côté de Clarence B. Bagshott. Ce dernier lui dit :

— Installez-vous, installez-vous. Y a un de vos copains à l'arrière.

Bony se retourna et regarda derrière lui... pour découvrir le colonel Blythe. Celui-ci portait de très vieux vêtements et sur la tête, il avait une casquette de toile dans un état lamentable.

— Alors là ! s'exclama Bony, la stupéfaction la plus totale se lisant dans ses yeux.

Blythe se mit à rire sous cape.

— Services secrets, et voilà le travail ! dit-il. L'inspecteur Napoléon Bonaparte a refusé de retourner à

1. En français dans le texte. *(N.d.T.)*

Brisbane par avion parce qu'il prétend que ça le rend malade. Malgré les hurlements et les vociférations du colonel Spendor, le petit Bony a combiné de retourner à Brisbane en voiture avec Bagshott, et de s'arrêter à Bermagui pendant trois ou quatre jours, pour qu'ils puissent tous les deux aller pêcher le thon, puisque ce n'est pas la saison de l'espadon. Comme c'est grâce au colonel Blythe que ledit Napoléon Bonaparte a pu travailler pour le compte du gouvernement britannique et retrouver des plans et formules d'une valeur inestimable, le susdit colonel Blythe a décidé d'aller pêcher le thon pendant quelques jours. Allez, en route, Clarence B.

Bagshott partit d'un éclat de rire ravi. Avec un sérieux excès de vitesse, la voiture dévala la route enveloppée de brouillard.

— Ça va être un vrai plaisir de se retrouver entre hommes, s'écria l'écrivain. On s'arrête au premier pub ?

ACHEVÉ D'IMPRIMER SUR LES PRESSES
DE COX & WYMAN LTD. (ANGLETERRE)

Dépôt légal : juin 1992
N° d'éditeur : 2184
Nouveau tirage : novembre 1992
Imprimé en Angleterre